故园梦忆

张绍广 著

河南文艺出版社

·郑州·

图书在版编目（CIP）数据

故园梦忆/张绍广著. —郑州：河南文艺出版社，
2018.12（2019.9 重印）

ISBN 978-7-5559-0799-2

Ⅰ.①故…　Ⅱ.①张…　Ⅲ.①散文集-中国-当代
Ⅳ.①I267

中国版本图书馆 CIP 数据核字（2019）第 010679 号

GUYUANMENGYI

策　　划	李勇军
责任编辑	孙鹏慧
书籍设计	胡晓宁
责任校对	殷现堂

出版发行	河南文艺出版社
本社地址	郑州市郑东新区祥盛街 27 号 C 座 5 楼
邮政编码	450018
承印单位	三河市兴国印务有限公司
经销单位	新华书店
纸张规格	890 毫米×1240 毫米　1/32
印　　张	9.75
字　　数	197 000
版　　次	2018 年 12 月第 1 版
印　　次	2019 年 9 月第 2 次印刷
定　　价	78.00 元

印厂地址　河北省三河市北外环路南密三路东

邮政编码　065200　　电话　0316-7151808

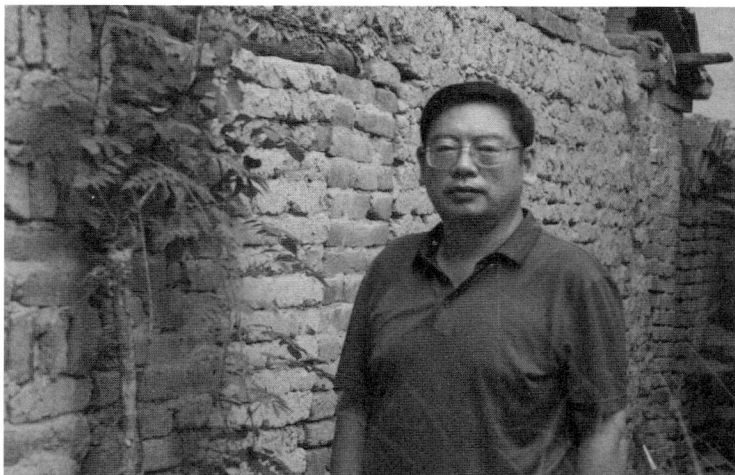

孙晓华 / 摄

1

　　张绍广，1963年生，河南省兰考县葡萄架乡坝子村人。男，汉族，中共党员，研究生学历。出身贫寒。历任乡文教组干事、初中团总支书记、镇武装部部长、县人武部党委秘书、县纪委副书记、县人大常委，兰考县拔尖人才、开封市散文学会副会长、开封市作协理事、河南省作协会员、中国散文学会会员。曾在《农民日报》《中国纪检监察报》《检察日报》《羊城晚报》《河南日报》《中国监察》《热风》《百花园》《小小说选刊》等刊物发表作品。出版有作品集《兰城夜话》《岁寒集》《桐花集》和长篇小说《官场传奇》。

君自故乡来，应知故乡事。

来日绮窗前，寒梅著花未？

——唐·王维

序

乡愁与历史记忆

史官以如椽之笔书写朝野大事情、大人物，谓之史；文人以才情之笔编撰真假莫辨的名人逸事，谓之野史、笔记。自发记述一个村庄所可能拥有和发生的一切，几乎可以称之为村庄历史的，如本书，即便算不上凤毛麟角，也属十分罕见。

历史是对人类社会发展过程的记录，也是一种过往的客观事实，随着时间的流逝，历史注定会滤去一些细小的尘沙。一个被称作家乡、故园的地方，注定也会被埋进历史的汪洋，不复显现。至少，那些细微的，曾经美妙如诗的，曾经暖人心窝的一草一木、一人一物、一时一瞬，终将消失，遁于无形。

忆故园，记旧事，是为终将消失的一个时空留影，这件事，对于人类社会的进程而言无足轻重，但对于一些在这个地方生活过的人来说，具有非凡的意义。豫东地区，一马平川，土地肥沃，文明自商周而灿烂，也几乎集中了

1

我们民族的每一种苦难。小到一棵野草的名字，一碗粗糙的饭食，一个少数地方特定使用的俗语，一个在历史长河中不会留下任何痕迹的村人；大到一片被犁铧耕种了千百年的土地，一种融入华夏文明的民间风俗，一段与古代典籍记录异曲同工的故事传说，乃至浓缩了当时整个时代的生活场景。不得不说，把这些内容事无巨细地翻检、归置、剖析，极富耐心、如数家珍地呈现出来，绝不仅仅是怀旧的情怀使然，大概还掺杂着对乡土社会历史本能的敏感，以及对生活高度的热爱和难得的清醒。

活在当下，自当展望未来，这才活得有力气，有希望。但回顾过去，发觉了来源，看清了来路，你才是一个完整的人，你能知道，这世界发生着怎样的变化，自己的内在产生了怎样的裂变；你认知和判断外物的眼光将据此更改，审视自己的一生时也更可能避免偏颇，在纷杂物质的喧嚣中也有处安顿自己的灵魂。

事实上，我们早已处于一个"出走"的时代。离开微不足道的家乡，去往外面灯红酒绿的大世界，是时代也是历史不可避免的潮流，"出走"半生的我们，还会不会有归来的那天？归来的那天，还能不能找到当时的那座故园？

不能。我们唯有从内心深处，从字里行间找寻逝去的时光和乐土。不少敏锐的归乡人已经指出乡村生活在崩塌，国家这几年更是屡有举措以振颓势，我们应该怀抱信心。虽则已经很难想象，以后是否还有孩子会唱那些关于星星、关于游戏的童谣，泥土和野草的气息还会不会被人熟悉和依恋，那些淳朴而有趣的风土人情的细节之处还能否得以流传，甚至那些苦、那些冷、那些饥饿还会不会被提起，还是再也没人记得它们曾经发生过。

世界因包含无数个渺小而庞大，每一个渺小因回响着世界的跫音而弥足珍贵。阅读这部文集时，会心动心之余，相信你也会有这样的一种感触。

"野老念牧童，倚杖候荆扉。雉雊麦苗秀，蚕眠桑叶稀。田夫荷锄至，相见语依依……"古代诗人的田园生活，仕途尽头的温馨晚景，在中国千百年的历史里，与这部散文集所体现的作为生命起始的故园生活图景以及它所代表的现当代乡土风情前后呼应，贯穿一体。中国人最深的念想，尽在于此。

二十世纪八十年代，我与绍广同在开封求学，一同组织文学社，志趣相投，那时绍广即开始在报刊上发表作品，让我很是倾慕。后来虽从政，却从未忘记文学，常有著述问世，保持了一片心灵上的净土。今有新著出版，作此文字，以表示对绍广执着和坚守的钦佩。

2018年9月6日于围庐

（张晓林，开封市作协副主席，开封市政协常委，《大观》杂志社社长）

自序

并不仅仅是为了怀旧

俄国诗人普希金曾经说过这样几句话："一切都是瞬息，一切都将过去；而那过去了的，都会成为亲切的怀恋。"

原来，我们所经历的磨难，并非在时光隧道里停滞不动，它们也在发生变化，逐渐蜕掉苦涩，生出甘甜，成为回忆者的另一种果实。这也许就是人们怀旧的原因。从时间概念上来说，所有的过去都可以称为旧。在这个日新月异、飞速发展的时代里，在这个充斥着金钱、名利、竞争、浮躁的年代里，怀旧已成为一种心理需求和深层次的精神慰藉。怀旧就意味着一个人要走进自己的历史深处，在历史与现实之间寻找某种内在联系，寻觅蕴含其中的丰富意义。我们在偏远的山区，看到久违的炊烟，势必会想起儿时的老家，因为炊烟与老家和老家的亲人联系在了一起。我们在大城市看到河水里漂浮的垃圾，就会怀念童年时的乡村，因为那时处处都是绿树清流。怀旧，是对旧的依恋，但并不代表对过去的全部认同。过去有好的一面，但也有许多缺陷。何况，过去的已经过去，新的毕竟要到来，这是谁也遏止不了的。因此，怀旧是有选择的，而且是个人情感的自动筛选。它选择一些有价值的东西，绝不是全盘照搬，也不"敝帚自珍"，总是怀恋现今社会正缺失的一些东西，包括世道人心、风俗、习俗、信义、孝廉等。怀旧也并不意味着要回到过去，谁也不愿再住漏雨的茅草房、再吃又苦又涩难以下咽的红薯面窝窝头。在回忆中感受时代的进步，并进而点燃对明天的美好希望，这也许才是怀旧能带来愉悦的根源所在。生活的节奏太快，竞争太激烈，我们的心灵反倒麻木了，感觉迟钝，跟不上时代节拍，而怀旧仿佛昔日重来。"此情可待成追忆？只是当时已惘然。"那些在人生中有价值的东西再次浮现在我们眼前，我们再次被深深感动。这就是我们人类的心灵特性，总要有一些旧的东西才能充盈、圆满。怀旧，萦绕着一种淡淡的温馨或忧伤，多少清晰的风景因变得朦胧而凄美，多少发黄发暗的东西，正泛上浅浅的温暖和阳光。

　　我们怀旧，并不仅仅是为了怀旧，更多的是想告诉我们的后代，也告诉我们自己：不要忘记过去，要珍惜今天的幸福生活。因为，幸福生活来之不易。

2018年6月1日于青竹斋

目录

序 / 乡愁与历史记忆 / 张晓林 —————————— 1

自序 / 并不仅仅是为了怀旧—————————— 5

故园梦忆

老屋和饮食 ———————————————— 3

调剂与零食 ———————————————— 10

牛屋、镢头爷———————————————— 20

正月十五的晚上—————————————— 27

寒食、清明、重阳、鬼节 ————————— 31

孩子自己的行乐法————————————— 34

再记孩子自己的行乐法 —————————— 40

南河滩、水淖儿、杏园、桃园、瓜园 —————————— 45

北风、南风、流星 ————————————————— 49

鸟满乡村 ——————————————————— 52

常得的病，常干的活 ———————————————— 60

故园梦忆补遗

祖母的日常俗语————————————————— 69

祖母讲的故事————————————————— 74

家乡的风景 ————————————————— 86

淳朴且幽默的习俗与方言 ——————————— 91

走村串巷的特殊行业者 ———————————102

孩子们的闲情逸趣 ————————————121

几棵忘不了的树 —————————————126

颇有特色的乡村吃食 ———————————140

槐花、枣花和凤仙花 ———————————152

紫花梅豆、芦花和豌豆角 —————————157

春节纪事 ————————————————161

棉花和棉土堆 ----------------------------------184

炊烟袅袅及其他 -------------------------------189

神奇的乡村歌手 -------------------------------195

村外小河边 ----------------------------------207

三记孩子自己的行乐法 --------------------------213

红薯岁月 ------------------------------------223

与布有关的 ----------------------------------229

三种老物件 ----------------------------------233

乡愁乱炖 ------------------------------------238

再烩乡愁 ------------------------------------245

追忆乡愁 ------------------------------------250

女孩子的七夕 --------------------------------254

甜水井 --------------------------------------258

麦见麦，八个月 ------------------------------264

故里奇人 ------------------------------------271

夏夜听大鼓书 --------------------------------285

愿做一棵不改向阳心的葵 ------------------------290

故园梦忆

老屋和饮食

　　小村庄坐落在东西走向的黄河故堤上，村民垒房盖屋亦顺势依形而造，参差不齐地拼凑组合成几条宽窄不一的街道。我家住在南道街，毗连南北大道之东、东西街道路北。东西街道路南，就是生产队平坦开阔的庄稼地。

　　我家是一个没有院墙的宽敞院落，有草屋3间，早已破烂不堪。东套间里住着祖母和大妹，西套间里住着父母和小弟，当中那间住着瘦瘦的我。套间门上各挂着一块家织的棉布，已破得说不准它的颜色。我住的那间兼做迎迓亲戚朋友的"客厅"，有两扇歪歪的白茬儿木门，均裂着很大的缝儿，缝儿大如小孩嘴，能轻易地插进两根手指头。风呼呼地从缝隙之间吹进来，屋内通风透气效果极佳。我睡的那张小木床正对着屋门，可得通风之先。加之靠北墙的屋顶塌着一个大窟窿，鱼和熊掌兼得，空气回流、光线驱暗功效绝佳。窟窿之下，斑驳的雨痕涂满屋墙；架梁的砖墩处戗着一根碗口粗的桐木，坚毅地顶着屋梁。夜阑人静，午夜梦醒，见盆大月亮明明晃晃映照床头，牵我遐想，孕我诗情，助我凄凉。适逢雨天，更加有趣。若是蒙蒙细雨，雨丝顺着塌顶姗姗而下，俨然米氏章法，如云如雾，一片弥漫。但若大雨滂沱，父亲身披蓑衣，守护屋梁一侧，防其倒塌；母亲慌忙放置红瓦盆于塌顶之下，俄而盆满，速换木桶，如此反复替换，直至雨歇。屋外晴空万里，而屋内仍在淅沥滴答。另有一间厨屋，用四根木柱子撑着四角，硕大的毛坯码起了四堵墙壁。餐饭完毕，总搬个笨头笨脑的泡桐树根疙瘩抵牢厨屋门上吊挂的那张草苫子，以防野狗钻入。

那时的冬天出奇地寒冷。冬天来了，父亲搬架梯子，抱一捆茅草，从屋外后墙攀登上去堵了塌顶，呼啸的寒风和纷飞的雪花立时被隔在屋外。祖母打了一碗糨糊，用破报纸粘封住白茬儿门的缝隙，但屋内仍冷如冰窖。屋檐悬垂着一排尺把长的冰凌，阳光照上去熠熠闪光。村里孩子喜欢跑到我家来玩，嘴馋的我们站上板凳，踮起脚，伸出冻得形同胡萝卜的小手，争抢冰凌吃，喧闹的声音似河水发了春潮。晚上临睡前，我和大妹嚷嚷着被窝太凉不愿去睡。母亲抓一把儿麦秸点燃，拎起折叠好的被子在火苗上烤烤，然后极快地放在麦秸铺得厚厚的床上。早已准备好的我们，飞快地踢掉棉鞋，脱下棉袄、棉裤，刺溜一声钻进去，连打几个滚儿，就拥有了一个热被窝，幸福得我们嘻嘻笑。有一次，母亲给我烤被窝时，一粒火星顺势溅进了被子里。睡到半夜，我嗅到一股焦煳味儿，一蹬腿，脚趾被狠狠地"灼咬"了一口，原来是被子着了。因发现及时，才幸免于难。

居住情况若此，饮食也是单调苦涩的。一天三顿离不了红薯汤、红薯水、红薯丝儿、红薯面窝头、红薯面锅饼、红薯面面条，吃得大人小孩口吐酸水，烧心难受。由于用红薯面和的面太散，不筋道，很难擀成面条，母亲总是掺上一把豆面配着擀，结果还是擀不成片儿，切出的面条，又粗又短，比兔子的尾巴还短。面条做好，撤了火，母亲把又干又红的辣椒在灶膛的灰烬里烧得又焦又黑，而后用蒜臼捣烂，再注入面条汤搅拌，做成又香又辣的辣椒糊。就着辣椒糊吃面条，能吃两大碗。父亲为这种吃法起了个有趣的名称，叫"哄饭"。如果村里谁家刨榆树，你不用张扬、招呼，就会拥来一大帮妇女和孩子，不但眨眼工夫把榆树叶儿捋个精光，还哄抢着把榆树皮剥个精光。榆树皮晒干配着红薯片儿打面，打出的面擀面条就比较筋道，做出的面条吃起来滑溜溜、黏糊糊的，很顺口。在酷热的夏天，还有一种独特的饭食，叫"红薯面蝌蚪"。其做法是先烧开半锅水，然后把拌好的红薯面稀糊糊倒进一个有许多个花生籽般小眼儿的匏瓜瓢里，红薯面稀糊糊就顺着小眼儿从瓢里泻出落进沸腾的锅里，跌成了一个个形态活泼的小面珠儿，状若蝌蚪。母亲手擎着匏瓜瓢在热气腾腾的锅上面不停地抖动着、挪动着，锅里的蝌蚪就上上下下

5

左左右右地翻滚着、舞蹈着。这期间，风箱呼啦呼啦地响着，灶膛里的火轰轰烈烈地燃烧着，直至面蝌蚪煮熟了才熄火。用漏勺将面蝌蚪捞出来，倒进盛有凉水的红瓦盆里，那凉水是刚从水井里打来的，冰凉冰凉的。将面蝌蚪换上两遍水，如果想更凉一些，可再换一遍水。然后，倒入盐、蒜汁，点几滴棉籽油（当然香油更好。可那年头香油特别珍贵，一般家庭是没有的），就成了佳肴，吃了很是清热败火，连小弟也能吃上两三碗，将小肚皮吃得又鼓又圆。但小弟吃时，只喜欢喝汤而不喜欢吃面蝌蚪，汤又凉又香，有味呀。然而不撑晌，饭后尿上两泡就又饿了。曾经盛极一时的特制的匏瓜瓢，已经匿迹多年。它是中国农民的发明，虽然与享誉中外的老祖宗的四大发明不可同日而语，但若考证20世纪六七十年代中国农村特别是豫东地区的农民生活及生存状况，不浓墨重彩地记下那种独特的匏瓜瓢，不能不说是一种遗憾。

我好吃干馍蘸辣椒，喝凉水，不好喝汤，所以就特瘦，还好牙疼，吃辣椒上火呀。有时，我也会因为饭食不可口闹情绪，祖母总是劝慰我说："饥了吃糠甜似蜜，不饥吃蜜也不甜。小儿哎，凑合着吃吧。不管咋着，你孬好还能吃饱，比你大（爸）小时候的日子强多啦。那一年，麦秋两季绝收，俺和你大饿得浑身浮肿，一捺一个坑。你姥姥（祖母的母亲）给了半布袋谷糠，救了俺和你爸的命。饥时给一口，强似饱时给一斗啊……"听了祖母的一席话，我噙着泪水拿起了筷子，端起了饭碗。

生产队有个菜园，家家户户便时不时地能分到一些时令蔬菜。除此以外，祖母还在自家庭院里种一些菜，贴补家用。譬如在墙角里种些黄花菜（明代医学家李时珍曾赠其"金针""疗愁"等美名。董必武诗云："贻我含笑花，报以忘忧草。莫忧儿女事，常笑偕吾老。"），烧咸汤时顺手摘一把青碧的嫩叶配着，烧出的汤既好看又有味；在墙根处种些山姜，生机勃勃的绿棵子，驱燥热，又能给小鸡遮阳，果实刨出来腌吃特脆；拿十几根高粱秆子，斜倚在墙头上，让黄瓜、丝瓜、笋瓜、梅豆的秧蔓连同嫩茸茸的卷须浪漫自在地爬上去，盘缠成一棚翠绿满棚花：梅豆繁星般稠密的或紫红或玉白的蝶状花瓣夹杂着湖蓝色的牵牛花，点缀在黄瓜的碎黄花、丝瓜的小黄花、笋瓜的大黄花之间，交相辉映，灿烂成一派绚丽多彩、美妙奇绝的风景，真叫人感叹大自然鬼斧神工的造化。它们娇嫩欲滴，好似初生的婴孩儿；它们玲珑剔透，仿佛有一只无形的大手轻轻地给上了一层彩釉；它们搭配得巧妙脱俗，别具匠心，可入诗入画，只可惜诗作不出、画绘不来呀。花叶之间，从早至晚，不论是珠露晶莹，还是晚霞涂丹，常有几只金灿灿的小蜜蜂和一两只手指肚般大小的黑身土蜂在采蜜授粉，嘤嗡之声如同仙乐，让祖母忧愁多皱的脸上增添了一抹难得的微笑。

祖母和母亲都是腌制家常菜的高手。她们腌制的家常

7

菜一般有下列品种：豆酱、山姜、胡萝卜、白萝卜、白菜帮子，还有芥菜。芥菜变种很多，形态相异，按用途分为叶用芥菜，如雪里蕻；茎用芥菜，如榨菜；根用芥菜，如大头菜。我们这地方的芥菜通常只有叶用芥菜和根用芥菜，茎用芥菜是没有的，因为我至今没有见过。听说重庆涪陵的榨菜非常有名，所谓"橘生淮南则为橘，生于淮北则为枳"，这大概是气候、土质使然。不论是叶用芥菜还是根用芥菜，一般不单独占地种植，总是顺便种在棉花棵子里面，越是带点盐碱性的土壤它越是生长得旺盛。深秋初冬，棉花棵子拔了，芥菜疙瘩就裸露了出来。它趣味盎然地生长着，同寒风做伴，与霜雪嬉戏，一副遗世独立的模样。说它是"一箪食，一瓢饮，在陋巷"的菜中颜回实不为过。豆酱分为西瓜豆酱、辣椒豆酱、番茄豆酱几种，分别为西瓜、辣椒、番茄加煮熟捂盖之后发了一层白醭的豆子和盐、花椒、茴香等作料搅拌均匀，装在瓦盆、缸、瓮、坛子等容器里，用一两层白布蒙口封扎，放于太阳地儿里暴晒，少则十天半月多则一两月。吃时解开封口，用干净汤匙盛出半碗，再淋几滴棉籽油。晒豆酱最怕淋雨，雨一淋就生虫。一旦生了虫，胃浅的人见了连喊恶心，那豆酱便只好倒掉。冬天，白菜、白萝卜成熟了，要是夏天发酵的豆子没有用完，就可以腌"懒豆菜"。"懒"，即简单、省事。把白萝卜、白菜切成细丝，拌上发酵的豆子、盐、五香粉，三天后即可食用。大雪封门，路断人稀，父

8

亲坐在油漆斑驳的小桌旁，抿着烧酒，眯着近视眼，就着脆生生、凉津津的"懒豆菜"，悠然自得。每逢这时，我们兄妹就算嬉闹得有点过分，因玩意儿分配不公而打架哭闹，也不会挨骂。父亲是天生的好脾气，我们向来没有挨过父亲的打，挨训也是极少有的。

"牵牛花，竹篱笆，家在淡淡炊烟里，家在矮矮屋檐下……"每当听到郑绪岚唱的《家是千年不了情》，我就会想起乡下的老祖母，想起辛勤耕耘、顽强生活的父老乡亲。

家是每个人生命的诞生地，又是青春年华的扬帆处；家是人生跋涉的出发点，又是成功喜悦的庆贺地；家是辛苦劳累的休养所，又是挫折困顿的避风港；家是人间亲情的聚合处，又是人性追求的归宿地。无论是辉煌的家，平实的家，还是简陋的家，都会伴随我们一生。

9

调剂与零食

　　祖母怜惜我和弟弟、妹妹受罪，总是变着法子调剂我们的胃口。她创造了一种菜肴——"油盐"，也就是在小瓷碗里放上一撮盐，用水化开，浇上一层棉籽油。我们掰开窝窝头，蘸着"油盐"，吃得狼吞虎咽，胃口大开。偶尔也包一顿素饺子，馅儿不是白菜就是粉条，肉馅儿的饺子是吃不起的。我们那里不叫"饺子"叫"扁食"，至今老家仍是如此叫法。有时擀一锅拍（用白线绳子把上下交叉的两排高粱秆儿相纳，而后按锅的大小剪裁而成）好面面叶儿。祖母擀的面叶儿宽、厚、筋道，下好，淋点儿红薯做的酸溜溜的醋，放点儿红艳艳的辣椒油，撒点儿碧绿绿的芫荽，色香味俱佳，很是诱人，吃得我们额头上沁出一层细密的汗珠。有时给煮一小锅又黏又香的小米稀饭，有时给熬一小锅甘甜无比的老南瓜粥。

　　正月十五晚上，她煮元宵给我们吃。祖母煮的元宵，我敢说是天底下最简单的一种元宵，好面里裹些红糖一团，就成了。没有黏糯米面做皮，也没有青红丝、山楂、冰糖等稀罕物做馅儿。做法也是最普遍的，既不是油炸元宵、拔丝元宵、蜜汁元宵，也不是卧果儿元宵、酒酿元宵，而是汤煮元宵。灶屋里，父亲烧火，祖母站在锅台旁，我们三个挤在祖母身后看。祖母掌握着元宵"滚水下，慢水煮"的要领，元宵下锅后，她一边叮嘱父亲烧小火，一边用汤勺徐徐推着，使元宵在汤中旋转，不致粘锅。水沸时，稍加凉水，保持似滚非滚状态，如是者三。同时眼观手按，待元宵表里发虚乃止。元宵盛在碗里，浮于汤面，雪白滚圆，袅着一层水汽儿，飘散着一种醉心的甜味。用牙小心地嗑一口，浓浓的红糖汁儿就流淌了出来，触上舌尖儿，甜得直透心窝。吃着祖母做的元宵，听着灶马温柔的歌唱，感觉自己是天底下最幸福的人了。后来长大了，离开祖母出门闯世界，吃了许多种类的元宵，如什锦元宵、莲蓉元宵、椰丝元宵、果仁元宵、黄桃酱元宵、苹果酱元宵、黑芝麻元宵、金丝枣元宵等，但不论什么种类，也不论价格多么昂贵，总感觉没有祖母做的元宵好吃。

农历二月初二，祖母想方设法也要给我们炒一顿凉粉吃。传说这天吃炒凉粉，保你一年不遭蝎子蜇。

春暖花开时节，祖母捋铜钱似的鹅黄泛绿的嫩榆钱儿给我们蒸馍吃；捋形如桑葚的嫩柳穗给我们炝凉菜吃；捋乳白色的嫩洋槐花给我们蒸着吃或拌上面糊用油煎着吃。蒸的榆钱儿馍香甜可口；炝柳穗既凉爽好吃又清心明目；

蒸洋槐花拌上蒜泥或辣椒油，鲜美无比；煎的洋槐花干吃清香，做成洋槐花酸汤喝让人拍手叫绝！这几种农村特有的谈不上菜蔬的东西并不常有，只有春天才有，所以春天很诱惑我们，我们从小就喜欢春天，盼望春天。从春初到秋末，南河滩里交替生长着许多野菜，给庄户人粗茶淡饭的日常生活增添了诸多美味。面条棵和水萝卜棵，油绿肥厚，濯上一掐儿，下在汤锅里，立时汤汁泛绿，清香扑鼻，直叫人感谢大自然的恩赐；灰灰菜，茎红叶绿，剜来洗净，拌上青葱、酱，卷成咸卷儿，真是难得的佳肴；马齿苋，肥肥的，嫩嫩的，抓一把，丢进热水里煮熟，浇上小磨香油、蒜汁，既能饱口福，又是治疗痢疾的良药。每当听到这些充满亲切感的野菜名字，就又对这世界多了一分热爱。春天里，有一种菜是不能不提的，它就是油菜。遍地黄灿灿的，是生产队的油菜绽开的花。燕子从蓝天上飞落下来，芬芳的花粉沾满灵活的翅膀。祖母连叶带花偷偷掐上半篮儿油菜，回家洗净，用盐一腌，就着馍吃，仿佛连整个艳丽的春天都一同吃进肚里去了，清醇的滋味至今难忘。但油菜不能连续吃太多，吃多了很容易眼花，眼前仿佛有金星儿在扑闪。

"四月南风大麦黄，枣花未落桐阴长。"农历四月里，大麦长饱了，祖母领着我们到黑泥河北岸、小桥分界路路东的大麦地里用手剥大麦粒吃。大麦的麦芒儿很长，麦壳儿很硬，麦粒很大也很香。生产队的大麦并不多种，这方大麦是队上给牲口准备的上等饲料。而今啊，在我的家乡，大麦早已不种了，吃大麦粒的快乐也无从寻觅。

五月端午这天，祖母除了给我们佩戴香囊，将叶子青青细长像宝剑的菖蒲和叶子似柳叶且有一种特殊香味儿的艾蒿悬挂屋门两侧，以辟邪祛灾，还给我们挑选新鲜的苇叶包一锅粽子吃，那种清馨的口感是难以用笔墨形容的。

小满前夕，小麦灌浆正酣。祖母走进麦田，用剪刀悄悄剪一把刚刚饱满的麦穗，凑着烧饭后灶火的余烬燎燎，便在簸箕里揉搓，然后将芒儿壳儿簸净，弓起手指将碎秆儿、瘪籽儿拣净，只剩下一捧苍青饱满的麦粒，让我和弟弟、妹妹欢快地咀嚼。

祖母和一小盆好面，醒一会儿，给我们炸一次麻叶、糖糕、菜角，或者烙几个葱花油饼，这种口福要等到新麦下来，打成面之后才会有。

六月六吃炒面。因为雨季来临，天气潮湿，人们易拉肚子，据说炒面有治疗拉肚子的功效。这一月，祖母总要给我们炒炒面吃。炒面的制作非常简单，就是把面粉放在铁锅里炒熟。炒时注意勤翻，不致炒焦炒煳就行了。如果这一天炒的炒面吃不完，就保存起来，在以后的一段时间内随时食用，特别是闹肚子的时候。吃时用开水一冲，搅拌均匀即可。要稠要稀，要甜要咸，可凭个人意愿自由调制。传说炒面始自宋代。岳飞大破金兵于郾城，直抵朱仙镇，正要乘胜前进，一鼓作气直捣黄龙府，行将迎回被金兵掳走的徽、钦二帝的时候，偏安江南一隅临安（今杭州）的南宋皇帝宋高宗同主和派宰相秦桧连发十二道金牌急召岳飞班师回朝。朱仙镇老百姓箪食壶浆，哭送岳家军。当时正值麦熟不久的六月初六，为了行军时便于携带、保存和食用，就把新麦子刚打成的面炒熟，送给岳家军将士，让其途中食用。从此，六月六炒炒面、吃炒面沿袭成俗。

夏雨初歇的清晨，祖母早早起床，到村外的树林里寻蘑菇，她只要柳树、槐树、榆树上生长的蘑菇。那一个个鲜嫩无比的蘑菇，小的如铜钱，大的如灯盏，很肥腴，烧汤喝很是解馋。村外路口地头稻生的扫帚苗，绿蓬蓬的棵子比人还高，层层密密生长的叶儿似初发的细嫩竹叶，祖母采叶儿笼蒸，食之清香爽口。尽管祖母对我们无微不至地关怀照顾，苦夏的我们三个还是一个个瘦得皮包骨头。

农历八月十五晚上，玉盘似的月亮妖媚地映照着院门外田野里穗子殷红的高粱，映照着宁静祥和的小院和小院里那棵肥肥的绿叶间挂满红灯笼——柿子的柿子树。在小院的那片儿月亮地里，祖母把月饼、柿饼、苹果、红枣摆上小桌，祭祀月娘娘之后，我们可以分吃到一小块儿月饼、半拉苹果、一把红枣和几个满身白霜的柿饼。

漫长的冬季，没有瓜果、青菜可食，祖母就将春天晒干保存的槐叶、槐花、柳叶、柳穗拿出来，给我们包菜包子吃。冬至这天，祖母催促父亲到集上打半斤肉，掺上剁碎沥干水的白菜，包肉饺子给我们三个吃，而祖母和父亲、母亲则趁着下过肉饺子的汤水，再下素馅的饺子吃。腊月二十六七，父亲托人在公社食品站割一块儿肥肉，母亲熬成大油，以备过年之用。熬剩下的油渣渣不舍得扔，祖母就在锅里注上清水，将油渣渣配上不舍得扔掉的肉皮和海带一道儿炖炖吃。如今人们割肉总喜欢要瘦的，而那时候只有光棍人（指在地方市面上吃得开的人）、熟人才能买上肥肉。

也不知怎么那么馋，凡是能吃的，我们都喜欢吃。春天吃茅芽儿，夏天吃兔子酸、吃黑豆豆儿，秋天咀嚼玉米秆儿、吃乌霉，冬天咀嚼茅草根儿。

春天，我们成群结队到村庄南面的河滩地里采撷茅芽儿。孩子们卸下笨重的冬装，穿上轻薄一些的夹袄夹裤，有的干脆光了脚丫，比赛看谁采得多。南河滩里相继长出了各种各样的野草野花，茅芽儿是钻出地面长有一拃长短的茅草刚打苞时的嫩芽儿，颇像毛笔头，又如含苞待放的花蕾。剥开外面的青皮，再剥去一层嫩黄的皮儿，就露出了里面白白的、嫩嫩的"肉"——一团银白嫩滑的茸穗——嚼着淡而清香，凉爽细腻，有种甜味儿，嚼了一会儿，我们就将它咽进了肚子里。再过一段时间，茅芽儿就自然绽放了，毛茸茸地摇晃着，远看像银色的小谷穗儿。在无边无垠的黄河沙滩里，它们如漫天飘舞的白雪，摇曳成梦幻，张扬着生活的清白与朦胧。

我们过足了"糖"瘾，总不能空手回家呀。好在荒滩野地的猪毛衣菜长出来了，碧绿碧绿的，很喜人。我们每人薅了一篮子扢着回家。大人们见了，满面惊喜，先是问在哪儿薅的，然后就用清水淘洗了，烧半锅开水一焯，捞出来放入凉水中"冰冰"，再捞出控干水，拌上蒜泥、细盐、棉籽油，浇半勺子醋，整了一大盆，这就是一顿可口的下饭菜。一家人围拢过来，吃得很过瘾。

南河滩和水淖里生长着两种草，两种让孩子们看见就激动的草，我们说不出它们到底叫什么，连大人们也说不准。油红细长的秆儿上生着稀疏的绿叶，说是绿叶又有点儿淡红，叶子的样子像兔子的耳朵，连秆带叶都可吃，一经咀嚼，酸溜溜的，我们小孩子管这种草叫"兔子酸"。这种草大人们是不吃的，而我们小孩子却喜欢吃。我们美滋滋地吃着这种草，有时酸得闭上眼睛。大人们见了，每每问我们："兔子酸不酸？"我们边嚼吃边点着头，哼儿哈儿地回答："酸，酸。"大人们就笑了。后来才知道大人们是绕弯儿骂我们的。等他们再这样问时，我们就回敬说："到底酸不酸，兔子你尝尝。"大人们做出要打我们的架势，我们便哄笑着跑掉了。然而兔子酸这种草并不是很多，得在草丛里寻觅。如果运气好，能一下子碰上好几棵，吃得我们倒牙，回家吃饭牙齿都发酸，不敢用力嚼。这种草夏天最嫩，最有汁儿，吃着最可口，秋天就老了。草丛里还长着一种草，我们小孩子叫它"黑豆豆儿棵"——草篮子大小的一丛绿棵子，上面结许许多多的青豆豆，青豆豆成熟之后，就变成了黑紫黑紫的豆豆，滚圆滚圆的，比樱桃小，又较绿豆大。摘一个，剥开，里面是一兜儿泛绿的汁水，水里面包裹着米粒儿般大小的数不清的小黑籽儿，想必是黑豆豆的种子。摘一把丢进嘴里，又甜又酸，真叫好吃，比货郎卖的糖豆儿还好吃。最让人高兴的是，它不用花一分钱。

玉米秆儿长成了，就到地里咀嚼玉米秆儿。有的玉米秆儿甜，有的则酸，有的倒有一股尿臊味儿，孩子们就挑选着吃。偶尔也壮着胆子跑到队上仅有的那块花生地里，薅起一棵还正长个儿的花生，吃那刚刚结出的白生生、胖乎乎、一兜子水的花生果。玉米生了病，该长玉米棒的地方却生了一块黑不溜秋的素瘤，俗称乌霉。孩子们在吐满红缨穗的玉米田深处搜寻着，发现了乌霉就掰下来，拿回家里。大人们将乌霉洗洗切成小块，拌上碎盐和蒜汁，就是一盆好菜。有时也将乌霉拌上杂面清蒸了吃。不管生吃或蒸吃，大人孩子都吃得嘴上乌黑，就相互取笑逗乐。

冬闲季节，勤快的庄稼人肩上搭上一条布袋或挎上结实耐用的三春柳编的篮子，手里掂把抓钩，到南河滩里刨茅草根。茅草的根很长，生长在沙土地里，像竹子一样有很多的节，白白的，有的泛着些许紫色。新鲜的茅草根水灵灵的，背回来摊晾在场院里，作为猪羊越冬的草料。孩子们抓上一把嚼着吃，为的是吸吮那少而甜的汁水。孩子们对糖似乎有一种天生的喜好与需要。对常年吃不到糖果的孩子们来说，新鲜的茅草根是很诱人的。

至于偷瓜摸枣、摘杏投梨更是我们的拿手好戏。而东海伯院子里那棵大桑树上结的桑葚是随便我们摘着吃的。

能吃上点零食可是奢侈的享受。村里来了个货郎，摇着拨浪鼓，"不楞登……不楞登……"摇得我们几个心里发慌发痒。也不知从哪儿弄来一角钱或几分钱，好歹买上几块梨膏或几个荸荠或三五个菱角美美地分食。梨膏的甘甜，荸荠的脆甜，菱角的香甜，滋润着我们小小的肠胃，壮实着我们瘦小的身躯。吹糖人的来了，偶尔也买上几只"小鸡""肥鸭""胖狗"，赏玩半天，终成腹中之物。卖糖葫芦的来了，卖花米团儿的来了，我们兄妹回家搜索不出兑换的东西，眼巴巴地看着别的孩子嚼食，便只有咽唾沫的份儿。"都说冰糖葫芦儿酸，酸里面它裹着甜；都说冰糖葫芦儿甜，可甜里面它裹着酸……"每次听到这首歌时，我就想掉泪，它又让我忆起了贫寒的儿时岁月。黄昏里，爆米花的摊子摆在生产队队屋前的空地上，风箱呼啦呼啦地响着，把炉火烧得红通通的，爆米花机——一个被熏得黑乎乎的大肚子的铁家伙，它一头安着一个手柄。黑瘦老头儿摇动手柄，装着玉米粒儿的铁家伙就在炉火上面不停地转动翻滚。孩子们飞也似的回家去拿玉米，很快就在地摊前排起一队长龙。我们几个气喘吁吁地跑回家，可怜兮兮地缠着母亲，心里那个急呀！可又不敢表现得太急。终于，在祖母的帮助下，母亲开了恩，给盛了半茶缸子玉米，

故园梦忆

又给了五分钱，我们便呼叫着向爆米花地摊冲去。一锅熟了，黑瘦老头儿站起来，把机头伸进用铁丝箍着的黑胶皮圆筒里，圆筒后面拽着一条又粗又长又黑又脏的布袋。孩子们赶紧捂上耳朵，跑向一边。嘣的一声，脚下的大地震颤了一下，一团浓重的白烟冲天而起，随后便响起了孩子们的笑声和欢呼声。在爆米花的香甜里，孩子们能连做几夜好梦。

牛屋、镢头爷

　　因冬天家中太冷，我跟在村西头给生产队喂牲口的饲养员——本家镢头爷搭老通（同盖一床被子）睡在麦秸窝里。生产队的牲口统一由专人喂养，喂养牲口的地方就叫"牛屋"或"牲口屋"，喂养牲口的人叫饲养员。冬天，牛屋里要生些火为牲口取暖，镢头爷总是将那一堆火烧得旺旺的。火苗红赤赤，燃烧时乒乓脆响的，是泡桐根；火苗蓝莹莹，燃烧时噼里啪啦的，是红薯秧；火苗明光光，燃烧时哔哔剥剥的，是豆秸秆。

　　"卖肉哟，刚出锅的热狗肉哇！"听见吆喝声，你出门看吧，一准是南董庄的驼背老头儿邵明公卖肉来了。他挎着一个长条形、两头翘中间凹、呈船状仿元宝形的柳条篮子（我们那里叫"元宝篮子"），篮子上面盖条白底蓝道道的毛巾。揭开毛巾，里面就是热腾腾、香喷喷的狗肉。邵明公卖肉，俺村的牛屋是其必到之处。他知道镢头爷好买肉，也知道镢头爷买肉是供本家的孙儿吃的。所以他对我也就特别亲热，总当着镢头爷的面夸我读书肯用功，长得又好，又懂事。镢头爷听了，很高兴，赊账也要给我买肉吃。邵明公的狗肉煮得很好，肉块红彤彤的，肉丝鲜亮柔韧，吃罢余香满口。一个冬日的晚间，我吃下了镢头爷给我买的一大块狗肉，吃过就睡了，结果"睡心里"了。从此，我再也不能吃肉，见了肉就心烦，闻见肉味就想呕吐。年下家里煮了肉，我三天不能吃用煮肉的锅做的饭。好在家里一年也难得煮上一两回肉。

大年初一早上，母亲是允许吃一顿白面馍的，吃过这顿之后就只能吃豆包、菜角、年糕和杂面馍了，那半布袋白面馍留给亲戚吃。所以年下我慌着走亲戚，到亲戚家不但能敞开肚皮吃白面馍，更叫人欢喜的是，还能得到一角两角的压岁钱。我爱走的亲戚是：吴新庄的三奶家、杨董庄的大奶家和何庄的二姑奶家。镢头爷也让我吃白面馍，他的白面馍搁在牛屋墙角的一个草篓子里，满满尖尖的，好像总也吃不完。镢头爷告诉我："小儿哎，你爷白馍多着嘞，你尽管吃吧，吃饱了好好读书，快快长大，将来考状元，进城当工人。"我嗯嗯地应着，一边大口地吃着冰凉的白馒头，一边用一只手在下面接着，恐怕掉馍花儿。有时镢头爷在刚熄火的灰烬里给我烤一个外焦里嫩的白馒头，我掰开焦黄的外壳儿，一股白气儿噗的一声就出来了。后来镢头爷的白面馍终于让我给吃光了，原来他的白面馍并没有那么多，他在草篓子里架着一个锅拍。我戳穿了镢头爷的"把戏",镢头爷呵呵地笑了,笑出了两眼泪花儿。后来,再后来,我长大了,考上了"状元",并且进城当了"工人",而憨厚慈善、人淡若菊的镢头爷却离我远去了,埋在村庄外东北角的小河沟旁,成了一个小小的长满荒草的冢。我多想用自己挣的钱给他买一草篓子白面馍、割一大块肉,让镢头爷也享享福,可他永远享受不到了。

记得有一年的腊月二十三,镢头爷给我买了两根祭灶糖,又买了"一墩"大红炮,"一墩"是20枚。我跟镢头爷要了个燃烧着的木棍头,就到屋外饲养院的大院子里去放炮。这是我第一次放炮。我左手的木棍头,很快对着了右手里握的一枚大红炮。嘣的一声,手里的炮响了,手被震得生疼,伸开一看,整个手掌都被炸黑了,我不由得大哭起来。镢头爷从牛屋里颠出来,捧起我的"黑手",连连朝上面呵气儿,并骂自己混账。镢头爷,我不记恨您。如若能够再见上您一面,我情愿我的手再被红炮炸一万次。可您在哪儿呢? 天阴沉沉的,好像要下雨。风打着旋儿,卷起一股股的尘土。您挑着一担水,从村中心的井台旁一溜歪斜地向饲养院的方向走过来。我喊您,您不应,急得我哭了,哭醒了。梦醒之后,我再也睡不着了。睁眼望望窗外,斜月残星正冷冷地映照着窗前一株尚未开花的寒梅和寒梅旁的一桶浇花水,水面上摇晃着一片碎金乱银。

那时节,我挺喜欢跟着镢头爷赶会。镢头爷喂饱了牲口，就牵着我的小手，抄小路向集会走去。我们那里农历逢四和逢九有集会，至今如此。到集会上，镢头爷不是给我买一个烧饼、两根油条，就是给我买一手巾兜儿的水煎包，还让喝一碗又辣又酸的胡辣汤。夏天的会上，或买一杯汽水，或买一根冰棍，或买一个甜瓜给我解渴。而他自己却什么都舍不得吃、舍不得买。会上的野生老鳖很多，被卖主用细麻绳拴着，在地上乱爬，有的甚至在对人瞪眼，而买主却很少。偶有买主，也是给妇女治病用的，说是大补，价钱很便宜，但专门买了炖吃解馋的人家极少。现在甭说野生的，人工饲养的也成了珍贵物，动辄上百元一只。在集会上，最令人开心的，是说不定哪天能看一场猴子玩把戏。小猴真滑稽，逗得我一直笑。23

一进冬闲，村里时不时地来个说书的。我在散文《冬夜牛屋》中对听说书作了如下实录："说书人来了，老根爷、二怪爷、镢头爷就掂个布袋，挨家挨户'对份儿'，你家几块红薯，他家一碗红薯片面，'对'完了，晚上就去牛屋听说书。男女老少将牛屋挤得满满的，连牲口槽上都蹲满了人。记得当时说的是《薛平贵征西》或《老包下陈州》或《秦琼打擂》。说到热闹处，大家伙儿都为英雄遭厄运捏把汗，或为坏人受惩治而拍手叫好。对善与恶、美与丑、爱与憎的诸般感情，在质朴如水的父老乡亲这里，表现得如此鲜明、生动。"我那时就蜷缩在麦秸窝里的被筒里，听说书听到半夜都不打瞌睡，两眼还光光亮亮的，也不知精神怎么那么好。书终人散，夜阑声寂，镢头爷仍孤零零地坐在那儿，似在回味刚才说书里的情节，又似在茫然地沉思。

镢头爷心灵手巧，他用高粱箭秆给我扎红白相间的小洋楼式的蛐子笼，又在饲养院里给我种了蛐子葫芦。蛐子学名"蝈蝈"，有的地方称为"叫哥哥"。

不曾在农村长期生活的人，很难辨认清楚匏瓜、瓠子、葫芦、蛐子葫芦，就是见之，也都统称为葫芦。特别是近些年来，种这些植物的人越来越少了。就是有个别种植的，也是上了岁数的老人，属于自我观赏、自给自足之类的。这几种植物的共同点都是一年生草本植物，茎蔓生，都开白色的花。按果实由大到小的排列顺序，分别为匏瓜、瓠子、葫芦、蛐子葫芦。匏瓜叶子掌状分开，茎上有卷须。果实色白、大圆肚、长把儿，对半剖开可做水瓢或取面粉的面瓢。剖的时候将匏瓜按在长凳上，踩上一只脚，用小锯"哧啦哧啦"锯开，挖去瓤儿，晒干即成。瓠子生得细长，呈圆筒形状，表皮淡绿色，果肉白色。嫩时将果肉切成薄片，用油爆炒一下，下面条非常好吃。我们的祖先很早就发现了瓠子的食用价值，《诗经》中就有"幡幡瓠叶，采之亨（烹）之"的诗句。葫芦叶子互生，心形，果实中间细，像两个球连在一起，是极好的盛药装酒的生活用具。传说太上老君炼的仙丹就是用葫芦盛的，《八仙过海》中的铁拐李就是抱着葫芦渡海的。《水浒传》第十回"林教头风雪山神庙，陆虞候火烧草料场"中也曾写到葫芦：林冲由草料场要去酒店沽酒，"留下些碎银子，把花枪挑了酒葫芦……"它还可作为工艺品赏玩。老熟的葫芦色黄如金，时间愈久，其色愈重，再加上玩赏者几十年乃至上百年的把玩摩挲，其色由黄变红，由红变紫，最后达到紫润光洁、色如蒸栗、古色古香的效果，令人赏心悦目，爱不释手。蛐子葫芦特别小，但很圆，是专门盛蛐子用的，故名蛐子葫芦。秋收之后，饲养院里的蛐子葫芦长成了。镢头爷轻轻地把它们摘下来，埋在粪坑里（为的是沤蛐子葫芦的瓤儿），并在埋藏的地方做了记号。来年夏天，镢头爷刨出来蛐子葫芦，用小刀在上面挖个方形或圆形的小口，掏出内瓤儿，随后在方口或圆口的一旁和挖掉的那片儿壳上各穿一个小眼，用一根线绳串联起来，二者配合，使蛐子葫芦既能"关"又能"开"，这样一个玲珑小巧的蛐子葫芦就算做成了。我把精心筛选的那只古铜色的"铁皮蛐子"，小心翼翼地送入蛐子葫芦里，放点白菜叶，盖上口，揣入怀中，飘着雪花的冬天，还能听到它清雅的歌声。

镢头爷，如今我的儿子也到了我小时候"玩"蛐子的年龄。我给他讲您给我编小洋楼式的蛐子笼和制蛐子葫芦的故事，孩子听了万分神往，非缠着我给他扎蛐子笼、种蛐子葫芦不可，这可难坏我了。一怨我手笨，再说也没有高粱秆儿和蛐子葫芦种子呀！即使有蛐子葫芦的种子，我们现今住在楼房里，也没地方可种！即使蛐子葫芦的种子有地方可种，去哪儿捉蛐子啊！由于田里滥施农药，蛐子已少有了。镢头爷，您要是还活着该有多好呀，咱爷儿俩总能想出办法来吧！

正月十五的晚上

正月十五晚上，看生产队燃放长挂火鞭是比较固定的节目。只要不遇上特别严重的灾年，那挂长鞭是不可少的，社员们一年难得几回开心。火鞭早就预订好了，在阁楼村的一个鞭炮世家预订的。一出正月，人们都争先恐后地打听、传递着这个令人欣喜的消息。终于，火鞭在正月十三给送来了，是阁楼村的一个人推着一辆架子车送来的。火鞭存放在生产队队屋的那个大箩筐里，足足有10万枚，箩筐都装得冒了尖儿！那挂火鞭隔一小截就辫上几枚小炸炮，隔一大截就辫上两个大雷子。那大雷子体体面面，甚或耀武扬威地挺立在火鞭里，显得那么严肃和威风，加之火鞭和小炸炮的外壳多由书纸做成，大雷子的外壳均用牛皮纸包裹而成，更显得大雷子"鹤立鸡群"，分外庄重。还有几大捆"起花"（焰火的一种）竖在屋角里。

正月十五这天下午，长挂火鞭就由村里的半大小伙子蹬梯攀树地缠绕在生产队队屋前没有围墙的大院子里的泡桐树上了，密密匝匝，缠绕得满树都是。天刚擦黑就开始"噼里啪啦"地燃放，引得三里五庄的人们前来观看。那火鞭响得多么急切呀！那小炸炮爆得多么清脆呀！那大雷子轰炸得多么惊天动地、惊心动魄呀！人们发出的惊叹声、欢呼声又是多么醉人心扉呀！火鞭刚一住响，孩子们就一窝蜂地冲进没脚深的碎花纸屑里拣拾瞎炮，个别精明的大人则挥动扫帚扫炮纸拉回家烧锅。随后是放起花。队上的年轻人在队屋前的高坡上站成一排，拿起面前摆好的起火点放，"嗖！嗖！嗖！"起火蹿上半空，喷出一溜溜明火，煞是壮观好看。如若是带响的起火，最后会在半空中传来一声声脆响。"嗖——砰！""嗖——砰！"此情此景，倒有几分像南宋词人辛弃疾《青玉案·元夕》中所描绘的情形："东风夜放花千树。更吹落，星如雨。"好一阵热闹之后，大人孩子才恋恋不舍地慢慢走散，呼儿唤女之声此起彼伏。

28

　　大人孩子回家忙着点灯盏。灯盏分为两种：一种是豆面做的，半拃高低，一掐粗细，圆柱形的上端捏个小窝，窝里浇点棉籽油，插根灯草或纸捻儿，一点就着。豆面灯盏分别放在院门口、堂屋门口、灶屋门口的门墩上，供奉祖先的案几上，住屋内的桌上、柜上、粮囤上，厨屋内的锅台上、风箱上、筷笼上。水缸上不好放置，就在水缸里搁一只漂浮于水面的碗，碗里再放一个灯盏。豆面灯盏熄灭之后，孩子们争抢着吃，吃完了忘记洗手，往往不经意间给自己涂抹了黑圈圈儿，模样很是滑稽可笑。另一种灯盏是萝卜做的。正月十四那天一搁下早饭碗，家家户户都开始用清水和笊篱淘洗一篮子的胡萝卜、白萝卜，然后将洗净的萝卜切成一段段，拿个铜钱，在萝卜段一端的正中央，旋着挖出小窑窝，再用一小截谷草秆儿缠绕一点儿棉花絮当捻儿，插在窑窝里，而后注入棉籽油就成了。萝卜灯盏一般是院外用的，它摆放在村里的街道上、十字路口，就连天天去打水吃的那口水井的井台上，也要恭恭敬敬地摆上一盏。

一年一度的灯节，要分两个晚上进行。正月十四晚上是试灯，正月十五晚上才是正式的灯节，最隆重。遇见风平日暖的天气，灯盏长明不灭，直至油竭，乡亲们称之为"收灯"；若是寒风掀衣或雨雪交集，灯盏一点就被刮灭，乡亲们称"不收灯"。庄户人家祈盼幸福的念头是那么强烈，又是那么天真，他们将这一美好的愿望寄托在一枚枚小小的灯盏上，宁愿一年不吃油或少吃油，也要节省下来以供灯节时的灯盏消耗，为的是让光明充满人间，以此感动上苍，把幸福早日降临人间。老百姓总是这样，遇上好事幸事，就感谢共产党、毛主席，说是托共产党、毛主席的福；遭了天灾人祸，就怨自己命不好。

这边家里、村里点上灯盏，大人们便急急忙忙拿上起火，揣上鞭炮，端上萝卜灯盏，提上油瓶（灯盏里先注油不好拿，点前注油就很省事，故提油瓶）去野外祖茔里上灯，孩子们总要小跑着撵着去。祖茔上灯是只有正月十五晚上才做的。

　　暮色沉沉的野外，麦苗上还挂着冰凌，背阳的泥沟里还残留着积雪。众人影影绰绰地在田间小路上、野地里穿梭，鞭炮声、起火声在嘈嘈杂杂地炸响、蹿飞，不绝于耳。灯盏的存在，似漫天遍野撒满了萤火虫。这奇异的民风习俗，这浓郁的思亲怀远的野祭氛围，怕是只有中国才有的吧。我家的祖茔上灯，早先是镢头爷和父亲领着我们三人去的。而若干年后，则是我们给镢头爷去上灯。人生的轮回竟是如此残酷无情。逝者长已矣，生者不能不悲。"圣人忘情，最下不及情，情之所钟，正在我辈。"今日又及正月十五，而我却在远离故乡40余里的小县城，天寒地冻，冰雪塞路，加之公务缠身，回老家上灯的愿望又成泡影。镢头爷若地下有知，一定会谅解我的吧？

寒食、清明、重阳、鬼节

　　清明节的头一天是寒食节，祖母不让烧火做饭，说是为了纪念入山而被烧死的好人介子推，我家便一整天吃凉饭。民间流传着这样一个感人的故事：相传在春秋年代，晋国君主晋献公被年轻貌美的骊姬所迷，骊姬为了让自己的儿子继位，就用毒计谋害太子申生。申生的弟弟重耳，为了躲避祸害，由介子推等大臣陪同离开了晋国。介子推割自己腿上的肉烤熟给重耳吃，重耳才免于饿死。可是重耳做了国君后，对那些和他同甘共苦的臣子大加封赏，唯独忘了介子推。后经人提醒，重耳心中大愧，马上差人去请介子推上朝受赏封官。可介子推不愿受封，背着老母躲进了绵山里。为让介子推出山，晋文公命人放火烧山，谁知介子推宁死不出山，被烧死在一棵大柳树下。晋文公伤心万分，为追悼介子推这位耿耿忠臣，下令每逢介子推被烧死的这一天，晋国家家不准举火，以示纪念。现在不知是怎么回事，浮躁的人们对什么都不重视、不在乎了，似乎一切都无所谓，一副看破红尘的模样。真的看破红尘了吗？

　　麦苗刚埋住老鸹，风和日丽，耕牛遍地。"沾衣欲湿杏花雨，吹面不寒杨柳风。"人们不忘先人的养育之恩，想到了先人的坟墓，是否有狐兔穿穴打洞，是否会因雨季来临而塌陷，所以要在清明节这天亲临察看。一方面清除杂草，给坟上添几锨土，一方面准备一些祭品，烧几沓纸，举行简单的祭祀仪式，以表示对死者的怀念。宋朝诗人高翥在《清明日对酒》中写道："南北山头多墓田，清明祭扫各纷然。纸灰飞作白蝴蝶，泪血染成红杜鹃。"这首诗多年前读过，仍深记不忘，清晰如昨。虽然我们这里没有山，但他诗中"白蝴蝶""红杜鹃"的意象太形象、具体而深刻了。上坟扫祭这类事情是断断少不了孩子的，我们对着祖茔磕头的神态是那么虔诚。

　　清明时节，还是踏青的良辰佳日。一边踏青，一边剜着野菜，甭提多惬意了。

　　农历九月初九重阳登高在我们这穷乡僻壤不算风行，楚人屈原式的"朝饮木兰之坠露兮，夕餐秋菊之落英"的清高绝俗、孤芳自赏之作不会有；元朝马致远式的"和露摘黄花，带霜烹紫蟹，煮酒烧红叶"的闲情逸趣也不会有。唯有大人牵着孩子到村外的高坡土岗上转悠转悠，就算登高了。而今连这种简单的仪式也没有了，幸耶？悲耶？

　　农历十月初一俗称鬼节，据说这一天仙逝亲人们的灵魂被阎王爷从地府里放出来"度假"。家人吃过早饭，慢吞吞地到祖茔上祭扫一番，烧些黄纸，送些"银钱"，并将先人的灵魂领回家看看，以尽孝心。"早清明，晚十月一"，意思是清明节祭扫烧纸宜早，而十月初一祭扫烧纸宜晚一些。祖母说，清明节后，鬼魂便归天界，直到农历十月初一方被放回，清明节上坟扫墓必须在其离开之前进行，故宜早些；十月初一这天，有的鬼魂还行进在回家的路上，过早恐其收不到家人送的银钱，故上坟扫墓宜晚些。

孩子自己的行乐法

除跟随大人玩耍外，我们亦有自己的一套行乐法。无论如何，我们的脑袋、小手、腿脚等总是不愿闲着。

我们猜谜语、讲故事、摸瞎、跳绳、练操练、团泥巴、吹气球、打弹弓、盘瓜园、拍蜻蜓、抛杏核儿、捉"老蒋"、过家家、看蚂蚁上树或搬家、看屎壳郎滚蛋儿、玩老鹰抓小鸡或黄鼠狼拉鸡等，名堂繁多，玩法各异，难以一一详述。其时，在乡村的夜晚，经常出现黄鼠狼拉鸡的情况。黄鼠狼现在似乎学好了，轻易听不到人们夜半惊叫着撵黄鼠狼的吆喝声了，而实际上是黄鼠狼的数量大大地减少了。与此同时，"黄鼠狼给鸡拜年——没安好心"这句歇后语的日常使用率也极大地降低了。

我们经常到生产队的饲养院里捉蜻蜓。夏天傍晚，饲养院里的光地上堆积着几个社员刚刚铡好的2寸左右的喂牲口的一大堆青草，青草堆散发出一种好闻的清香；众多金黄、瓦蓝色的蜻蜓环绕着青草堆飞翔。我们用大扫帚拍捉了好多蜻蜓，用绳子把它们穿起来形同一条花鞭。

我们在小河里捉小鱼、上树掏鸟窝、在屋檐下的小洞洞里摸鸟蛋，有一次竟摸出了一条长虫，吓得马黑脸一头从脚蹬的耙齿上栽了下来。我们玩蓍草，占卜阴天晴天。蓍草茎有棱，叶子呈披针形，羽状深裂，裂片如锯齿，花白色，结瘦果，通称蚰蜒草或锯齿草。将蓍草的茎一撕两半，要是内部发白，就判断明天是晴天；若是内部青乌，就判定明天是阴天，每每应验。

麦收时，在刚刚割倒麦子的麦茬地里捕捉才会蹦跳的小兔；秋罢场光地净，到田野里去挖田鼠洞；开春天气转暖，又是春闲，已筹备好些年头的庄户人开始建房造屋，孩子们就去看打夯，听打夯歌。工地上，八九个汉子穿着单衫，有的还光着膀子，抬起捆扎牢固的大石礅正在一起一落地打夯。一个人喊着号子，其余的人跟着应和。夯砸地基的声音传出老远，而悠长、粗犷、撩人的打夯歌在几里地外都能听见：

哈腰抬啊——

嗨哟——

往前走啊——

嗨哟——

挺起胸啊——

嗨哟——

孩子们围在周遭，看得目瞪口呆，听得心驰神往，万事皆忘。

我们也爱看出殡。乡村的葬礼，人情味最浓。成群结队的孝子披麻戴孝缓缓走出村庄，迈向田野，田野显得悲壮起来。送葬的队伍走过去，沿路的乡亲们纷纷落泪。孩子们穿着母亲纳的千层底布鞋，一会儿跑到送葬队伍前头，一会儿夹在送葬队伍当中，一会儿跟在送葬队伍之尾，随自己的喜欢。

当然，我们更爱看拜堂成亲。队上有一种四轮载重车，叫太平车。太平车呈长方形，有车厢、车毂、车轴辘等主要构件。车身长约2.5米，宽约1.5米，两边的车帮是双木条，车帮左右两边各安装两个木轮子，轮子足有1米多高，大致和车帮相齐。四个轴辘转起来，行驶中会发出"咕噜咕噜"的声音。车结实而笨重，一般需要三四头牛才能拉动。太平车车速很慢，坐在上面，让人真正体味出"四平八稳"的深刻内涵。它与中国人办事讲究"四平八稳"的观念是那么合辙合拍，不能不让人感叹发明此车者洞察世事人情的细致入微。此车拐弯很是困难，需赶车的车把式肩扛手推，才能扶正车头。"前有车，后有辙"就是针对这种太平车说的。太平车走过去，轧出了两道印儿，即车辙。后边的车，跟着前边的老车辙走，走起来比较轻松，也比较快。如果要开新车辙，非常吃力，当然走得就慢了。大约是我6岁那年的夏天，我坐着太平车跟着父亲、祖母去县城办事，具体办什么事已记不清，好像是看焦裕禄书记逝世多少周年的烟火。车上还有其他好几个人。40多里路竟然走了大半天，夕阳落山时才进了老县城东关，记得当时的车把式是黑三爷。现在这种车早被淘汰了，被简洁便利的两轮马车、手扶车、三轮机动车、四轮机动车等取代，连偏僻的农村也见不到了。小时候的阴历年前后，庄户人家常用它来娶亲。车厢内圈一张簸席，形成一个高出车厢的拱洞，后厢门用席子捂严，前厢门吊红布遮掩，新媳妇藏在里面，由婆家人从其娘家接回拜堂成亲。新郎家院门上连同院内的树上都贴上了红艳艳的"囍"字，"喜鹊闹梅"的窗花上还沾着霜花。大人小孩都喜气洋洋。迎亲送亲的姑娘小伙眉眼闪亮，小伙衣帽齐整，姑娘腮红辫乌。堂屋门外东侧的墙壁旁摆放着一张八仙桌，桌上首悬挂一张毛主席画像；桌子上搁着织布用的"锯"和麦子盛得冒尖儿的麦斗；麦斗里插着一炷香和一杆秤；秤上挂面铜镜。这些道具各有讲究，"锯"象征勤劳，麦子象征子孙繁昌，秤和铜镜象征公平，香象征明媒正娶和告知天地。拜天地时，新郎和新娘头上被本家嫂子撒上了麦麸子，"麸"即是"福"呀。每撒一把，就招来一阵欢声笑语。孩子们也跟着咧嘴傻笑。大人们高兴，我们也就高兴。

我们还特别爱听二胡声。邻居连成哥会拉二胡，而且经常拉二胡。秋雨连绵里，黄叶飘零，空气微寒。低沉圆润的二胡声濡着水音儿，袅袅地在村中行走，走过湿的树，湿的瓦，湿的院落，无处不到。鸭子在泥泞里走，慢悠悠的，步态似有些庄重。鸡们提起一只爪子，立在草垛檐下，凝神静听。孩子们倚在门框上，或趴在被窝里，竖起耳朵听。春雨缠绵里，二胡声绕过村北的杏林、桃林、瓜园以及"香远益清"的荷塘，飞向绿色的大地，将孩子们的思绪牵出很远……

我们还时不时地去逛逛生产队的菜园。瘦高驼背、满头白发的张纯连（小名奔拉）是队上多年的种菜人兼守园人，我们背地里总喊他张白毛。他很怪，总板着脸，不搭理我们。只有见大队干部和生产队队长、生产队会计及其家属时，他才有个笑脸。他不理我们，我们也不理他，自娱自乐地溜达在菜畦间。茄子看上去古色古香，还戴着斗笠；青椒绿得发亮，直晃人眼；辣椒虽然红得火热，但总让人感到它尖酸刻薄；南瓜看上去真厚道；冬瓜胖得像公社书记；芹菜是骨骼清奇的正人君子；与芹菜同宗的芫荽则没有掌握好分寸，有自命清高之嫌；胡萝卜懂得保护自己，把艳丽的身子藏在土里，把绿莹莹的缨子丢在外头；白萝卜显得大大咧咧，不知害羞地把半截胖身瓜儿裸出地皮；黄瓜顶花带刺，像自视甚高的少女，一副高不可攀、不可侵犯的样子；豆角如身材修长的处女，正独自沉思；番茄红得满腔热忱，又似饱含着一腔心事；瓠子只管长它自己的，面色呆板如张白毛的脸；地黄瓜将身体匍匐于地面，好睡个懒觉，它不企求浮名虚誉，也不贪图大富大

38

贵；菠菜同地黄瓜一样，不喜炫耀，默默孕出一抹青绿，回报营养着它的泥土；荆芥洁身自爱，总想活出清香风味，还是个慈善家，心平气和地让丝丝缕缕的菟丝子附在自己身上；白菜即使在严冬也坚持着恪守信仰的表情，令人崇敬；莙荙菜不顾一切地疯长，想借墨绿肥硕的个子显得自己高人一等；小葱青青，苗条洁净得犹如小家碧玉；大葱壮硕泼辣得如同善于持家的中年妇女；韭菜总是把箭形的绿叶梳理得有条不紊，像新婚的少妇。

再记孩子自己的行乐法

　　乡村没电，更没有电视看。晚上点的是萤火如豆的煤油灯，暗红的光晕从窗户溢出来，溪水般流淌在夜的深处，使夜晚静谧得宛如一首古老的田园诗。孩子们饭后在家里憋不住，就三三两两相约着踏着月光走出来，聚集在生产队队屋前的那片空地上。人一多，就想点子玩儿。大多时候不是玩捉迷藏，就是玩打仗。有时小伙伴们围坐一起号着嗓门唱儿歌：

> 板凳板凳撂撂，
>
> 里面坐个大哥；
>
> 大哥出来烧香，
>
> 里面坐个姑娘；
>
> 姑娘出来梳头，
>
> 里面坐个孙猴；
>
> 孙猴出来蹦蹦，

里面坐个老豆虫，
一摸一咕容。[1]

接着唱：

板凳板凳弯弯，
马家闺女十二三。
大红袄，绿挽袖，
胸口缀着板子扣。
板子板子一朵花，
咯呀咯呀抬婆家。
婆家有那一壶酒，
不喝不喝喝两口。
春菇菇，豆芽菜，
哪个妹妹替我拜？
生铁，熟铁，
拉磨，合扇儿。

又唱：

板凳板凳方方，
马家闺女心慌。
慌啥哩？
生小猴！
生几个？

---

[1] 咕容：（方言）蠕动。

生八个！

拉到会上换糖豆儿，

甜得小孩直摇头。

　　唱完了，是一片"啧啧"的咂嘴声，仿佛每人都分享了一把甜得要命的糖豆儿。有时候也唱另一类儿歌，如"红薯汤，红薯馍，离了红薯不能活"；有时候也悲哀哀地唱民歌《小白菜》："小白菜呀，地里黄呀；两三岁呀，没了娘呀。亲娘呀，亲娘呀！跟着爹爹，还好过呀；只怕爹爹，娶后娘呀。亲娘呀，亲娘呀！娶了后娘，三年半呀；生个弟弟，比我强呀……"有时候也唱跟大人们学的诉苦歌："天上布满星，月牙儿亮晶晶，生产队里开大会，诉苦把冤伸……"唱累了，就抬头看月亮，月亮有时状若一弯金钩，有时浑如银盘，有时灿若一朵素洁的莲花。月亮也真逗，孩子走，它也走；孩子停，它也停，惹得孩子拍手叫。有的夜晚繁星满天，银河横空，孩子们就仰脸数星星，怎么也数不完。在屋檐的空隙里、树洞洞里隐居了一天的蝙蝠，在月色星光之下翩翩飞舞，时而飞得很高，时而又飞得很低，光溜的翅翼嬉戏似的碰了一下孩子们的脑瓜和肩膀。

　　有的夜晚是玩"撞门"。小伙伴们分成人数大致相等的两大阵营，各自手拉手站成一排，相隔十步左右相对而立，算是摆好了阵势。

攻方：野鸡翎，砍大刀。

守方：您家有谁叫俺挑？

攻方：您挑谁？

守方：俺挑×× 来撞门。

被守方点了将的那个人，往手心里吐一口唾沫，搓搓手，拉开架势迅速向对方阵营冲击；而守方则相互紧拉着手，阻挡对方冲破大门。如果冲阵的人将守方中的任意两人冲得撒开了手，算是把门撞破了，就可以把撒开手的两人中的一个带回本阵中。然后，仍然作为攻方，叫阵，进行下一回合。如果冲阵的人未能冲破对方的门，就要留下来，插在所撞的两个人中间，并且攻方变为守方，守方变为攻方，由攻方叫阵，开始另一回合。直到其中一方只剩下一个人，算是战完了一场。若想继续玩下去，就要由剩下的那个人向大家伙儿求援，方法是：他"喔喔喔"地学公鸡叫后，大伙儿问："哭啥哩？"他可怜巴巴地说："俺家没一个做伴的人儿。"大伙儿问："你要谁？"他就开始点将，直到双方人数大致相等，就重新开始下一场战斗。

写到这里，儿时的情景恍若眼前。岁月流逝如白驹过隙，转眼已30余年矣！

那时候挎个竹篮或挟个布袋、打着竹板走村串户要饭的人很多。打竹板者又分两类：一类是干打竹板不唱的；另一类是打竹板做节拍唱些民间小曲的，每段常常以"莲

43

花落，莲花落"的句子做衬腔或尾声，俗称"唱莲花落的"。其中有一个人给我的印象颇深，他是属于光打竹板不唱的那一类。说不清他的年纪，只是觉得他丑得不能再丑了：又黑又瘦又矮，脖子形同一根细茎，脑袋圆得不能再圆，小得也不能再小。远远望去，肩膀之上，活似一截干木棍儿顶着一个小皮球。眼睛呢，也小得可怜，如同秫秸篾子划拉了一下子，只有一道针鼻儿大的细缝儿，根本看不见他的眼珠，加之他总是仰着个脸，仿佛一直盼望着天上能掉个馅饼儿又正巧被他接住，孩子们就给他起个代号叫"望天猴"。他一来我们村，便招惹了一大帮孩子跟随着观看。他来到谁家的院门口，就"呱呱"地打上几声竹板，然后就站在院门口或靠在院门口的树身上等着施舍。面对我们的起哄、怪叫、嬉闹，他始终不说一句话，谁也猜不透他在想什么。几十年过去了，他一直在我的心里沉默着。

44

南河滩、水淖儿、杏园、桃园、瓜园

离我们村子两里地的南边有一条东西流向的干渠，渠里是黄河灌入的黄河水，一座水泥浇铸的大桥贯通南北。干渠高大的渠岸南面就是一望无际的河滩地，滩地里很难种植庄稼，便栽植了大片大片的白毛杨，野草也葳蕤得令人惊叹。野草丛中，盛开着繁多的野花，季节不同，花色亦不同：春天有牵牛花，夏天有蒲公英，仲秋有雁来红，初冬有野菊花。或姹紫嫣红，红红火火；或清幽高雅，风姿绰约，使我在贫穷之中感受到生活的美好。野草野花之中，又是群虫会集的地方，"老砍刀"、"绿扁担"、花大姐、蚂蚱、蟋蟀、蝼蛄、蝈蝈儿、蝴蝶、知了等，发出一派和谐欢快的滚爬声和鸣叫声，为我少年贫乏的精神生活平添了许多乐趣。我常常伫立在花草丛中，惊诧于河滩的丰富、美丽和浪漫；我常常仰卧在花草丛中，凝望河滩上空自由自在飞翔的燕子、白鹭，让自己的思绪飞得很远很远。在伫立、仰卧之中，我学会了思索，向往远方，内心深处涌起一种莫名的淡淡忧愁和哀伤……

水淖儿，指的是村子西北边的一个大水坑，占地约200亩。每年盛夏，南边的黑泥河一涨满，水就慷慨大方地流淌过来，水淖儿里就满满当当的都是水了。水淖儿北部长满了芦苇、蒲草。夏秋时节，芦苇扬花，蒲棒茸茸，游鱼摆尾，嬉戏唼喋，蛙声间之，苇喳子鸟鸣声参之；芦苇、蒲草旁边，摇动着一串串殷红的水蓼花，俨然江南景色。夏日白天，水淖儿是孩子们的世界，水面上满是孩子们的"茶壶盖儿"。孩子们不会蝶泳，不会蛙泳，祖辈、父辈传授的是清一色的狗刨式。所谓狗刨式，就是在双手刨水的时候，两只脚要不停地在水面上踢腾，以此助力向前游走，聪明的乡人给起了个土里土气又形神兼备的名字——"打扑腾"。至于暮秋看水淖儿里芦花飘飞，冬季在水淖儿里滑冰，月光之下帮着大人在水淖儿附近刮咸土淋盐，另有一番景致，非亲身经历者不能体味。

而今的水淖儿早已面目全非，被人填平建窑厂了，窑厂上空冒出的滚滚黑烟熏烤着父老乡亲的心……

那时节，如果说南河滩、水淖儿是孩子们的"乐园"，那么杏园、桃园、瓜园便是孩子们心目中的"圣地"了。

紧靠村庄的斜北坡，是两片果园，路东是杏园，路西是桃园。在春雨的淅淅沥沥里，杏花娉娉婷婷地开了，红云氤氲，映红了半个村庄，带着湿漉漉潮气的馨香飘向附近的几个村落。杏花还没有谢，妖妖娆娆的桃花又开了，明眸迎朝阳，粉妆戏晚霞，渲染出一派缤纷世界。入夜，孩子们从睡梦里醒来，鼻子眼儿里浸满花香，似乎还能听到小蜜蜂的嘤嗡声……

看杏园、桃园的是一个孀居老太婆，耳朵聋，但胆儿特大，据说敢独自一个人躺在坟头上过夜。她原有一个儿子，被抓兵去了台湾，几十年杳无音讯。还有一个女儿，早已出嫁，彼此村庄相隔不远，时不时地过来看她。大人们教我们小孩子喊她"忠奶"，她的丈夫应该叫"忠"，但我们从来没有见过"忠"，他大概死得较早吧。忠奶长得高大黑胖，活似《水浒传》里的孙二娘。她常常手执一根木棒，整日整夜地巡逻护园，从没见她打过瞌睡。因此，我们小孩子既恼恨她又敬重她。

杏园、桃园里时常来几个公社干部，大队支书领着，生产队长陪着。来到园里，挑好的杏吃，拣好的桃吃，吃饱吃足了，又把自行车横梁上悬挂的车兜子装得鼓鼓囊囊的，然后，打着饱嗝儿扬长而去，气得我们小孩子在他们远去的身影之后使劲扔砖头、吐唾沫儿。等到分桃分杏时，便只能分到半生不熟的、小得可怜的桃和杏了。

杏园、桃园的北面是一条东西走向的小河，叫黑泥河。夏天水很深，上有一架石桥连接南北。河的北岸、小桥分界路的西边就是生产队的瓜园。

烈日盛夏，热得烫人的沙地上，瓜秧儿碧绿，其间躺着大大小小、品种不一的瓜，有地黄瓜、花甜瓜、王海瓜、小香瓜、酥瓜、牛角蜜瓜、甜面瓜，还有打瓜和西瓜。地头上，搭着一个"人"字形草庵子，庵子门口用四根木柱子撑起个大凉棚，瘦骨嶙峋的看瓜员"秃老明"——我们小伙伴又恨又怕的"刁德一"，不是坐在凉棚下搔痒痒，就是在瓜田里除杂草，或者掂个瓜铲，弓着腰，挺威风地在瓜园周遭巡视。"秃老明"并不秃，但我们都愤恨地叫他"秃老明"，以为只有这样叫了，才能稍解心中对他的"痛恨"。他叫张庆明，比我尊两辈，是爷爷辈的，但我打心里从来不认他这个爷，谁让他不叫俺吃瓜呢！每当看到不好好薅猪草，挎着个篮子在瓜园旁边乱转悠的孩子们，"秃老明"就上火了，瞪着眼珠吼："小孩子们，滚一边玩儿！"这种时候，孩子们不得不难过地走开，让那多汁的大西瓜好生地睡吧，让那香甜的牛角蜜瓜快快地长吧……

后来，"以粮为纲"，杏树砍了种玉米，桃树伐了种红薯，瓜园犁了种大豆，孩子们心目中的"圣地"被毁掉了。

北风、南风、流星

记得那时候祖母曾给我和妹妹、弟弟讲过这么一则寓言，说是北风和南风比赛谁的威力大，看谁能把行人的皮袄吹下来。北风疯狂咆哮，行路人冻得把皮袄裹得紧紧的。南风则徐徐吹来，一会儿天变得暖暖和和的，行路人先是解开扣子，后干脆把皮袄脱了下来。南风因柔和温暖取胜，北风因冷酷无情失败。"所以呀，为人要虚心和气，不能充大。"祖母最后总结似的对我们说。

夏夜同祖母在屋外纳凉，常有一颗流星闪着明光划过夜空，急遽地向天边坠落。祖母手摇蒲扇，轻声说，地上又要死人了。因为按照祖母的"理论"，天上的每颗星星，都对应着地上的一个人；一颗星星落了，地上所对应的那个人也就完了。我们哀求祖母帮着寻找天上与我们对应的星星。祖母严肃地说，天机不可泄露，任谁也认不得、辨不准。可只要有好心，与你对应的那颗星星就明亮，你本人也就能得好报。要是你对人使坏，与你对应的那颗星星就昏暗，你本人也就快遭殃啦。善有善报，恶有恶报，古今如此。"你别看有些人平时很凶，不是不报，时辰不到，时辰一到，必定要报。"

这就是我小时候受到的关于人生、关于善恶的启蒙教育。

乡村的夏秋之夜，凉爽而迷人。

我和祖母常睡在院子的槐树下。苇席的丝丝清凉抚慰着我，仰天而卧，很快就进入梦乡。我和父亲睡在户外的经历也很多，我在庄稼地头、瓜园里、打麦场上度过了不少美好的夜晚。当时，父亲为多挣工分，经生产队队长允许，晚上约三五个谈得来的叔伯爷们，胳膊弯里挟着凉席，肩头上搭条棉布单子，到村外已长棒的玉米田地头，或已结毛豆角的豆田地头，或已炸朵儿的棉花田地头，巡察看守，防范小偷小摸。这时候已是秋天，有微微的寒意，要着夹袄或穿两件单衣。到了地头，挑选枝叶浓密的树冠，在其下面铺好凉席，绕庄稼地巡行一番，对着空旷无垠的夜幕咋呼几声，吓唬吓唬小偷，就或坐或躺于凉席之上，开始扯闲篇、说笑话。下露水了，很浓，滴滴答答的。我将棉布单子盖住肚子，聆听着这奇妙的人间俚语和大自然的天籁之声，不知不觉地进入梦乡。有一年，父亲的脚因公扭伤，没法干重活，生产队队长派他跟着看瓜员"秃老明"守瓜园，我才有幸夜宿瓜园。晴朗的夏夜，瓜园里凉风习习，百虫鸣叫，鸣出了王维田园诗般的趣味。但瓜园

50

里蚊蚋很多，常常叮咬得人睡不好觉，第二天脸上、胳臂上总有几个红包，痒得令人难受，破坏了我早先对瓜园的美好想象。每年麦子收进场里，仍然需要庄稼汉们夜里看护麦场。我和父亲把苇席铺在光溜溜的麦场地上，感受着新麦子清新的气息，体验着丰收的喜悦。同去的小伙伴有好几个，都光了脚丫，在场地上奔跑、嬉戏、翻筋斗等，玩累了，就坐下来听大人们说话，他们讲述着一段段村庄里早年发生的故事，我听得津津有味。

夜宿户外，有时会碰到疾风骤雨。夏季天气变化快，常常前半夜还是月朗星稀的好天气，后半夜就会突然刮起大风，忽降急雨。睡得香甜时，被大人晃醒或唤醒，慌忙迷迷瞪瞪、睡眼惺忪地帮大人收拾铺盖向屋内转移。刚搬进屋，外面已是雨声哗哗。如果是阵雨或蒙蒙小雨，用单子蒙起头，挺一挺就过去了。清早起来，又是一片艳阳天。

儿时，夜宿户外的感觉真好。

鸟满乡村

"喔喔喔——喔喔喔——"公鸡打鸣儿。

"咯咯——咯嗒！咯咯——咯嗒！"下蛋的母鸡"报喜"。

"喵呜——喵呜——"猫叫春。

"哼哼——哼哼——"猪叫。

"汪汪汪——汪汪汪——"狗叫。

"咩——咩——"羊叫。

"哞——哞——"牛叫。

"嗯啊——嗯啊——"驴叫。

"咴儿——咴儿——"马嘶鸣。

"嘟嘟嘟——嘟嘟嘟——"祖母连绵不绝的纺车声。

"××哎——回家哎——吃饭哎——"母亲焦急而又亲切的呼唤声。

"当当当……""上工啦——"敲钟声和生产队长沙哑的吆喝声。生产队的那口黑黑的大钟，长年累月地悬挂在生产队队屋前那棵泡桐树的丫杈上，钟下面垂着一条又细又长又黑又脏的麻绳。

"广大社员同志们，开会啦——""当当当……"生产队长沙哑的吆喝声与敲钟声。

在寂静的小村庄，除了聆听这些熟悉的声音外，我们听得最多的就是"翱翔"的鸟飞声和音色各异的鸟鸣声。

那时的鸟特别多，我们就噘起嘴唇来学各种各样的鸟叫。

出粪叉儿鸟，不知道它到底是一种什么鸟，只因其尾巴处有三股叉儿，活像个出粪叉儿，我们就叫它出粪叉儿鸟。麦收期间，它和布谷鸟总是天刚亮就叫，把我们从梦中唤醒。

刚出窝的灰斑鸠特别漂亮，短嘴，红脚，满身毛茸茸的金丝线，让人怜爱得不忍触摸；"咕咕"的叫声更是听得我们心花怒放、手舞足蹈。

燕子是受庄户人家欢迎的鸟。我们平时所说的燕子，指家燕。其身体小，翅膀尖而长，尾巴分开像剪刀；背部羽毛黑色，有光泽；腹部白色；颈部有深紫色圆斑。捕食昆虫，对农作物有益。随季节变化南北迁徙，多在屋檐下筑窝，叫声呢喃。家乡人说，它到谁家垒窝就证明谁家人财两旺，家庭吉祥。有一对燕子，每年春上都到我家的屋檐上搭窝，它不分昼夜衔泥筑巢的精神令我感动。"不辞故国三千里，还认雕梁十二回。"我家既不人财两旺，也

53

没有雕梁画栋，可这对燕子依旧去而复来。

喜鹊嘴尖，尾长，身体大部为黑色，肩和腹部白色，叫声嘈杂。"喳喳！喳喳！"庄户人家认为喜鹊是喜鸟，它在谁家叫，预兆着谁家就要喜事临门；你走在路上，喜鹊拦头一叫，就预示着你要有喜事。用事实验证验证，似乎蛮像那么回事儿。所以喜鹊同燕子一样，也很受欢迎，而老鸹（乌鸦）就不行了。它浑身乌黑，似一坨子黑墨，丑死了，"呱呱！呱呱！……"叫得又特难听，被称为"报丧鸟"。它在谁家一叫，谁家就快出事了。总结总结往事，似乎蛮是那么回事儿。有趣的是，老鸹还与不孝扯在了一起。民谣唱道："小老鸹，尾巴长，娶了媳妇忘了娘。把老娘扔到野地里，把媳妇背到床头上。关上门，堵上窗，呼呼噜噜喝面汤。"我们唱着唱着，就对老鸹产生了憎恨之情。可听了祖母给我们兄妹讲的"羊羔跪乳，老鸹反哺"的故事，我们又原谅它了。祖母说，你们看小羊羔为了感谢母亲的养育之恩，它吃奶时总是跪着吃。小老鸹被老老鸹养大了，而老老鸹却衰老了，小老鸹就出外觅食儿喂老老鸹。祖母讲得很动情，我们听了很感动，争着说等自己长大了，一定要好好孝敬祖母和父母。祖母湿着眼睛笑了。可令我疑惑的是，反哺的小老鸹怎么跟民谣里的小老鸹不一样呀？祖母说，人有孬好人，鸟有孬好鸟，这只小老鸹咋能跟那只小老鸹一样呢？

麻雀遮天盖地，啁啾不已，是很活泼乐观、生命力极强的鸟类。

笛笛罐儿，又名鸭鸭蛐儿，是一种比麻雀还要小的浑身色彩斑斓的鸟，常常栖息在屋檐下的小洞洞里或村外麦秸垛上的小窝窝里。它的叫声像竹笛儿一般甜润清脆，而且形状浑圆似盛糖果的小罐儿，所以叫它笛笛罐儿；它又像刚出壳的小鸭鸭一样玲珑娇贵，叫声像蛐子一样悦耳动听，所以又叫它鸭鸭蛐儿。对同一件事情，两人抬杠，一个说是"笛笛罐儿"，一个偏说是"鸭鸭蛐儿"，这样的人通常被乡亲们戏谑为"杠头"。小时候这种鸟特别多，仅次于麻雀，现在大概绝迹了。适者生存，物竞天择，这是自然界的规律，谁也逆转不了。遗憾的是，至今不知其学名叫什么。

鹧鸪以吃昆虫、蚯蚓、植物的种子等为生，背部和腹部黑白两色相杂，头顶棕色，脚黄色，鸣声像"行不得也哥哥"。俗语说："清明谷雨鹧鸪天，播种早秋莫迟延。"清明、谷雨时节，鹧鸪叫得最欢。听到鹧鸪叫，农人就着手播种早秋作物了。

野鸽蹁跹于蓝天白云之下，不与人为伍，时常落在土路上、田野间觅食儿吃，见人到来就扑棱一声飞走了。看到它们，我们就唱起儿歌："小鸽子，真美丽，红嘴巴，白肚皮，飞到东来飞到西，快快飞到北京去。"因为毛主席住在北京，我们打小就向往北京，想象北京一定是金碧辉煌的，胜似天堂。虽然我们也没有见过天堂。同时唱的儿歌还有："小白孩，快快长，长大跟着共产党。吃白馍，穿大氅，开起汽车呜呜响。"

鹁鸽，是庄户人家家养的鸟，也叫家鸽，是鸽子的一种。身体灰黑色，颈部和胸部暗红色，寄宿在农家小院屋门头上横卧的荆条篓里或筐里。喜在窝里"咕咕"地叫，气场十足，声震屋瓦。哪里有瓦呀，姑且称它"声震屋草"吧。有时鹁鸽好几天不见踪影，庄户人家以为必丢无疑。可是某一天它又飞回来了，并且额外带回来一群鹁鸽，让庄户人家又惊又喜，颇有点"塞翁失马，焉知非福"的意味。瑞气常臻的鹁鸽，在屋脊上憨态的身影，映衬着橘红色的晚霞，藕荷色的天空，成为乡村傍晚独特而亮丽的风景。

鹁鸪又名鹁鸠、鹁姑，羽毛黑褐色，天欲雨或天刚晴的时候，常在树上啼叫。谚曰："天将雨，鸠逐妇。"因其浓阴将雨时鸣声甚急，仿佛在追唤他的媳妇："鹁鹁鸪，鹁鹁鸪鹁鹁鸪……"故俗亦呼为水鸪鸪。到了积雨将晴之时，又听见鹁鸪在懒散地叫："鹁鸪鸪——咕！鹁鸪鸪——咕！"单声叫雨，双声叫晴。这是双声，是鹁鸪的媳妇回来啦。"——咕！"是媳妇在应答哩。而祖母的解释是：鹁鸪命苦，自小没了爹娘，是姑姑一手带大的，后来姑姑也死了。鹁鸪怀念姑姑，就没日没夜地叫"姑姑"，唤"姑姑"。

苍鹭不同于白鹭，它没有白色的羽毛，背部苍灰色，

56

头部后方两侧有黑色长羽毛。但二者的腿都很长，都能涉水捕食鱼、虾等。白鹭也叫鹭鸶，苍鹭又叫老等。

猫头鹰的头部类猫，眼睛大而圆。白天，它是个近视眼；到了晚上，它的眼睛却很锐利。故而它总是昼伏夜出，巡行于苍茫暮色中，深沉黑夜里，迅速地捕杀鼠类，默默地为人类造福。有的地方叫它鸮鸺，也有的地方叫它夜猫子。因为它长相奇特，又常在深夜发出凄厉的叫声，少数迷信的人便认为它是一种不吉祥的鸟。这是自然界的一宗"冤案"，但它"背了一身的罪名，夜晚仍不放过老鼠"。

鹞鹰是一种很小的鹰，它神速地穿梭于天空和林梢间，也叫雀鹰。苍鹰，俗名老鹰，比鹞鹰大许多倍。它在天空缓缓盘旋，我们能感受到它的雄健威严。地上跑的鸡或野兔瞧见它投映到地上的影子，就吓得惊慌失措，甚至颤抖着缩成一团。它发现目标后，一个俯冲就能将鸡或野兔叼起来，张开翅膀飞向高空、飞往远处。有个成语叫"鹰鼻鹞眼"，常用来形容奸诈凶狠人的相貌。据我本人观察，"鹰鼻"是指某些人的鼻子长得比一般人长，最主要的是鼻头带弯钩；"鹞眼"是指某些人的目光不从容镇静，而是游移不定。我的生活经验是，同这种长相的人打交道，还是小心为好。

土雕个子比苍鹰还大，平时较少见，我顶多见过三四回。有一天，它落在了邻居张彦生家院子里的泡桐树上，并且发出阴森森的冷笑。"不怕土雕叫，就怕土雕笑。""土

57

雕在谁家一笑，谁家就快死人啦。"乡邻们指点着张彦生家树上的土雕，纷纷议论着。张彦生的脸涨得通红，气急败坏地拿起一根长竹竿往外赶土雕，可惜竹竿太短，土雕不为所动；他又抓起土块，奋力向树上投掷，土雕又发出一段难听的声音，抖起翅膀飞走了。过了不久，张彦生那一向体弱多病的二弟就病死了。村人都说土雕笑得灵。现在明白了，科学已经证明，土雕嗅腐物的能力很强。人之将死，自然要发出一种异味，不过常人闻不到罢了，而土雕闻得到。所以土雕飞落到哪里，自有它的道理。土雕又叫鸷，以叼食鸡、野兔、小羊为生，有时还攻击人。

野鸭容易见，西淖儿里常有。天鹅、鹤极难见，大雁一年之中至少要见上两次。风和日丽、花草盛开的暮春，大雁排列着"人"字形的雁阵，高唱着应答的歌从头顶由南向北飞行；白杨萧萧、寒风乍起的深秋，大雁依然排列着"人"字形的雁阵，高唱着应答的歌从头顶自北往南飞过。大人们说，大雁是候鸟，冬天飞到海南岛过冬，春天飞到雁门关外度夏。听了大人们的讲解，我们对大雁很是羡慕，它们生活得多么有意思啊！我们要是能长有一双翅膀，天南地北地飞翔该有多好哇！南河滩里和水淖儿边沿的田地，是大雁们的理想歇脚处。这两个地方不但有水喝，还有野草、野菜、野果和稀疏的麦苗可食，最主要的是僻静。大雁在休息时，雁群四周设有站岗执勤的。我在傍晚，曾见到南沙滩里和水淖儿边沿落下大片大片的雁群，黑压压的数不清有多少。有几只大雁在雁群周围机警地走动，并且发出只有大雁才能听得懂的叫声。村里有几个不安分的后生夜里去水淖儿里捕捉大雁，结果无功而返。他们离雁群还有老远，就听见一声短促尖厉的雁鸣，几乎同时，无数只大雁叫唤着，旋风一般起飞了。等他们赶到大雁的宿营地，只捡到几片儿零落的雁毛。

喜鹊在柳梢上歌唱；大雁钻入远方的蓝天；野鸭"呱呱呱"地边游边叫；土雕紧闭带钩的利喙，瞪圆视力极强的眼睛，蹲踞在粗大光溜的枝杈上岿然不动。儿时的这番情景交织成动感极强的一轴画，保留在我的脑海里，直至今日还很清晰、生动。有人说，唯独人类的心灵深处，一个风景可以永远温馨，一缕阳光可以永远明媚，一股轻风可以永远吹拂，一阵春雨可以永远淅沥，一声鸟鸣可以永远啼叫。确实如此啊！

常得的病，常干的活

儿时常患的几种病蛮有意思，但很残酷，治疗方法也别出心裁。

牙疼。这大多是嗜食辣椒的后果。"牙疼不算病，疼起来要人命。"大人磕碗里一个生鸡蛋，浇上滚开水，让你趁热喝下，说是能祛热败火。再则是让你口中噙上煤油，长时间地"浸牙"，说是"以毒攻毒"。煤油的气味实在让人难以忍受，更可恨可气的是，有时不但不见效，反倒疼得更厉害了，脸也肿了。

打摆子，也叫发疟疾。这主要是平日受寒受凉，加之蚊蚋吮吸人畜血液传染才罹病的。发作起来，忽冷忽热。冷时冷得牙齿"咯咯吱吱"打架；热时热得浑身大汗淋漓，如同在笼蒸里。发冷时，大人们一准给你做碗糖水，命你迅速喝下，然后将全家的被子抱来，一股脑儿全盖在你的身上捂汗，压得你张着小嘴直喘气儿，翻着白眼说不出话。

闹痢疾。这主要是由长时间喝生水不讲卫生引起的。

一天能拉好多次肚子，拉得你浑身上下没有一丁点儿气力，扶墙走路腿都发软。大人们捞一碗不搁盐的热面条，倒上半勺子蒜泥一搅，再扣上一只碗闷一会儿，就叫你一鼓作气吃下，说是能杀菌止痢。"蒜面条"少盐寡醋，又辣嘴又刺鼻，吃得你龇牙咧嘴，愁眉苦脸，一头汗水，两眼噙泪。但经不住大人的连哄带吓，只得一个劲儿地往肚子里吞咽。若是运气好，赶上打瓜成熟时，说不定你能吃上一个打瓜，它治疗痢疾的效果不错。砰的一声，打瓜被一拳头砸开，黑子红瓤或白子黄瓤不啻琼浆玉液，同时一股凉爽甘甜气儿钻进鼻孔，惹得你含泪而笑。一旁的兄弟姐妹羡慕地瞅着患病的你，暗恨自己没能得上痢疾。打瓜是西瓜的一个品种，果实较小，如拳如碗，种子多而大。瓜农种之主要取其子晒干卖钱。行人路过瓜园，可随意到瓜园吃瓜，只要将瓜子留下即可。较西瓜而言，它好吃不贵，一个人敞开肚皮能吃好几个。吃时多用拳头打开，所以叫打瓜。可惜如今西瓜盛行，打瓜却不见了。年前骑车走在县城的街道上，冷不丁见一摊位上摆着几个翡翠似的打瓜，说是从海南运来的。真可谓越山渡水，千里迢迢。近前一看，瓜皮起皱蒙尘，暗而发乌，我怀疑是存放太久，且不一定熟。一问，价格倒贵得惊人，吓我一跳，只好悻悻离去。感叹世事沧桑，人心不古，同时对儿时的打瓜愈加怀念了。

痄腮，医名腮腺炎，俗称"肿脸瘟"。说不清它发病

61

的缘由，但一旦患上这种病，原来消瘦苍白的脸颊很快就肿胀起来，似发面馒头。有的人是一侧脸肿，有的人是两侧脸都肿。一侧脸肿者形象颇为滑稽可笑，两侧脸肿者就显得面目狰狞。大人们将仙人掌捣烂如泥，不由分说地糊上你的脸，说是能散肿消炎，孩子们每每被涂抹得面目全非。

上述大人们的行为虽然"可恨"，但这包含着对孩子的关爱。如果碰上不理正事的父母，既没钱给你买药打针，又懒得给你用土方法治疗，那你便只有苦受苦熬的份儿了。奇怪的是，这类孩子的身体非常耐得住煎熬，过不了多久，他便神奇地好了，又快快乐乐、活活泼泼地加入孩子们的游戏队伍里来了。多么顽强、多么伟大的炎黄子孙啊！

我们很小就开始干活。春天给猪羊割青草；麦季拾麦穗；麦罢用镢头锛麦茬或用小铲掘麦茬；夏天爬到黑槐树上采槐米，或拿根长竹竿从树上捅爬蚱皮卖钱；秋天执根细铁条扎捡落叶，或者用笆子搂柴火；冬天挖莎草的纺锤形状根茎（中医叫香附子）换油盐。平时帮母亲烧锅做饭，泼水扫地，喂猪垫圈，推磨磨面，照护弟妹，看场守院。赤日炎炎，将我们晒成了黑泥鳅，蚊虫将我们的身上叮咬出一个又一个的红疙瘩，我们不吱一声；数九隆冬，我们冻得瑟瑟发抖，融化的雪水把鞋袜浸透，小脚冻得红肿，我们仍然咧嘴嬉笑。

秋天是孩子们最逍遥自在、最富创造性的季节。我们扒着篮子，和小伙伴们一起到田野里割草。草把篮子装满了，肚子也有点饿了，就想法子填肚子。有的小伙伴负责挖地窖，也就是在地上挖个土坑，像农家地灶的那种形状，大圆肚方门，方门是往大圆肚里填柴火的；有的小伙伴负责捡拾柴火，有玉米叶，有干树枝；有的小伙伴负责去生产队的红薯地里刨红薯，或去玉米棵里掰玉米棒，或去豆田里摘毛豆。行动是悄悄的，像电影里的"地下党员"，唯恐大人们发现了挨剋呀。那种分工合作的气氛是热烈的，很有刺激性。就是俩孩子刚刚吵过嘴、打过架，正彼此噘着嘴、瞪着眼，谁也不搭理谁呢，但只要一开始这项"工作"，立刻就成了团结友爱的好朋友。不大会儿工夫，火就在地窖里烧起来了，内行的人能把火烧得既不灭又少烟，外行的可能会因柴火湿弄得浓烟滚滚，把孩子们的眼泪鼻涕都呛出来了。"此地无银三百两"，在远处田间干活的大人们，看见一股股的浓烟，就会半是责备半是埋怨地说："看，孩子们又捣蛋啦！"柴火烧完了，地窖里尽是红灿灿的火烬，孩子们就把红薯、玉米棒、毛豆一股脑儿地埋进火堆里，又"扑通扑通"地用土把火堆封严实，就又笑又闹地等待了。孩子们等了一会儿，心急呀，约莫"闷"得差不离儿了，就开始掘取"劳动果实"：毛豆烧焦了，似火炭；玉米棒也烧得过了头，一嚼特苦；红薯呢，只烧了个半生不熟。孩子们将红薯分而食之，"咔嚓咔嚓"大口大口地啃咬。此时此刻，那种甘甜可口的滋味是世界上任何精美的食品都无法替代的，但小手、嘴巴都弄得黑乎乎的。小时候的野餐以及那种"分薯同甘"的滋味，是多么令人怀想、多么叫人快乐啊！

我那时经常帮父母推磨。生产队的牲口非常金贵，跟娇宝儿似的，是不允许拉磨的，自家吃面便只能自家推了。我跟随父母走进磨坊，母亲趴在磨盘上看一眼，就咕哝一句："谁做事这么短见？连磨底儿都不留。""走吧！"父亲喊一声，用肚子一顶磨杠，石磨就"呼"地转动起来，我和母亲连忙推起磨杠跟着急走。石磨"呼呼"的转动声很悦耳，粉身碎骨的红薯片儿从磨缝里簌簌滚落很有趣，像暴雨中屋檐下的雨帘。不大会儿，磨盘的周围已堆起了一圈小山包。母亲塞住一个磨眼儿，石磨一下子变得沉重起来。我伸手一拔，石磨立时轻了很多。母亲说："别拔，两个磨眼儿下得太快，就像小孩吃饭，吃得太快太多消化不了，又得囫囵着拉下来。"我想了想，也是，又赶忙把磨眼儿塞上了。石磨愈发沉重起来，父亲亦不如当初那么潇洒自如了。一遍下来，我和母亲的头顶直冒热气，而父亲已经脱下棉袄，只穿了一件单衫，尽管外面飘着雪花，又刮着刺骨的寒风。推二遍时，父亲弓起腰，两只胳膊上的青筋暴起老高，吃力地用前倾的身子顶住磨杠。母亲的头上、脸上荡落了一层细碎的面粉，样子更显吃力，像纤夫一样低着头，一拱一拱地向前走。石磨像一座山，你拱一步，它才动一下。我踮起脚瞄一眼磨盘，尖尖的磨顶上缓缓流动着一个面粉旋涡。

过去的日子不管是弥满风霜雨雪，还是浸满酸甜苦辣，都成了美好的记忆，成了我人生中一笔极其珍贵的精神财富。"咬得菜根，百事可做。"经过艰难困苦生活摔打的人，还有什么坎坷险阻可畏惧呢？

"从来好事天生俭，自古瓜儿苦后甜。"诚信也哉！

2001年2月24日定稿

故园梦忆补遗

故园梦忆

祖母的日常俗语

（简朴的语言，朴素的道理，清白的人生。）

△麦熟一晌，蚕老一时。

△肚里没米，难下清水。

△桃三杏四梨五年，枣树当年就见钱。

△新婚三天没大小。

△三岁看大，七岁知老。

△命里只有八斗米，走遍天下不满升。

△清官难断家务事。

△人活一世，草活一秋。

△前不栽桑，后不栽柳，门前不栽鬼拍手（杨树）。

△坐有坐相，站有站相。

△一场秋雨一场寒。

△人不怕瘦，就怕瘦人没精神。

△不怕衣裳多补丁，就怕衣裳不干净。

△宁吃鲜桃一口，不食烂杏一筐。

△要想公道，打个颠倒。

△劝人不醒，只好一松。

△七十三，八十四，阎王不叫自己去。

△远亲不如近邻。

△牙齿和舌头恁好，还有磕碰的时候。

△兴家犹如针挑土，败家好似水推沙。

△冰凌响，萝卜长。

△冬令进补，春天打虎。

△养儿方知父母恩。

△雁过留声，人过留名。

△树活一世争高低，人活一世留名声。

△树挪死，人挪活。

△磨刀不误砍柴工。

△临时磨枪，不快也光。

△严师出高徒。

△要吃还是家常饭，要穿还是粗布衣，知冷知热结发妻。

△吃了人家的嘴短，拿了人家的手软。

△王婆卖瓜，自卖自夸。

△饭后百步走，能活九十九。

△敬神有神在，不敬没妨碍。

△麦蜡黄，上得场。

△白露早，寒露迟，秋分种麦正合时。

△密麦稀豆，收成不愁。

△有钱买种，没钱买苗。

△水肥壮，粮满仓。

△跟着好人学好人，跟着巫婆下假神。

△不打不成才，棍棒底下出孝子。

△八月十五云遮月，正月十五雪打灯。

△人家骑马咱骑驴，比上不足比下有余。

△贪多嚼不烂。

△早起三光，晚起三慌。

△薄沙地，别丢了；穷亲戚，莫忘了。

△千里送鹅毛，礼轻情义重。

△真金不怕火炼。

△有理不在言高，无理不怕瞎嗷。

△有理走遍天下，无理寸步难行。

△人在衣裳马在鞍。

△啥大人啥孩子，啥戏子啥台子。

△种瓜得瓜，种豆得豆。

△栽什么树苗结什么果，撒什么种子开什么花。

△强扭的瓜不甜，强摘的花不香。

△锣鼓听声，听话听音。

△是草都有根，是话都有因。

△人识教导武艺高。

△众人拾柴火焰高。

△留着青山在，不怕没柴烧。

△一寸光阴一寸金，寸金难买寸光阴。

△人穷了别说方便，人老了别说当年。

△独木不成林。

△一个巴掌拍不响。

△二亩地里一棵葱——独种。

△人无横财不富，马无夜草不肥。

△不在哪儿摔跤，不知哪儿路滑。

△宁死当官的爹，不死讨饭的娘。

△吃亏人常在，沾光死得快。

△人敬我一尺，我敬人一丈。

△人心齐，泰山移。

△人善被人欺，马善被人骑。

△人多好种田，人少好过年。

△夫妻一条心，黄土变成金。

△不听老人言，吃亏在眼前。

△朋友妻，不可欺。

△听人劝，吃饱饭。

△要想人不知，除非己莫为。

△不当家不知柴米贵。

△人死如灯灭。

（关于"人死如灯灭"的释义：人的一生，何尝不是一盏灯呢？生命如灯。我们从娘胎里呱呱坠地时，就已经蓄满一生的能量，这恰如一盏刚刚被点燃的灯，开始散发自身的光芒，照亮了自己，也照亮了别人。就这样，我们一直在闪亮着，直到生命终结的那一刻才熄灭最后的一点余光。人的生命是何等脆弱啊！大千世界里的芸芸众生又有谁能逃离死亡这一劫难呢？古人云："神龟虽寿，犹有竟时。腾蛇乘雾，终为土灰。"或许我们发出的光芒不如别人的那么耀眼夺目，但我们无怨无悔，因为我们把自己最宝贵的生命之光献给了这个可爱的世界。）

祖母讲的故事

拉荆笆

"说的是有一户人家呀。"祖母坐在月明地上，我和妹妹环绕在她周围，仰脸瞪眼仔细地听祖母"说瞎话儿"。祖母继续讲道："这户人家呀，家里有老母亲、儿子、儿媳妇和一个聪明懂事的小孙子。儿子小时候，他们家里很穷，母亲把好吃的都给儿子吃，把好衣服都给儿子穿，脏活累活从不让儿子沾边。儿子长大了，娶了媳妇，后来又有了孙子。年迈的母亲行动渐渐迟缓，脑子也不好使了，脏活重活也不会干了，儿媳妇感到老婆子是个包袱，就很不待见她，也不给吃的和穿的。终于有一天，儿媳妇跟丈夫商量，要把老婆子丢到山沟里去。起初儿子不同意，但经不住媳妇的纠缠和一哭二闹三喝药四上吊的恫吓，不得不同意。儿子、儿媳妇两口子就把老母亲用荆笆拉到山沟里丢下不管了。荆笆是用荆条编的成片的东西，有2米长，1米宽。两口子嫌弃老娘脏，就把她放在荆笆上拉着。孙子放学回来发现奶奶不见了，就到山里去找，最后找到了。孙子把奶奶背回家藏严实，又给奶奶偷了一些吃的和喝的，叮嘱奶奶不要出声。从此每天孙子放学回来，就在院子里拉着那个荆笆转圈，转了一圈又一圈。当爹娘问他拉荆笆转圈干什么的时候，孙子说，俺现在学学咋拉荆笆，将来好拉你们。儿子、儿媳妇两口子吓坏了，幡然醒悟，知道自己做错了，当面向自己的儿子承认错误。孙子把奶奶从堆放杂物的小黑屋里背了出来，儿子、儿媳妇慌忙磕头认错。从此对老母亲越来越好了。"

大槐树上的老鹳窝

"要问乡关在何处？大槐树上老鹳窝。"咱们河南人大都是从山西省洪洞县大槐树下迁过来的。元末明初战乱、天灾不断，特别是明朝中期，河南暴发瘟疫，十室九空，村庄无炊烟，田地少人耕，本来土地肥沃的粮仓之地，却荆棘遍野、荒草满地。

明朝统治者为了解决中原人口稀少的问题，决定从人口稠密的山西进行迁移，还规定"四口之家留一，六口之家留二，八口之家留三"，实行自愿报名制度。怎奈穷家难舍、故土难离，许多天过去，报名的人却寥寥无几。负责办理迁民事宜的官员多次受到上级的训斥，非常焦急。后来，为了落实朝廷的旨令，他们设了一个骗局，说是山西省的府县都得迁，唯有洪洞县的人免迁，并说某年某月某日可到洪洞县广济寺大槐树下办理准留手续。短短10天时间，大槐树下就聚集了几十万民众。就在这时，官府调集了大批官兵，将这几十万人团团围住，不论男女老幼全部绳捆索绑，押解着强行迁移。老百姓哭号着抗议，官兵就手持皮鞭边打边吆喝着行走。被押解的人们一步一回头，大人们看着大槐树上的老鹳窝告诉小孩："记着，大槐树上有老鹳窝的这个地方就是咱的老家，咱的故乡！"所以，至今移民的后代不论身在何地，都说自己的老家在山西省洪洞县大槐树下。

迁移民众行走时手臂被捆绑在背后，开始时胳膊有点麻木，但时间一长也就习惯了。因此，移民到河南被安置后，大多数移民仍旧习惯背着手行走，其后代也模仿大人们的走路姿势，也喜欢背着手走路。在押解过程中，路上经常有人要大小便，只好向官兵报告："官爷，请给俺解开手，俺要尿（或者俺要屙）。"由于人们长途跋涉，少气无力，再加上押解人员也厌烦啰唆，因此，这种口头请求也被简化了，只要说声"解手"，押解人员也就明白要大小便了。"解手"便成了大小便的代名词。约定俗成，河南人现在说大小便时仍说"解手"。

过去移民，其实和现在一样都有优惠政策，明朝对移民的规定是：三年不纳粮不交税，还发给耕牛、骡马和种

故园梦忆

粮等。安置落户后，一晃三年过去了，迁来的百姓也解决了温饱问题。为了顾及百姓，地方官上奏朝廷说，移民还很穷，请求延长优惠政策。有一天，皇上召见河南的上奏官员，问："你说河南移民还很穷，咋个穷法？"该官员吃了一惊，急中生智，赶忙奏道："穷得一天只吃两顿饭。"皇上又问："哪顿饭不吃？"答："晚饭不吃，只喝汤。"皇上听后当场决定派人察访，如果属实再减免三年粮税，如果不属实，不但要移民恢复纳税交粮，还要治上奏官员的罪。此官员不敢怠慢，急急忙忙赶回河南，迅速向老百姓布置下去："只准说一天吃两顿饭，晚上喝的是汤，否则，要杀头。"老百姓非常配合，不论谁问晚上吃啥，都说："喝汤。"

从此，吃晚饭就变成了"喝汤"。

坍东京

很久以前，有一座繁华的都城——东京。越繁华，当官的越贪，市民越刁钻，盗贼越多，恶人越横行，满城里乌烟瘴气。玉皇大帝震怒，欲将东京弄坍塌掉以毁灭这个罪恶之城。观音菩萨知道玉皇大帝的想法后，就对玉皇大帝说，偌大的东京城不至于没有一个好人吧？如果不管歹人好人一齐灭掉，也不是一个好办法呀！玉皇大帝听观音菩萨说得在理，就命她全权处理东京之事。

观音菩萨到了东京城，摇身一变变成了一个瞎眼婆婆，并在街上开了一间门店卖油，招牌上写的是："三个铜板打一回油，舀多舀少，客人自便。"东京城里的人闻讯而来，以为瞎眼婆婆看不见，有的用桶，有的用缸，有的用瓮，有的用水车拉，装满油就走，索性连钱也不付。幸亏油缸里的油是黄河水变的，怎么舀也舀不完。

　　一天，一个年轻人来打油，他付了三个铜板只灌了一瓶油。观音菩萨问他："人家不付钱舀那么多的油，你付了仨铜板怎么只舀一瓶油呢？"年轻人说："俺娘说过，做人要诚实，不能占人家便宜。"过了不大一会儿，那年轻人提着油瓶又回来了。观音菩萨问他："你怎么又回来啦？"年轻人说："俺娘说，三个铜板买不了一满瓶油，叫俺再还回来一点儿。"说着，将油瓶倾斜，把油倒进油缸里一点点儿。观音菩萨见状心中暗喜，便对年轻人说："如果城门口石狮子的嘴巴出血，东京城就要坍了，你和你娘得赶紧朝东边跑，这话你千万要记牢！"

　　从这天开始，那年轻人每天一早就到城门口去看石狮子的嘴巴是否出血，好在他家离东城门不远。有个屠夫看到这个年轻人每天都到城门口看石狮子，甚感奇怪，便截住他追问缘由。起初年轻人不肯说，被逼不过，只好把瞎眼婆婆的话原原本本地说了一遍。屠夫听了，拍掌大笑，以为年轻人在说玩笑话。

　　屠夫想捉弄后生寻开心，第二天一早，他故意把猪血涂抹在石狮子的嘴上。年轻人过来一看，石狮子的嘴巴果然出血了，回到家二话不说背起老娘就往东跑，轰隆一声，东京坍塌了。海水追着年轻人的脚后跟，他跑得快，地坍得也快；他跑得慢，地坍得也慢。他娘俩刚刚跑出东城门，那地就不坍了。东京城里的其他人都陷了进去，只剩下他娘俩得以活命。"所以呀，做人，无论在什么时候都不能有坏心眼儿。老天爷不冤枉一个好人，也不便宜一个坏人。好心有好报！"祖母最后总结说。

张伯行体恤河南

清朝雍正年间，黄河泛滥，淹了河南省的大部分地区。当时在朝中做礼部尚书的河南仪封人张伯行，曾被康熙皇帝赞誉为"天下第一清官"的他，得知家乡遭水灾的音信后，请求回河南巡察灾情。皇帝准奏，张伯行就火急火燎地赶回家乡。

张伯行在家乡看到的是凄惨的景象，黄河水退后，到处是白茫茫的盐碱地，风起处，黄沙弥漫，刮得人睁不开眼；一片片瘦弱的茅草在风沙中抖动。九死一生的乡亲们，听说张伯行回来了，纷纷从茅草棚里走出来，哭诉遭水灾的痛苦。张伯行听后心疼得落泪。他询问乡亲们："你们现在拿什么充饥呀？"乡亲们拿出了赖以生存的小胡萝卜说："张大人，这就是俺的主食啊！"张伯行向乡亲们要

79

故园梦忆补遗

了一包小胡萝卜，就连夜往京城赶。

张伯行回京朝见雍正皇帝，流着泪跪禀了河南灾情，并拿出那一小包小胡萝卜请皇上看后说："万岁呀，有的人家连这都吃不上啊！只好吃杂草、树皮充饥啊！"皇帝拿着小胡萝卜端详了一会儿，才说："朕在京中的大街上也见过胡萝卜，比这大得多呀。"张伯行说："黄河水退后，良田变成了盐碱荒地，别说长不成庄稼，连这胡萝卜也长不大啊！"皇帝沉吟了片刻，问道："张爱卿，依你如何办呢？"张伯行启奏道："依臣看，为防黄河泛滥成灾，请求皇上拨官银百万，以工代赈，修浚河道，并免去河南三年的税赋，以拯救河南生灵。"皇帝说："爱卿所言，正合朕意。准奏！你依此操办吧！"张伯行口呼万岁，下殿去了。

张伯行带着百万银两和朝廷的圣旨，回到了河南仪封县，他把银钱兑换成小米，按乡亲们所挖土方数，发放小米。不到一年时间就修浚了河道，既救济了百姓，又发展了生产。加上免了老百姓税赋，方使老百姓渡过了难关。张伯行回朝交旨的时候，却遭受了不白之冤。

原来一个在朝中当户部尚书的南方官员，回家探亲时途经河南，他有意试探张伯行所奏河南灾情是否属实，就在河南视察探问。老百姓见是朝廷来的大官，为表示对皇上洪恩的感谢，就凑钱置办了一桌鸡鸭鱼肉的好酒菜款待他，这个官员就心生疑惑："张伯行在皇上面前诉说河南百姓穷苦不堪，为啥他们竟然还有这么多好吃的饭菜和这么好的酒？张伯行分明是欺君！"回到京城，这个官员就告张伯行犯了欺君之罪，请求皇上严惩。皇帝听了奏本，半信半疑，为慎重起见，先将张伯行革职，随后派人再去河南微服私访。

朝中下去的人见河南最富的人家吃的是高粱面馍，绝大部分人家还是以红薯、萝卜为食。皇帝得到实情之后，就宣张伯行速速上殿，当着满朝文武百官的面，将张伯行官复原职，并征询张伯行还有什么话说。张伯行不言，伸出一只手掌让皇帝看，皇帝见他手掌上写着一个"孤"字，顿时心中明了。原来在朝中当官的大多是南方人。皇帝立刻降旨："今年是大考之年，朕让张爱卿当主考官。望你任人唯贤，多多为朕选拔人才！"张伯行说："谢主隆恩，臣必定谨记在心！"原来呀，皇上让张伯行当主考官，是有意让他多提拔河南人来朝里做官。这一年，张伯行提拔了许多河南人做京官。

渡蚁桥

宋仁宗年间，咱河南有两个书生，是兄弟俩，哥哥叫宋郊，弟弟叫宋祁，他们心地善良，兄弟间友好、谦让，在村里待人和气，平日连一个小虫子也不愿意伤害，同村人都很喜欢他兄弟俩。这一年兄弟俩要进京赶考，在准备上路时，下了一场暴雨。雨一停，他兄弟俩就上路了。走到村外，见一条小河里有许多被暴雨冲来的蚂蚁，千万只蚂蚁抱成球团，顺水漂流，难以逃生。眼前情景触动了兄弟俩的怜悯之情，他们立即放下行李，在河岸上折下一截柳枝，横放在小河里，这些蚂蚁顺着柳树的枝叶一个个爬了上来，就这样，兄弟俩救了许许多多蚂蚁的生命。

兄弟俩进京考完，等待放榜。阅卷官把选出的优秀文章送给主考官，主考官在审阅这些文章时，看得很仔细，其中一份文章写得特别好，真是字字珠玑，句句锦绣，心中非常赏识。突然，主考官看到卷面上有一个凸出的黑点，像一只趴着的黑蚂蚁，他用宽大的袍袖一扫，就把那只蚂蚁扫到一边去了，原来真的是一只蚂蚁。再俯身看时，蚂蚁趴的地方是个"祁"字，中间少写了一点。主考官很惋惜，多好的文章啊，但写错了一个字，这无论如何是不能点状元啦！正在主考官叹惜之际，回眼向卷面上一瞅，刚才被扫落一旁的那只黑蚂蚁又爬回了老地方，趴下一动不动，祁字又不缺点了。这次主考官没有再用袍袖去扫，心想这个小东西为什么两次都趴在缺"点"的这个地方，像是专门掩饰这个错字的，莫非这个考生对蚂蚁施了什么恩德不成？

主考官就召来宋祁问话："你平时对蚂蚁很怜惜吗？"宋祁答："蚂蚁虽小也是一条生命，焉有不怜惜之理？"主考官又问："你是否救过蚂蚁的命？"宋祁回想了一下，就把赶考路上用树枝救蚂蚁的事说了一遍。主考官听完点点头，他已经明白了事情的前因后果，心里思忖："考生宋祁，文章做得好，品德尤其好，对小小蚂蚁的命尚且如此珍惜，将来做了官，一定会体恤百姓，决不会轻率地草菅人命了。"于是就将宋祁点为新科状元，其哥宋郊也因文章写得好中了进士。主考官把宋祁搭"桥"渡蚁的善行禀奏皇上，皇上为表彰宋祁的善举，就拨下银两，专门在宋祁救蚁的地方修建了一座桥，名曰"渡蚁桥"，并勒石立碑以记其事。而今，虽然桥和石碑都不存在了，但这个故事却一直在民间流传。据说"缺点"二字就是由这个典故而来，原意是写字少写了笔画，缺了一"点"，现在演变成欠缺或不完善的地方。

灶王爷的传说

相传，灶王爷姓张，名单，字子部，原本是一个不务正业、游手好闲、拨弄是非的人，赌博把老婆输给了人家，后来贫困交加，又到前妻门上讨饭。前妻心地善良，就给了他一些吃的和钱，不巧正赶上她的现任丈夫回家，张单为避嫌疑，只好躲进了灶膛里。现任丈夫是个勤快人，一进门就烧火做饭。张单一时良心发现，害怕自己这会儿出去有碍前妻清白，便咬牙硬挺，结果被活活烧死了。从此以后，张单的前妻每日早中晚做饭之前，都要在灶前烧香祭拜，并托词说是"感谢灶和锅煮饭给我们吃"，引得邻里亲戚也都学她的样子，每天三次祭灶。玉皇大帝闻知此事后感慨万千，便封张单为灶王爷，让他留守人间，探听世风人情，代天司察人间善恶，以及"欺公骂婆""糟蹋米面"等一切家务事，并规定每年腊月二十三上天奏报。从此，人们也简化了礼数，只在每年的腊月二十三这天集中祭灶。在这天之前，去集会上请（不能说买）张新的灶王爷像。祭灶当晚，先将旧的灶王爷像揭下烧掉，再贴上新的灶王爷像。因作为东厨司命的灶神还负有"上天言事"的职责，人们对其当然是尊重有加。腊月二十三祭灶时也颇为讲究，素有"男不拜月，女不祭灶"的风俗，供品多为麦芽糖、年糕等物，"二十三，糖果粘"，即用糖涂抹灶王爷的嘴，谓之"涂神口"，也有用酒糟或酒的，谓之"醉司命"，就连灶王爷骑的"灶马"蛐蛐，也享受到了人们提供的秸草、料豆等食物。男人们祭灶时，想起张单生前的为人，担心他在玉皇大帝面前胡言乱语，于是一边磕头一边唠叨："灶王爷呀，灶王爷，上天言好事，下界保平安呀！"希望他向玉皇大帝说话时嘴巴甜甜的，多说自己家的好话，从而赢来玉皇大帝的保佑。

旧社会穷人家买不起祭品，祭灶时一边用手把灶王爷的嘴抹一抹，一边数落着："一棵白菜一棵葱，打发你老上天宫。你老就对他老说，就说我老活不成。"日子太苦了，实在没办法。

84

门神的故事

听说，最早的门神是用桃木雕刻成的两个"桃人"，他俩是远古时期皇帝派来统领游荡于人间的群鬼的。到了唐代，又出现了一位门神钟馗，他不但捉鬼，而且吃鬼。所以人们常在除夕之夜将钟馗的画像贴在门上，用来驱邪避鬼。钟馗头戴乌纱帽，脚蹬黑朝靴，身穿大红袍，左手捉鬼，右手执剑，怒目而视，样子可吓人啦。鬼一看到他，吓得连动都不敢动，跑也跑不成。后来秦琼、尉迟恭也成了门神。相传有一段时间唐太宗身体不太好，夜里时常听见门外有恶鬼哭叫，吓得睡不着觉。于是唐太宗将这种情况告诉了众大臣。秦琼上奏道："臣平生杀人如麻，积尸成山，臣不怕小鬼，臣愿意同尉迟恭夜里守护在您的门前！"唐太宗准奏，夜晚让二人立于寝宫两侧，一夜果然平安无事。唐太宗嘉奖二人后，觉得整夜让二人守在宫门，实在辛苦，于是命画工画二人像，拿鞭执锏，全副武装，悬挂在两扇宫门上，从此邪祟偃息，得以平安。老百姓纷纷效仿，每年除夕纷纷买门画贴门神，祈求保佑全家平安。后来的门神越来越多，凡是英雄好汉、清官都成了门神，如清官包公、海瑞等人，连女将穆桂英也成了门神。

家乡的风景

黑泥河上的雾凇

严冬时节，黑泥河两岸的树木会起雾凇。

雾凇，又名雪柳，俗称树挂，是低温时空气中水汽直接凝华，或过冷雾滴直接冻结在物体上的乳白色冰晶沉积物。河岸两旁玉洁生辉，两岸树木银装素裹。晶莹的冰花在不同景物上构成千姿百态的造型：松柏如银菊怒放，苍劲厚重；杨柳似琼枝玉叶，柔弱绵缠；古榆像珊瑚绮丽，玲珑剔透；槐树密权繁枝，如银树琼花；泡桐树冠巍峨，犹银海里擎起的一朵巨花。游人在这如诗如画、如梦如幻的雾凇冰雪中赏玩，有一种"一隈寒江云蒸霞，千树竟开冰凌花"的感觉，如同进入了银色的童话世界。

如今的冬天啊，比以前暖了许多，可人心却比从前冷了许多。

春天的风

豫东平原上的老家，春季多大风。

风把每一个光秃秃的枝头都弄出了哨音，发出"呜呜呼呼"的响声。天地之间一派苍黄，空气里飘飞着细小的沙土和碎屑，稍不留神就被刮入了嘴里，赶忙咳嗽着吐两口。风一直在刮。人们睡得早，起得迟，一天只吃两顿饭——这是先辈们留下的老传统。本家庆明爷（外号"秃老明"）家的方法更独特，不蒸馍，每天只喝两顿稀汤杂面条。青黄不接的时候，多睡觉，躺着比站着耐饿。饮食差，人没有力气和精神，就变得比较懒，这就苦了猪圈里的猪了。它们饿了不是像人一样躺下来睡觉，而是会不停地嚎叫。猪叫得很难听，不像鸡，叫起来喜喜庆庆的；也不像狗，狗的叫声多少有那么一点儿安详，远远地听起来让人很心安。特别是夜深人静的时候，街巷深处突然传出一声狗叫，接着又加入一条狗的叫声，慢慢变成了一群狗的叫声。"一狗吠影，千狗吠声"真是一点不假。庄户人虽然感觉厌烦，但人们都睡得踏实，有忠诚的狗在身边护卫着是没有什么可担心的。狗们还会四处觅食，它们似乎总是很快乐。养狗的人家总会给狗留个门，搭个窝——虽然那窝很简陋，庄户人朴素，他们知道做条狗也不容易。而猪的叫声确实让人心烦，人们就在被窝里躺着骂那猪，骂猪是饿死鬼投的胎。我家养的那头猪也叫得很难听，它长着一

87

身红毛，我觉得猪长红毛既奇怪又好玩，而别人家的猪，白猪的毛是白色的，黑猪的毛是黑色的，花猪的毛是黑白相间的，但从没有见过红色的，偏偏俺家的猪毛是红色的，有时候难免拿起拌食棍敲打它两下。后来才知道猪身上长红毛是因为长期挨饿，我顿时非常非常可怜我家那头猪了。

风一直刮到做晚饭的光景还不歇息，庄户人家灶屋里冒出的炊烟，刚钻出烟囱就被风吹散了，仿佛风和炊烟有仇似的。

三爷的响鞭

三爷的鞭声是多么响亮啊！他端坐在车帮上的身子是多么威武啊！他两眼射出的光芒是多么自信啊！

三爷是生产队的车把式，他身材高大，面堂黧黑，与我家属于五服内的关系，我们小孩子都暗地里叫他黑三爷。黑三爷真黑！

黑三爷稳稳地坐在车帮上，马车上拉着一车灰土粪，黑三爷驾车往大田里运粪。

他挥舞着红缨大鞭子，那鞭梢儿足有一丈长，他的嘴里"驾驾驾"地喊叫着，鞭声甩得啪啪响，马儿脖子里拴挂的鸾铃也随着马的跑动哗啷哗啷地响。突然间，黑三爷猛地一勒马缰绳，马儿们咴咴咴地叫着直立起来。车刹住了，汹涌的尘土潮水般涌过来，把马车、马、黑三爷全部遮盖住了。停了好一会儿，尘土消退，马车、马、黑三爷又重新显露出来。

驾辕的是一匹大白马，据说是一匹在战场上立过功的军马，因年龄大了，下放到地方支援农业生产。大白马性子暴烈，死活不驾辕，不干农活，谁也制服不了它。但黑三爷动用手里的响鞭，彻底降伏了大白马。大白马力气很大，一大车粪，它不用跑梢子儿的，就能拉到暄软的田地里去。

黑三爷扬扬自得地甩着长鞭，鞭子舒展自如，如同一条飞舞在阳光里的蛇。

黑三爷平时少言寡语，口笨嘴拙，无儿无女。娃大伯因和他是叔侄关系，就将自己的长子改明过继给他当孙儿，他老两口对改明很好。黑三爷在家里没有地位，很是害怕他的老婆黑三奶，家中大小事都是黑三奶当家。可黑三爷只要一跳上车，甩动响鞭，就跟换了个人似的，仿佛是行走江湖、侠肠重义的英雄一般。我小小的脑瓜里曾作如此想：快点儿长大吧，长大了我也当生产队的车把式，也拥有一条漂亮好用的红缨大鞭子，而且那红缨大鞭子要比黑三爷的还要长还要红。

记忆中的石榴树

自家的院子里有一棵石榴树。"五月榴花照眼明，枝间时见子初成。"每年五月，石榴树细叶深绿如同上了一层釉，绿叶间开满了火红火红的喇叭花，散发出淡淡的清香，引来蜜蜂和蝴蝶围绕着榴花嘤嘤地飞，翩翩地飞。清风吹过，有花瓣轻轻地飘落下来，仿佛燃烧着的火苗。花蒂脱落后，树上结出一串串青青碧碧的小石榴。秋天里，泛着红晕的圆溜溜的石榴是那么好看而诱人，有的还裂开了嘴儿，露出晶莹如玛瑙似的籽粒。吃在嘴里噗的一声，溅出了酸甜的浆汁。气候渐渐转凉了，院门口东西路路南、南北路路东田里的棉花争着长秋桃，东西路路南、南北路路西的玉米也不敢怠慢，急急地忙着灌浆。而院墙角处的那棵遍体硬刺的花椒树上的花椒也开始变红，绿果果上泛着似显非显的红色，散发着一种浓郁的辛辣气息。石榴树的旁边挺立着一棵柏树，不知是祖母栽的还是父亲栽的，都十几年了，才长有茶杯粗细。柏树的不远处、堂屋近门口长着一棵枣树，它的身上拴着一只长着三绺胡须的老山羊，时而低头吃草，时而抬头向院门口张望。

淳朴且幽默的习俗与方言

　　村里人给孩子起名喜欢起贱名，说是好养，阎王爷容易给忘了，一忘了就不收回了，就能长命百岁。比如，有给孩子起名叫狗、马、牛、驴的，有叫丑、怪、八戒、孬的，有叫捣包、气兜、尿壶、傻瓜的。明明是白孩偏偏叫黑脸的，明明是高个偏偏叫炮捻的，明明是性格绵软偏偏叫石头的。女孩也好不到哪儿去，叫臭妮、烦、扔、断的，村里就有好几个，叫叶、花、朵、蔓的更多。总之，不一而足，无不透露出农村人独特的狡黠和朴素的幽默。

　　上岁数的老人管讲故事叫"说瞎话儿"。讲故事大多有编造的成分，不就是睁着眼睛说瞎话吗？

　　谁家搬新居，都要请亲戚朋友来家里吃顿饭，土话叫作"燎锅底"。亲朋好友来家时，都要兜块酵子，有"祝愿发家"之意。

　　客人来了赶紧"倒茶"，其实根本就没有茶叶，我们地方不产茶，只是烧开盛在暖瓶里的白开水，但乡里人仍称它为茶。如果白开水里放了红糖，就叫红糖水；要是放了白糖，就叫白糖水，二者皆可简称为"糖水"。盛开水的暖瓶叫"茶瓶"，盛水的搪瓷缸子叫"茶缸子"。颇为有趣。

小孩子们身骨柔软灵活，练蝎子功，倒立贴墙叫"贴锅饼"；双手叉开，双腿空翻，在地上一连打几个旋转，叫"打车轱辘儿"。

我和妹妹把家里的书撕开，用撕下的纸张叠洋牌（也称"四角"），撕坏了的随手丢弃，祖母一一捡拾起来，叮咛我们要"敬惜字纸"。

春节来临时，我们就哼唱这样的歌谣："说说笑笑，年下来到。闺女要花，小子要炮，老婆要衣裳，光跟老头打饥荒。"家里贴上春联了，我们就吟唱这样的民谣："门神门神骑红马，贴在门上守住家；门神门神扛大刀，大鬼小鬼进不来……""门神"就是年画，贴于门心。

家里做的里面夹着葱花、油盐的长方形的馍，叫"呱嗒板"。

村里来个吆喝着卖豆腐的，村里人端上盛着豆子的瓢就出来了，但他们很少买豆腐，因为豆腐太贵，大多买做豆腐后剩下的豆腐渣，这倒是很便宜，但是不好吃。村人自有办法，他们把豆腐渣拌上盐、葱末、姜丝，然后上锅蒸。至熟，倒入瓦盆中，点上棉籽油，就是一道佐饭的佳肴。

如果村里鳏寡孤独的老人死了，只好由与其较亲近的同宗同族的晚辈人为其操办后事，农村人管这叫"赗奠"。

家有丧事，三年门上不能见红，即不能贴春联。

死了人，条件好的家庭要请响器班子来吹一吹，招引得三里五庄的人来看。但生孩子做九贺满月时不能吹，娶媳妇时也不能吹，但娶媳妇时可以放鞭炮，只有死了人才允许吹打张扬一番，以缅怀逝者一生之不易。农村人讲究入土为安，把亡者葬在哪里，也就代表将其永久"安家"在哪里。

身上痒不说痒，说"刺闹"。实在人不说人实在，而是说"老实头"。一年不说一年或一整年，而是说成"年把儿"。立春不叫立春，叫"打春"。

春天坐在院子里的阳光下吃饭，白色的柳絮能飞进碗里；十冬腊月坐在灶屋里吃饭，白色的芦花能飞进碗里。庄户人不但不恼，还挺受用，他们觉着这才叫过日子。

冬天，男人，特别是上了岁数的老年人，一般都穿大裆棉裤，裤子上不缝裤袢；也没有门襟，用一根半丈长的白布带子揽腰一扎完事；棉袄是手工缝制的对襟大袄，上面一般也不缝制衣兜。手冷时，双手往袖管里一塞（左手插右边袖管里，右手插左边袖管里），两手相抄，腰一弓，取暖效果颇好。

婴儿生下后，要是无声无息的，就用烟喷，用巴掌拍打他的后心，一直打到他发出病猫般的沙哑哭声。

故园梦忆补遗

天一黑，有的人眼睛就看不见了，被称为"鸡宿眼"。因为鸡挨黑就成了睁眼瞎，必须回窝里睡觉。

村人管厕所不叫厕所，叫"茅司"或"后园"。

生产队让社员们在路边河畔种上柳树，待其长成椽子后砍掉卖钱或者自用，这种柳树被称为"砍头柳"。今年"砍了头"，第二年就又发出来，停了几年就又该"砍头"了。种在田间地头用来编筐窝篓的叫"白蜡条"，成散状的柳丛叫"柳条棵子"。夏天，社员们将长成个儿的柳条割下来，捋去外皮晒干，就成了"白柳条"，拉到红庙供销社，能卖个好价钱；要是让社员们编成簸箕、馍筐、馍篮等器具拉到集会上去卖，很快便被抢购一空。社员们又管这种柳条棵子叫"簸箕柳"。

做母亲的很少叫儿女的大名，不管儿女当了爹应了娘或成了爷爷奶奶，仍然叫儿子闺女的乳名。她不会改口，也不想改口，更不习惯改口。只要有母亲在的地方，就有我们的乳名。母亲生下了我们，就爱上了我们的一切，包括乳名。乳名，连着母亲十月怀胎的喜悦，连着母亲临盆的阵痛，连着母亲哺乳期的温情，连着母亲对孩子永远的怜爱……

生产队施肥时破格用了几袋日本尿素，生产队队长和会计珍惜地把盛尿素的蛇皮袋拆开洗净，用颜料染黑后做成裤子来穿。蛇皮袋其他地方均被染黑了，但怎么也染不黑、遮不住上面的字。生产队队长和会计穿的裤子远远地还看不出什么，近看就能看清上面的字了，裤子前面的字是"日本"，裤子后面的字是"尿素"，裤裆处的字是"含氮量26%"。穿出笑话来了，一村的人都觉得好笑。那时节，村里很少有人能穿得起大衣，只有生产队队长和会计等为数甚少的人穿上了大衣。我们那地方管大衣不叫大衣，叫"大氅"。

牲口是个宝，私自屠宰犯法，但村里那头失去劳动能力且病入膏肓的老牛已是奄奄一息了，生产队队长请示大队，大队请示公社，公社批准允许宰了给社员分肉。生产队队长得到了"圣旨"，叫上村里有过屠宰经验的壮劳力将病牛"枷"了起来。说是"枷"，其实用"架"来表示更妥帖。经过刀捅放血、剥皮开膛等一系列程序后，每家每户分到了连骨头带血带筋混在一起的一小块肉。家家的灶火冒烟了，全村沸腾，充满欢呼之声，夜空里飘散着炖肉的香味，孩子们在睡梦里都发出了笑声。又有一次，驾辕的大白马死了，生产队仍然宰了给社员们分肉。在剥皮的过程中，发现大白马的脖颈处有一团黑色的瘀肉，操刀手将瘀肉割下，又横一刀竖一刀地将瘀肉切开，竟发现瘀肉里有一颗血迹斑斑的子弹头，众人的脸色都暗了下来，有几个还眼中噙了泪："大白马呀，你可是功臣啊！你为国家的解放出了大力啦！你为老百姓的翻身拼过命啊！"当晚，各家各户虽然分了肉，但大人小孩都没有了高兴的心情，人们嚼着肉，想了许多许多。有几家还在家中主妇的提议下，悄悄把肉埋了，有的埋在了村南的玉米地里，有的埋在了村外的树下，有的埋在了黑泥河的河岸上。这一夜，村里犹如发生了一场"地震"，半夜里，还能听见男人们沉重的叹息声，还能听见妇女们轻轻的啜泣声。人都是有良心的呀！

老家的人生了病，很少去看医生，实在扛不住了，才抓回几剂中药熬了喝。熬过的药渣就倒在村中心的十字路口。大家伙儿都相信，药渣被千人踩万人踏，病魔就会被吓退，吃药人的病情就会减轻。你还别说，当十字路口的药渣被踩踏得七零八落、分辨不出原色的时候，病人已经能够拄着棍子，挂一脸虚弱的笑，晃晃悠悠地出门了。

村里谁家生小孩后，初为人父的大男孩必须向小孩的姥娘家去报喜，报喜时带的礼品则是红鸡蛋。红鸡蛋是用春节写对联时裁剪下来的零碎的红纸与鸡蛋同煮而成的。报喜送红鸡蛋是有讲究的：如果生的是男孩，则报喜时要给小孩的姥娘家送6个或8个红鸡蛋，表示"大喜"。生男孩送双数鸡蛋的寓意是孩子长大后娶媳妇，成双成对，花好月圆。如果生的是女孩，送给姥娘家的红鸡蛋则是单数，一般是5个或7个，表示"小喜"。送了单数的红鸡蛋，说明家里添了女孩，将来也好嫁出去。红鸡蛋送到姥娘家，姥娘一看，马上就明白自家的闺女已经生产，并知道了生的是男孩还是女孩。

村里给小孩做九，俗称"办九天"，也要煮上一瓦盆红鸡蛋，等吃过喜宴之后，给前来贺喜之人的笸斗里放上几个红鸡蛋。贺喜的人扰着笸斗回家后，再把这些红鸡蛋分给自家的老人和孩子们吃，一家人总能高兴老半天。

办九的当天，男方的亲戚、四邻、好友都会送来礼品，一般为红糖、小米、鸡蛋，小孩的姥娘家则是重头戏，一般要送来攒了许久的上百个鸡蛋和小米、红糖、小孩衣裳、小孩推车等，女方的众多亲戚也都不同程度地带着笸斗来送礼，他们是和小孩的姥娘家一块儿来的，大车小车的，笸斗挨着笸斗。他们来了还有一项特殊的任务，凡女方来的亲眷都要到产妇住的屋里看新出生的小孩，并献上看钱。看钱多少不等，这就看关系的亲疏了。

一家人吃饭时，小孩子要等大人举筷后才能动筷，否则会被认为缺乏教养，不懂礼节。更不准把一副筷子上下着插在饭碗当中，只有祭祀去世的人时才这么做。在用餐前或用餐过程中，不能将筷子长短不齐地放在桌子上，这种摆法是不吉利的，人们管它叫"三长两短"。人去世之后是要装进棺材的，人被装进棺材之后还没有盖棺材盖时，棺材的组成部分是前后两块短木板，两旁加底部共三块长木板，五块木板合在一起做成的棺材正好是"三长两短"。把筷子的一端含在嘴里，用嘴来回地嘬，并不时地发出咝咝的响声，也是被认为不礼貌的。用餐时如果用筷子敲击碗盘，这种行为被看作乞丐要饭，是要挨大人打骂的。还有，吃菜时用筷子在盘子里不停地翻搅，此种行为

97

也是没教养的表现，会令人反感。此外，用餐时把筷子交叉着放在桌上，也是不对的，是对同桌吃饭的人的否定，就像死刑犯行刑时，身上背的亡命旗上对犯人姓名打的红叉，或老师批改作业时，在错的地方打的红叉，其象征意义是一样的，对人是大不敬的。

村里人很少照相。认为照相机"咔"的一声响，就把人的灵魂牢牢地摄进那只黑匣子之中，"锁"在里面再也出不来了。所以照相的来了，村里人绝大多数不愿意照，倒愿意请那些走街串巷的土画家来画像，虽然画像比照相价格高，还得坐那儿耗时间，也不一定画得像，但也愿意多掏钱，认为这样"保险"，特别是一些上了岁数的老年人。而给老人画像的人家，在乡邻们面前也有面子，这也是表达孝心的一种方式。年轻人倒是喜欢照相，绝少画像。

下面是我们那地方一些常用的方言，兹录如下：

日头——太阳　　　　土坷垃——土块
贼星——流星　　　　勺子星——北斗星
冷子——冰雹　　　　磁铁——吸铁石
打霍——闪电　　　　家后——住宅的后边
月明地儿——月亮照射的地方

今儿个——今天　　　明儿个——明天
前儿个——前天　　　过明儿——后天

大过明儿——大后天　　　年头里——春节前

前晌——上午　　　　　　晌午——中午

后晌——下午　　　　　　晌午错——中午以后

头先、央数——过去　　　多会儿——刚才

白儿哩——白天　　　　　擦黑——临近黄昏

落地黑儿——傍晚　　　　麻挤眼儿——天刚黑

黑介——夜间　　　　　　前儿黑——前天晚上

年时个——去年的今天　　过喽年——春节后

过年儿——明年　　　　　年把儿——一年左右

不精细——傻　　　　　　二杆子——对好冒傻气儿
的谑称　　　　　　　　　　　　　　　　　　　　99

老鳖一——吝啬的人　　　瞎话篓儿——爱说假话的
人

愣头青——爱出风头的人

半吊子、二百五——对不精明者的谑称

叫驴——公驴　　　　　　草驴——母驴

闷子——骡　　　　　　　骒骡——母骡

勾担——扁担　　　　　　洋火——火柴

洋车——自行车　　　　　洋胰子——香皂

笤帚、把子——扫帚　　　打场——粮食脱粒

棒子——玉米　　　　　　秫秫——高粱

山里红——山楂　　　　　茅茅根儿——茅草

牙狗——公狗　　　　　牙猪——公猪

牲口——牲畜　　　　　扁嘴——鸭子

怀鸡——雏鸡　　　　　马知了——蝉

爬蚱——蝉蛹　　　　　小小虫儿——麻雀

长虫——蛇　　　　　　蚰子——蝈蝈

促织——蟋蟀

好面——白面　　　　　兰花豆——蚕豆

扁食——饺子　　　　　焖条——面条

大油——猪油　　　　　杂碎、下水——动物的内五脏

油馍——油条　　　　　罗生——花生

细粉——粉条　　　　　小磨油——芝麻油

面醒一会儿——让面发酵一会儿

眼带毛——睫毛　　　　雀子——痣

不老盖儿——膝盖　　　胳老肢——胳膊窝

褂子——上衣　　　　　拾掇——收拾

喷——说大话　　　　　斜火——咋呼

谷堆着——蹲着　　　　栽嘴儿——打瞌睡

发癔症——说梦话　　　卷——骂

冻着——感冒　　　　　不是味儿——不高兴

有食——消化不良　　　打食——意外收获

觉摸着——估计　　　　光棍——有面子、霸道

老板儿——耿直   絮过嘴——絮叨

地嘣儿——步行   谝——炫耀

腌臜——脏   雾睁——似下非下的小雨

盘腾——折腾   主贵——宝贵

不随乎——没看见、不知道、不记得

一拃——拇指到中指伸开的长度

走村串巷的特殊行业者

货郎担

货郎担一般是在做晌午饭之前、下地干活的人回到村里时才进村的。最先进村的是货郎手里左右摇动的拨浪鼓发出的鼓声："不楞登……不楞登……"然后是"头发换针"之类的叫卖声。紧接着，货郎就肩上挑着货挑子呼扇呼扇地走过来了，最后，停在了村中央的十字路口。

货挑子的一端或摆或挂的是缝衣裳的针头线脑，或铜或铁的顶针儿，还有男人们用的火柴、打火石，老太太们用的绑腿带子，大姑娘、小媳妇儿搽脸用的香脂、雪花膏、香胰子、尼龙袜等物件。那时候物资匮乏，交通不便，人们成年累月的不去几十里开外的县城，连公社所在地的集会也很少去。因此，货郎担挑来的时候，村里的老年妇女、小媳妇儿、大姑娘、小孩子们很快便把他围住了。

女人们在货郎担那儿买东西很少掏现钱，针和顶针儿可以用积攒的梳头时掉下来的乱头发换，松紧带、鞋面布可以用破鞋片儿换，尼龙袜子可以用鸡蛋换。还有各种颜色的头绳儿、小圆镜子、小手帕、花卡子等，更能吸引大姑娘、小媳妇的眼睛，她们总是想方设法地购买或置换。

吹糖人的

吹糖人的担着挑子进村里来了，他的样子就像他吹的糖人一样滑稽可笑。他担的挑子似乎太高了，担子两头挑的东西刚刚离了地面；吹糖人的个子似乎也太低了，要不担子两头挑的东西咋能仅刚离地面呢？有人曾建议吹糖人的把担子两头的绳索挽上去一点，这话把吹糖人的激怒了："咋啦？恁嫌俺长得矮呀？俺娘还不嫌俺矮呢！"吹糖人的确实太矮了，大概也就一米五，又黑又瘦又矮。可他就是不允许别人说他矮，护得蝎子似的，谁说他矮就"蜇"谁。他仍然担着光显高的挑子走村串户，要是路上有个砖头瓦块的碰到担子两头挑的东西，吹糖人的差不多就要打一个趔趄了，晃晃悠悠的，要摔倒的样子，但总也没有摔倒。听村里老人们私下议论说，吹糖人的是西边王庄村的，娶不上媳妇，与一个老娘相依为命过光景。

吹糖人的挑子前头担着一个洋铁皮的小炭炉，闷着一炉的红木炭。小炭炉的下面是几层抽屉，里面装着各色糖泥、器皿、模具，还有滑石粉。架上还垂着个破布袋，里面装满了做糖人架子骨用的苇秆。挑子后面的那头则担着备用的糖块、苇秆、锅碗瓢盆和一个小马扎儿。挑子上面凿了许多小孔，小孔里插着各种招牌小糖人；红艳艳的小灯笼，红得耀眼；穿着黑衣裳的猪八戒背个胖媳妇，累得眯着眼，乐弯了腰；偷油的耗子趴在油瓶口儿，眼看就要掉进油瓶里了。此外，还有狐狸、门神、水牛、牛郎织女，等等，都是形神兼备、惟妙惟肖。

他把担子放在村中央十字路口的泡桐树下，也不吭声，就静静地坐在小马扎儿上。小孩子们围了上来，你推我挤，你要一个猪八戒背媳妇，他要一只红灯笼，他都一一做了，仍然不说一句话。你问他多少钱时，他伸出一个指头，就代表一毛钱；伸出两个指头，就代表两毛。你跟他讲价时，他闭了眼睛，伸出的手指举在空中久久不动。在这沉默的较量中，孩子屈服了，乖乖地掏出他要的钱数。孩子们为其取外号"糖哑巴"。

他吹糖人时，神情专注，总是眯着眼，腮帮子一鼓一鼓的，眼角处悬起两条很深很深的鱼尾纹，似显非显的眉毛上像沾着一层米糠。

修锁的

修锁的倒是一个真哑巴。他是东边前刘楼村的，姓李，乡亲们都亲切地称他"李哑巴"。他年龄不大，不足30岁，长得高大彪悍，皮肤白净，眼珠灵活，人非常聪明，一点就透，别人说话他一听就懂，只是不会说话。有人说凡是哑巴都是聋子，又聋又哑，可他好像不聋只哑。你一跟他说话，他就瞪着眼珠看着你的嘴，然后对你微笑，或对你哇哇，谁也不知道他哇哇的是什么。村里的媳妇们替他惋惜，说："哑巴呀，要是会说话，一准能娶个好媳妇！唉，可惜啦！"有的媳妇就逗说这话的媳妇："他要是会说话，你嫁给他吧！""你这个死妮子，看俺不揍死你！"两个媳妇就打成一团、乱成一团、笑成一团了。

李哑巴修锁配钥匙不挑担子，他不知从哪儿买了辆破旧的自行车，他的全部家当放在两只扁平的木箱子里，就挎在车后座的两边；车后座上面固定了一块木板，那就是他的作业场地。你的锁坏了，还是钥匙丢了，他从箱子里取出工具，在那块木板上稍作比画，不大会儿，锁修好了，钥匙也配好了。你问他价钱时，他哇哇两声，伸出几个指头，你就明白该掏多少钱了。他修锁的价格是便宜的，乡亲们是满意的。

我考上学离开老家之后，就再也没有见过李哑巴。许多年过去了，不知道他还在不在人世。

卖鼠药的

经常来我们村卖老鼠药的，是前刘楼村东边前杨庄的。他是个20岁出头的年轻人，长得高高的、白白的、胖胖的，卖老鼠药时，嘴里说的一套一套的。姓张，名叫春头。

他进村后也是来到村中央的十字路口，对了，他既不担挑，也不骑自行车，而是背着一个箱子。他把背的箱子放在泡桐树下，当街一站，双手叉腰，就是一通吆喝："喂个猪养个羊，总比喂个老鼠强。你要不买俺的药，老鼠在你家安个窝，生一窝又一窝，一窝更比一窝多，老鼠的奶，老鼠的爷，老鼠的爹，老鼠的娘，啃你的柜，啃你的箱，再咬你的花衣裳……"他这一吆喝不打紧，村里的男女老少都被招引出来，见他说得入情入理，说得你心里"膈应"，就纷纷掏钱买。一箱子老鼠药，很快便卖完了。

后来听说春头当了村里的民兵营长，但他还是会趁着饭前晌后走村串户地卖老鼠药。其他卖老鼠药的来了，大家伙儿都不买，单等着春头来了买春头的老鼠药，都一致认为春头卖的老鼠药"有劲，药老鼠顶呱呱的"。其实也未必尽然，我家买的春头的老鼠药，鸡吃了都没事，还挺欢实。但大家伙儿都等着买春头的老鼠药，你说邪不邪？

卖豆腐的

经常来俺村卖豆腐的那个人名叫张生，是俺村南边董庄的。张生年龄不大，也就30多岁，他总是趁村人做早、午饭时来卖豆腐，晚饭时来的次数很少。他来的时候，推个破架子车，还未进村就开始吆喝："谁要豆腐——谁要豆腐——"他吆喝的声音一点儿也不响亮，甚至还有点沙哑。这声音跟他的长相似乎很匹配，仿佛他那样的长相就该有这样的声音。张生中等个头，瘦瘦的，生得鹰鼻子鹞眼，一望就知道为人是颇精明的。"鹰鼻子鹞眼不可交"，这是祖母告诉我的相人术之一，通过祖母买豆腐和张生的交往，我体会到了祖母说的相人术是有道理的。

张生是我本家二姑奶的长子，他有两个弟弟和一个妹妹，两个弟弟一个叫二货，一个叫永清，妹妹名叫贝儿。我应叫张生"表叔"，张生该叫我祖母"妗子"。张生的姥爷家没有了人，按家族关系论起来数我家跟他姥爷家最近，我家就自然替代了他的姥爷家成了他的顶门姥爷家。

祖母好吃豆腐，但豆腐贵，不能常买，隔十天半个月，总要用在生产队收割过黄豆的田地里捡拾的豆子来换豆腐。祖母换豆腐时，张生对祖母热情有加，嘴里一边叫着妗子，一边称豆子，说话和做生意两不误。为了检验张生这个外甥的"亲情度"，换豆腐之前，祖母是在家里用秤称了豆子的，该换多少豆腐她老人家心中是有数的。张生给祖母称豆腐时，秤杆总是撅得高高的，末了，又极不忍心但又极其大方地再饶上一小块儿豆腐，嘴里说着"让妗子多吃点儿豆腐"，这宗生意就做成了。我们那地方有一句俗语叫"熟人多吃二两豆腐"，意思是说熟人好办事，找熟人办事不吃亏。祖母话别了外甥张生，回到家里用秤一称，不多不少正好是拿的豆子应该换到的豆腐斤两。祖母笑了，说："这外甥还是够意思的，总之还比外面的强，没有缺斤短两的。"祖母特别容易满足，也很能体贴他人。张生再来卖豆腐时，祖母并不揭穿他，还是报以微笑和热情。有时候祖母换完豆腐，张生饶给半碗豆腐渣，祖母理解他做生意不容易，总是夸道："还是俺外甥好啊！"张生就兴高采烈地笑，很夸张。他的笑声很独特，也很有感染力，村人听着他的笑声，都知道了他对妗子好，他这个外甥当得好。

岁月就在张生给祖母称豆腐时高翘的秤杆上悄悄地溜走了。后来实行生产责任制，张生不卖豆腐了，我们吃豆腐只好到葡萄架集会上去买。买的豆腐总是不够秤，更不会饶豆腐渣了。

卖醋的

也有来俺村卖醋的，但我家很少买。每年深秋红薯下来，生产队分了红薯，祖母总要煮一大锅红薯，发酵做醋。祖母做的醋口感酸甜，我单独就能喝小半碗，除给亲戚邻居赠送外，够一家人吃上一整年。老醋吃完了，新红薯又下来了，就又有醋吃了。所以我对来俺村卖醋者的印象也就不深。何况他们卖的醋跟俺家醋的味道根本没法比，我也就更不稀罕他们了。只记得有一年夏天，天气热得要命，村民都做"蛤蟆蝌蚪"解暑降温，填肚充饥，很需要醋当调料。村里正巧来了一个卖醋的，是后杨庄村的，他挑的一担醋一会儿就卖了一多半儿。那卖醋的一看生意好，就挑起担子偷偷溜出了村。他来到村北黑泥河边，用瓢往醋里添加河水，把两只醋桶加满后，又悄悄挑回村里卖。这时候他卖的醋当然不酸，还有一股子污泥味儿。更令他想不到的是，他自以为很隐秘的对河水过程，被俺村的张华三看得一清二楚，要想人不知，除非己莫为。从此他的生意在俺村里就"崩"了，人们一传十十传百，他再来俺村卖醋，村人对他都没有好脸色，有的妇女还指桑骂槐，更没有一个人买他的醋。他自知理亏，从此再也没有来过俺村卖醋。

耍猴的

耍猴的来了，先咣咣咣地敲一阵锣，看人来得差不多了，就开场表演。

耍猴的传统节目都离不开倒立、推小车、猴骑狗、关箱变脸等，我们最感兴趣的就是变脸。一个百宝箱里堆放着各种脸谱，一只小猴子掀开箱盖，探头探脑地把头伸进箱子里，只见箱盖一合，一转头，猴子就换了张脸，全场喝响彩。行头也颇为讲究，羚子髯口，袍衣披挂，一应俱全。猴子穿起人衣来，非长则短，惹来满场哄笑。变脸演过之后，耍猴的一边让小猴子扛大枪，一边敲锣助兴。那猴子倒也听话，扛起大枪，做雄赳赳、气昂昂状，绕场三匝，笑得观众肚子疼。又是一通锣响，乃"鸣金收兵"，惊得猴子慌忙拽枪而逃，窜回大营。演了一会儿，耍猴人抽烟卷歇息，也不忘给猴子嘴里叼上一根，猴子陶然作喜，连忙抽上一口，吐出的烟圈袅袅上升，观众又是一阵哄笑。耍猴的抽完了烟，作了个罗圈揖，对着观众拱手一圈道："无君子不养艺人，今天俺来到贵地，诸位都是小人的衣食父母，有钱的捧个钱场，没钱的捧个人场，在此感谢诸位啦！"这时，耍猴的牵上猴，猴子捧着翻过来的锣，绕场而走，观众一分二分的，五分一毛的，都丢进猴子捧的锣盘里。转了一圈儿，耍猴人接过猴子递上来的锣盘，将钱一下子倾倒进百宝箱里，收拾家伙，推上小车，车上坐着猴，后头跟着狗，爷儿仨一晃悠一晃悠地走了。

演皮影戏的

演皮影戏的来啦！晚饭后，人们聚集在生产队队屋前没有围墙的大院子里。一盏"气死风灯"吊挂在泡桐树的丫杈上，明亮地照耀着。艺人藏在漆黑的幕布后，幕前是长方形的小型银幕。银幕上，皮影人或端坐或对话或驰骋对打，形象生动，唱腔独特，十分有趣。最好看的是《武松打虎》。武松的形象高大威猛，英姿勃发。老虎嘴大目圆，凶猛异常，花纹逼真。最令人不可思议的是，表演时武松和老虎的嘴巴、眼睛都能随着情节的需要而变化，在银幕柔和灯光的映照之下栩栩如生，灵动传神。艺人的表演技艺十分精湛，一人操作演唱，一人配合伴奏，虽然是两人一台戏，但武松与猛虎搏斗时的场面依然惊心动魄，扣人心弦，人人都为英雄武松捏了一把汗。更令人叫绝的是，一个人可以同时操作好几个皮影人物，可以演唱生、净、旦、末、丑各种唱腔，使观众在咫尺之间感受到千军万马，瞬间跨越历史长河，真可谓"一口述说千古事，双手对舞百万兵"。

玩杂技的

　　一个玩杂技的小班子进了我们村，先在生产队队屋前的空地上歇下，有的背靠泡桐树，眯眼假寐，有的仰躺在杂技箱子上晒太阳。班主是个老者，年龄60岁上下，身材魁梧，双目有神，紫糖脸，络腮胡，穿一身玄衣黑裤，一看就非同一般，是跑江湖的架势。他命一瘦高个的年轻人手执铜锣，沿街到各家各户门前，边敲边喊，让人知晓。一时间，村里男女老幼云集在生产队队屋前的空地上，围得里三层外三层，黑压压的都是人。这是暮春的一天晌午，村里人都还没有吃午饭。

表演开始，女艺人仰卧在叠起的桌上，足蹬7岁小儿，小儿在母亲足上做着"童子拜观音""莲花出水"等动作。旁边那个瘦高个的年轻人敲锣喝彩，以强化气氛。接着是另一个女艺人表演蹬板凳、蹬桌子、蹬棒槌、蹬茶碗等，技艺精湛，赢得满堂喝彩。这一段表演结束，瘦高个年轻人把铜锣和敲锣的槌交给班主，他自己则开始表演软功夫。一根布带子把他的腰束得细细的，他匍匐于地，似蛇而行，惟妙惟肖；一会儿又做蛇盘之状，背身下腰，头从裆部弯曲而出，身子柔若无骨。观看的妇人们纷纷议论："他八成是蛇托生的！"最后是走软索，在队屋前的两棵相距10米的泡桐树上扯起一根绳子，离地丈余，女艺人们在上面表演仰卧、挑担、悬挂、金鸡独立以及蒙目走索，最后以来回摇晃的"大摆"收场。人人都替女艺人担心，屏息凝神，寂静得掉一根绣花针都能听见。据生产队队长说，他们来自河南周口，足迹遍及好几个省，行程上万里，都是挑担步行。他们去年打春时从家里出来，到内蒙古、北京等地转了一圈，还没有回过家，这是边演出边往家的方向走，路过这里。他们准备回家后看望看望亲戚朋友，给生产队交一些钱，歇息一段时间后，再往西边的一些地方去。他们衣着破旧，艰苦贫困，却也怡然自得，班子里都是亲戚，有的是一家几口。他们的孩子打5岁就开始学艺，从来不怕吃苦。

表演结束后，生产队队长把饭派到了我家，这好像形成了惯例。唱书的来了，也是在我家吃饭。祖母、父亲都乐意接这门差事。生产队队长根据吃饭的人数和顿数让会计给我家一定的报酬，绝对不会让我家"倒贴"、吃亏的。玩杂技的走时，平时抠门的生产队队长给了他们一笔不菲的演出费，并约定有机会再过来。可几十年过去了，也没见这班玩杂技的再来过。

阉牲口的

一个人推着一辆破旧的自行车，车把上竖着一根铁条，上端系着红布条，不用问，是阉牲口的来了。

阉牲口？哪有那么多牲口可阉！阉的最多的是小公鸡、小公猪和小牙狗。

当小公鸡长到拳头大小，开始对着小母鸡练习"旋风腿"的时候，便可阉割了。阉过的小公鸡长成后体硕肉嫩，烹炖皆宜，味道奇美，讲究的人家才会如此享用。手艺人来了，全家人一齐动手抓小公鸡，一时间鸡飞狗跳，煞是热闹。手艺人把小公鸡的两只翅膀拧麻花似的一别，小公鸡虽是痛苦倒也动弹不得。手艺人又用小刀在鸡翅膀上划一个小口子，用个带小环的铁丝伸进去一捞，便把个小肉球扯了出来。

阉割小猪时，把小猪的四蹄捆牢放倒，人帮忙摁住，手艺人单膝跪地，操刀将小公猪的睾丸从阴囊中取出，顺手扔在地上或垫在地上的废纸上。被阉割过的猪的肉很好吃，没被阉割的猪的肉吃起来总有一股别扭味道，原来是荷尔蒙在作怪。

阉割小公鸡和小公猪曰"劁"，而阉割狗或大牲口曰"骟"。狗被骟一般是因为太阴狠，频频伤人，为厚道的乡下人所憎恨。再凶悍的狗，只要去了势，便立刻低眉顺眼，见了生人就使劲把尾巴往后腿之间夹，低吠数声，敷衍了事。

骟牲口场面壮烈。大牛一看围上来几个小伙子，就知道情况不妙，一个劲儿地往墙角里退，鼻翼呼扇着，眼珠子怒瞪着，做决斗状。众人哪敢靠前？最后还是饲养员镢头爷慢慢走上前，边摩挲牛的脖子，边把绳子打上活结套住牛的四蹄。众人发一声喊，一收力，大牛就"扑通"一声摔倒在地上。手艺人先用蘸了水的抹布把牛的睾丸牢牢裹紧，在下面垫一木墩，招呼众人："给俺摁住，可别动！"然后使出蛮力，抡起18斤重的大铁锤呼啸着朝睾丸砸下去，只听大犍牛"哞"的一声惨叫，实在是惊天动地，撼人魂魄！大牛之所以被骟，实在是因为性子太烈，伤了好几个人，也是"罪有应得"。

锔锅匠

"谁家锔盆、锔碗、锔锅、锔缸啊——"

"锔活"已有上千年的历史，手工艺者技艺十分精湛。一个不足三指宽、尺余长的横板，两端固定着牛皮绳，板中央的圆孔，插入下端装着钻头的钻杆，它依据皮绳儿伸缩的惯性旋转打孔。锔匠钻孔、揿钉所要求的深浅、轻重、缓急，实在不可小觑。当然，瓷器也可以修复。瓷器的硬度很大，必须要用金刚钻才钻得了孔，因此民间有"没有金刚钻，别揽瓷器活儿"的说法。

我们那里称"锔"为"轱辘"。锔锅就是"轱辘锅"。比如说锅底上烂了一个洞，就得"轱辘"。锔匠先生上一盆炭火，炭火上放一个特制的小锅，化铁汁。待铁烧化了，烧得明光光红生生，就在下面用铁砧子顶住锅的烂洞，把铁汁倒在烂洞上。然后冷却，用小铁锤轻轻敲打，直至柔软的铁片与铁锅融合在一起。最后，涂抹上一层白色脂膏一样的东西抿缝儿，以防"轱辘"过的锅使用时渗漏。

锻磨盘的

村里人吃面全靠石磨。石磨的材质不同，有青石、红石。石磨大小不一，厚薄不等，但都是圆的。石磨有上下两扇。下扇石磨的圆心上有一个凸出来的约两寸长的榫头，是公；上扇石磨上有一个凹进去的圆槽，是母。母磨压在公磨上，榫头插在圆槽里。下扇石磨固定在洋灰砌成的圆磨盘上，上扇石磨的圆边上，对等凿着两个孔，用来穿绳子，拿一根磨棍往绳子里一穿，往石磨上一别，磨就能推了。上扇石磨的中间有俩直径约三寸的圆孔，圆孔上下穿透石磨，用来下粮食，俗称磨眼。石磨转动时，粮食就从磨眼里下到两扇石磨的中间，被磨被搓，小麦白白的，玉米黄黄的，就碎了。不大会儿，磨盘上就流满了一圈环绕着磨盘且形状相同的"小山峰"。

磨用的时间长了，不吃食，就得请石匠过来锻一锻。石匠把两扇磨支在磨坊院子里的空地上，一手拿着钢钎，一手拿着锤子，叮叮当当就锻起来。石磨上的纹路都是斜的，一钎一钎地下去，纹路就深了。锻好了，重新把两扇石磨抬上去，再磨面时就快多了，妇女们都高兴地夸赞石磨好用多了。

116

木匠

庄户人家的风箱用的时间长了，就不拢风了，要么修，要么做个新的。有的人家的风箱修好几回了，实在是不能迁就了，只好咬咬牙，请木匠来家做个新风箱。我们那地方管木匠不叫木匠，叫"老师儿"。

那么，为什么把石匠叫锻磨的，把铁匠叫打铁的，把盖房的叫泥水匠，偏偏把木匠叫"老师儿"，且又把"师儿"两个字儿化呢？在乡亲们眼里，木匠这个行业似乎比其他行业尊贵一些，所以才如此叫吧。乡村里的事，还真不容易说得清呢。

好在自家院子里有泡桐树，就刨倒一棵，解板，风干，就开始做了。桐木板做风箱是好木材，其性软，不裂，耐磨。风箱杆最好是槐木杆，结实，一般是双杆的，杆的作用是帮助"活塞"——一块立在箱内可以来回活动的长方形夹板、周围勒满了起抽风作用的鸡毛——来回抽动。风箱的活门共4个，前后各2个，很小，像个小窗户。活门的"门儿"是小薄木板儿制作的，挂在窗口上，吸风时张开，推风时关闭，把产生的气流压向一隅，然后通过风道送出去。风道在箱底一侧，方形，两端留有风口。

风箱做好了，就要试试管用不管用。新风箱初拉时颇沉，男人们称之为"有劲儿"。拉风箱的声音很好听，"呱嗒嗒，呱嗒嗒"，很有节奏感。国家冬季供给社员们一些烟煤，必须用风箱吹风才能燃烧。如果风箱得劲儿，能把烟煤吹出蓝莹莹的火苗；要是风箱无力，烟煤光起呛人的浓烟或病恹恹的红火，做成这种无力风箱的"老师儿"可就倒了霉了，不但要不成工钱，甚至连饭也混不上了，被主家撵跑了。我们那地方管这种"老师儿"叫"稆老师儿"。"稆"原意是野生的，用在此处，顾名思义就是没有受过名师指点的木匠。

剃头匠

俗话说："剃头挑子一头热。"剃头挑子多是一根扁担两件家什：前头一个煤炉子，坐着个黄铜脸盆，盆中有热水，叫"汤"；后头一个木箱子，里面分成格子，无非是刀、剪、粉扑儿之类，合上箱盖便是凳子。因为前面有热汤，后头是冷板凳，便有了"剃头挑子一头热"的说法。

当时农村交通不发达，出行基本靠走，种田人虽不讲究，但也是要刮脸、修面、剃脑袋的，剃头匠便应运而生。一个剃头匠管几个村子，虽无明文规定，却是心照不宣，谁也不能乱走动"串地盘"。管我们那片儿的剃头匠是北边村庄土山寨人，不知他姓刘呢还是名字是留，这里姑且叫他老刘吧。他长得细长瘦高，活像一只弓腰的大虾米，紫红脸，下巴上悬着一颗花生大小、与肤色一致的肉瘤，肉瘤上飘着一根又黑又长的细毛，他谓之"龙毛"，又谓之"贵毛"，对这根细毛他万般珍惜，"保管完好"。

老刘的剃头挑子前头是一根"将军杆"，上头挂一串薄铁片儿，名叫"报君知"，拿手一扯，"咣啷咣啷"直响。绕村一圈，在村中央的大泡桐树下扎了挑子，点一锅旱烟，专等人来。

一袋烟尚未抽完，村里的大人们便牵了自家的小孩子围拢过来。老刘仍在抽他的旱烟袋，丝毫没有开始的意思。有人就催了："老刘，该开始了吧？"老刘这才把旱烟锅儿在鞋底上磕了，装模作样地咳嗽两声，捅旺了火炉，铜盆里咕嘟咕嘟冒起了水泡儿。大家伙儿你推我搡，客套半晌，村里德高望重的人才坐在了箱盖上，系了围布。老刘取了剃刀，探手扯过油黑发亮的錾刀布，噌噌噌地錾了刀，在手中缩个花儿，那刀刃就亮得晃眼。这个时候，小孩子们的心就提到了嗓子眼儿，老想着那雪亮的刀片会不会把耳朵割下来，或把脸削几个大口子。只见老刘抡起胳膊，瘦如鸡爪的枯手捏了刀柄，在毛烘烘的头上旋舞几下，便有毛发飞了起来，只一眨眼儿工夫，那脑袋就锃光瓦亮了。这时候老刘取了粉扑儿，在光脑袋上左右上下旋转一圈，一扯围布，道声"齐了"，下一个就坐将过来。

我打小就怕剃头，听说老刘来了，就远远地躲在墙角，但最终还是被父亲发现了，只好乖乖地跟随父亲走到老刘的剃头挑子前。我挣扎不得，只好闭上眼睛，任凭老刘"蹂躏"。只觉老刘伸手在我的脑袋上轻挠了两下，一阵小风嗖嗖地从脑袋上飘过，再在后脑勺上轻轻击一巴掌，说声"齐了"，就结束了。对镜一照，只剩额前一块茶壶盖儿，打圈儿都是光光溜溜的，如一马平川，便哇的一声大哭起来。

大人们剃完头，老刘还会给你捏个颈推个背，保你一身轻松；倘若哪个耳朵痒了，老刘便从怀中取出一个小竹筒儿，动用"十八般兵器"，先用铰刀铰去耳毛，再用大小不一的耳勺去挖，仿佛耳洞里有十吨八吨的污垢。直到你觉得舒服了，再用小刷子去刷，直至将耳朵周遭刷干净为止。大人们都夸老刘的手艺高，但他一辈子只会剃"茶壶盖儿"和"光瓢"。妇女们也有请老刘给理发的，老刘

119

也只会用剪刀把下面的头发剪整齐而已，这理发的妇女便招来了自家男人的怒骂："你浪个啥呀，自己的头发不会自己剪？"那妇女就服软了，以后便相互请嫂子、弟妹或大姑娘、小媳妇来剪，一般都剪成剪发头，即紧贴脖颈的那种，年轻的姑娘们要么扎辫子，要么是剪发头，但比媳妇们多留个刘海儿。

120

孩子们的闲情逸趣

夏日上午，天空交替着灰暗与明亮，时而乌云翻滚，时而湛蓝透明。在野地里玩耍的小孩子们，一会儿被罩在阴影里，一会儿又出现在太阳地里。想晒太阳的孩子，紧跑几步窜出了阴影；想乘凉的孩子，赤着脚撵赶着阴影，使自己更多时间地"浸"在阴影儿里。在野地里玩腻了，就呼朋引伴地来到打麦场上玩碌碡，时而跳上去，时而蹦下来，看谁连续蹦跳的次数最多，多者为胜。碌碡是一种农具，石头做成，圆柱形，用来轧谷物、平场地，也叫石磙。

如果谁家宰鸡，那一准能吸引到众多的孩子来看。一只被割断了喉管的鸡从大人手里掷出去，鸡跌落地上，窝着脖子，扑棱着翅膀，弹蹬着腿，转圈似的旋转着。光滑的、发白的地面上，涂抹着一圈圈的鸡血，这是鸡垂死挣扎时留下的痕迹。

有人家杀猪时，孩子们呼叫着跑过去看，希望能得到猪尿脬。猪尿脬洗净后，晒干，用嘴吹得鼓胀起来，然后用线绳儿系住口，能当"气球"玩好多天呢。

如果一时间没有什么可玩的，孩子们可不甘寂寞，回家里拿出半拉锅饼，搓碎，撒在蚂蚁经常出没的地方。不消半个时辰，成百上千的蚂蚁，就能孜孜不倦地劳作许久，它们力图把这些碎馍屑搬运回巢穴。它们齐心协力，不争不吵，你看不到旁边有蚂蚁宪兵监督，都是自觉地排队搬运，队伍整齐划一，让孩子们赞叹。蚂蚁的这种团队精神，让孩子们生出了好感。

与蚂蚁社会相似的，是蜜蜂社会，小王国里也是分工明确，秩序井然。采蜜的，看家护院的，生育繁殖的，各司其职。相比较而言，孩子们更喜欢蚂蚁世界，因为我们认为蜜蜂王国里的等级过于森严，特别是那高高在上、养尊处优的蜂王，还豢养着一批面首似的雄蜂，让人生厌。

黑泥河涨水，一只透明的、弯曲的、指头般长短的河虾被冲到岸上来了。河虾长得动人极了，每一根须子都是美丽的。一个孩子跑上前去捡时，弹跳有力的河虾一下子又跳到了河水里，随即消失得无影无踪。水鸟儿也来凑趣，翅膀一扑棱，也钻到水里了。在河岸上奔跑着的兔子，忽然两耳向后一抹，站住了，定定地看着那个失意的孩子。

妇女们在院里光地上络线子时，小孩子们非常热情地跑去帮忙，他们想拿络完了线的络子。络子由木条交叉构成，菱形，小凳子高低，中有小孔，是绕线缠纱的器具，如果安装在有轴的座子上，用手摇动旋转可以绕线。院子里齐刷刷摆了两排络子，有好几十个，经常使用的缘故吧，络子被磨得油光水滑，触感很好，非常好玩。而此时的络线，则是把络子上的线转换到其他的器具上。孩子们来了，先不吭声，站在旁边观看。看了不大一会儿，就觉得手痒，不是想摸摸络子，就是想碰碰滚动的丝线。干活的妇女眼尖，孩子们的动作早被她们发现了，她们对孩子们的"热心"并不领情，大声吆喝起来，让孩子们滚一边玩去，不要添乱。孩子们只好怏怏地走开，眼眶里蓄着泪花儿。令他们非常奇怪不解的是，为什么大人们对他们的"帮忙"如此排斥呢？

村里死了人，请来了响器班。班主一抢鼓槌，锣鼓便一齐响了起来：咚，锵，锵锵锵锵；咚咚，锵锵锵；咚咚锵，咚咚锵；咚锵咚锵咚咚锵……翌日，孩子们见了面，一边嘴里喊着"咚锵咚锵咚咚锵"，一边在另一个孩子身上抢起了拳头，眨眼之间，俩孩子就扭打到一块儿了。通过看响器班子，孩子们初步接触到中原地域的民间鼓吹乐，也进而认识了一些乐器，有管、笙、钹、小铙、海笛、堂鼓、唢呐、梆子、闷子、小锣、云锣、木鱼等10余种。

孩子们对自家养的狗非常疼爱，有好吃的也舍不得独享，总要分一些给狗狗吃。他们能理解甚至能听懂狗的语言。比如，听到狗狗短促又连续的"汪汪"声，他们知道狗狗的意思是"快来和我玩"，而只有一声"汪"则意味着"开门，我要出去"，或是"我们一起去散步吧"，或是"我饿了，给我弄点儿吃的吧"。当狗狗摇晃尾巴，或前腿抬起，只用后腿着地时，就意味着它现在非常开心。狗狗在主人面前打滚，表示"你是我的主人，一切都听你的吩咐"。狗狗垂头趴在地上时，则表示"我做错事了，对不起啊！我现在非常害怕"。狗狗昂首挺胸地站在主人面前，那是在向主人表忠心："有我在，保护着你呢，你放心吧！怕什么呢！"

　　我小时候弱颜，见人忸怩害羞，俗言脸嫩。每次陈阜口庄的张二先生和他的小脚老婆来我家时，我都躲身门后，不敢出来见面。论辈分，我和张二先生是平辈，该呼他为"二哥"，该唤他的小脚老婆为"二嫂子"。他的小脚老婆知道我藏在门后，便益发地同我开玩笑："小弟弟，你不出来，等你长大娶媳妇时，我朝你婚床上撒巴巴狗儿（学名蒺藜）……"我更不敢出来了。我盼望着他俩早点儿走，可他俩偏偏不走，坐在那儿有一搭没一搭地同祖母边喝茶边闲话。他俩有时候还在我家吃饭，吃祖母给他们擀的酸汤面叶儿，那酸溜溜的饭香味直钻我的鼻孔，勾起我的食欲，我的小肚子咕噜咕噜地叫了。

　　张二先生小时候讨荒要饭时，被一个老中医收留，跟着学了点针灸之术。他不爱劳动，整天在附近村庄里游荡，给乡亲们治个头痛脑热、小儿惊风抽搐什么的，混个小钱，交生产队挣点儿工分分口粮。他圆溜溜的眼，身骨高大却驼背，说话断断续续的，夏天喜欢穿一件说白不白、说灰不灰的大汗衫，一走一晃荡，样子很是滑稽。其老婆——"二嫂子"，瓜子脸、黄面皮、小脚，喜欢说笑。夏日傍晚，天地间一片蓝莹莹。吃醉了酒的张二先生骑着一辆除了铃不响其他部件均嘎嘎作响的破旧自行车，车后座上驮着他的小脚老婆晃晃悠悠地过来了，他要穿越俺村回陈阜口。"张二先生，下车！""张二先生，下车！"我们连声呼喊。那车骑得更快了，晃悠得更厉害了，张二先生的眼珠瞪得更大了，并腾出一只手，扬起，嘴里说着："看我打你们——"话音未落，车子一滑，张二先生和他的车子连同后座上的老婆都摔滚到路边的庄稼地里去了，招来孩子们的一片哄笑。

　　我写这篇补遗已是几十年以后的事了。二嫂子两口子没有等到我娶媳妇就先后去世了，坟头就在俺村西头一处废弃的水垄沟上，坟头上长满了荒草。

几棵忘不了的树

自家院子里曾经有这么几棵树，它们虽然早已不存在，但无论我走到哪里，也无论身在何处，总是忘记不了。

皂角树

皂角树很稀少，在坝子村，只有我家有一棵，就栽在院子的东北角、厕所门前的空地上。它的树身粗壮笔直，树枝尽情地展开，犹如开屏的孔雀。叶子不是很茂密，而且有点儿凋零，但树冠上结的密密匝匝的皂角，却委实令人喜爱。有了它，我家和村民们的生活变得更加洁净。我问祖母："这棵树是谁栽的呀？"祖母说是父亲栽的。我去问父亲："大，这树是你栽的吗？"父亲笑了笑，指着母亲说："这树呀，是你娘栽的呢！"我又跑去问母亲："娘，这树是你栽的吧？"母亲也笑了，用手指指祖母说："你奶奶栽的，你去问你奶奶吧。"我问了一圈，也没有问出个究竟，后来索性就不再问了。不管谁栽种的，树就在自家院里长着，心里踏实着呢。

衣裳脏了，在村中央的水井里拉上一担水，挑到皂角树下的那块青石头旁，再用竹竿从树上打下两颗皂角。先将衣服在水盆里浸湿，用棒槌将皂角砸成碎末，然后将其撒在湿衣上，将衣裳卷成一团，搁在洗净的石面上，手举棒槌，像敲鼓似的狠狠地击打衣裳。衣裳被击打后，溢出绿汁，证明皂角碎末已和衣裳融合在一起了。衣裳多是土布做成的，厚且硬，特别经得起捶击。母亲捶打的功夫非一般人能比：有轻有重，有缓有急，有长有短，似演奏的乡村音乐。一件挺脏的衣裳，经过几次翻动扭转，清水一涤，就洁净如新了。村里人都穷，谁用得起肥皂啊？还是这皂角洗衣裳来得实在。乡亲们的衣裳脏了，都满脸笑容地来我家摘几枚皂角，祖母、父母也总是笑脸相迎，任凭他们随意采撷。乡亲们也都是清亮人，从不多摘，够用即可。皂角是不能吃的，非常苦涩。它起初是绿色的，有点儿像扁豆角，长着长着，颜色就发生了变化，由浅绿到青绿，由青绿到碧绿，由碧绿到深绿，由深绿到褐紫，最后变成了咖啡色。秋风一刮，皂角会在树上哗啦哗啦响。但实际上根本到不了秋风刮的那一天，除树梢尖尖儿上少量的皂角外，低处的皂角早已被乡亲们摘完了。特别有意思的是，村里的姑娘们干啥事都爱扎堆，你说洗衣裳，她也洗衣裳，结伴儿来我家摘皂角。笑嘻嘻地来了，又挽着手笑着

127

走远了。请侧耳听吧，不大会儿，村里就响起了棒槌敲打衣裳的声音，此起彼伏，遥相呼应，捶击的声音震熟了乡亲们的晌午饭，震得趴在窝里不下蛋的老母鸡也咯嗒咯嗒下蛋了，震得正哭闹的孩子噙住奶头吃奶了，震得汪汪叫的狗也安静下来了。男人们随着那有节奏的捶击声，四仰八叉地躺在床上，本只想小憩一会儿，但很快就鼾声如雷。

家里有棵皂角树，真好！

苦楝树

皂角树之南生长着一棵楝树。树皮暗褐色，树干上布满了浅浅的纵向裂痕，树冠平顶，枝丫纵横，便于跨坐，引逗得半大的孩子们总喜欢攀爬到上面摘楝豆儿。楝树初生的果实是青青圆圆的，小指头肚儿大小，一串一串的，在椭圆形、卵形复叶的掩映下，闪射着青色的亮光，既神秘又健康，既青春又顽强；深秋季节，青色的楝豆儿呈现出成熟的金黄，在楝叶脱尽的枝枝杈杈上，一嘟噜一嘟噜地挂满枝梢，闪耀着金色的光芒。楝豆儿是孩子们"打仗"的武器，最适宜当弹弓的子弹，可打天上的飞鸟和地上的鸡、狗。楝树不生虫子，夏天在楝树下摆个饭桌吃饭最为惬意，你根本不用担心树上会掉虫子。有一首民谣这样唱道："蚕豆开花是黑心，楝树开花苦透了心。"人们便形象地把楝树俗称为苦楝树。

棟树一般在端午节前后开花，其花非常别致。棟花开时，风虽然还有些凉，但阳光已经非常暖和，带着草木水汽蒸腾的味道，氤氲着初夏的气息。在伤春、惜春的感叹声里，棟花不可遏制地开放了。其花开时，带着一种淡淡的忧郁，然也不能掩其繁华。棟花的花枝细小，花蕾羸弱，花瓣细碎，每一朵花儿都是内敛青涩的，但开起来，又总是一簇一簇的，是喜欢聚众热闹的性子。远远看去，紫色迷离，好似带着一层薄薄的水汽。人在树下走，会闻到一种特殊的味道，清新、淡远、微苦的香气飘溢在空气中，情真意切地浸润着你的肺腑，让你感受到这就是生活的味道，甜中有辛，辛中有苦，苦中有甜，甜苦杂糅，难以分辨。

棟树不像古柏、银杏那么珍稀，棟花也不如牡丹、梅花那么名贵，却是父老乡亲们都喜欢的树和花。棟树似乎就应该生长在乡村，它不择土壤是肥沃或是贫瘠，不管气候是雨雪或是阳光，永远是一副宠辱不惊的承受姿态。棟花开时，好像是静态的，安静地开在枝头，不张扬，不炫耀，就那么一直顽强地开着，并不太引起人们的注意。直到满树是花的时候，人们这才发现了花的存在。在惊诧叹息之余，更加喜爱这质朴无瑕、如霞似锦的紫色棟花。

听老人们说，在豫东一带，每年农历四月初八佛祖生日这一天，早晨天不亮，新婚夫妇就要光着身子起床，手执长杆去敲打院中的棟花，因棟树花多、籽多，打了便可多子多福。打棟花时嘴还不能闲着，要边打边唱："四月初八打楝花，来年生个胖娃娃……"至于是否真实，我是一次也没有见过。

楝花的花期约为一个月，且花开于生叶之前，总是花刚开，叶就相伴着长出来了。花落后，地上是一片残云，树上则是青翠的楝叶和青圆的楝豆儿。

楝树花开时节，百花大多已经开过，漫天遍野的油菜花也结成了青色的菜荚，正在抽穗、分蘖的小麦即将展现丰收的金黄，勤快的布谷鸟发出清甜婉转的鸣叫。此时此刻，楝树开出一树紫盈盈的花朵儿，怎不叫人心头欢喜。

天冷了，金黄色的楝豆儿在强劲秋风的催促下，掉落地上，一颗颗地滚落于泥土之中，果肉在泥土里慢慢地烂去。翌年春，核中就萌生出一个个细嫩的小芽儿来，再长成一棵棵小树苗。有些果实被小鸟啄走，丢落在哪里，就在哪里扎根生长……

泡桐树

苦楝树的南面，几步之遥便是那棵树干粗壮挺拔、树冠圆篷的泡桐树了。

泡桐花比楝花开得早，仲春时节，泡桐花便竞相开放了。仿佛一夜之间，泡桐花已热热闹闹地开满了枝头。此树也是先开花后生叶。抬眼望去，宛若一片紫色的云霞，遮住了院子里的半边天空，纷纷扬扬地轻颦浅笑，铺天盖地地呼朋引伴。一种甜丝丝的幽香在空气中弥漫。微风吹来，成串的紫色的形似小喇叭的花朵轻轻颤动，絮语声声，让居住在此处的人们神清气爽，衣袖添香。

村里的孩子们跑到我家，我们一起在泡桐树下玩耍。树下躺着跌落的桐花，桐花顶端有个硬硬的青灰色的小帽，小帽上长着一层黄茸茸的细毛。孩子们轻轻地将小帽揪下来，便露出一个圆溜溜、白生生的"细颈"，我们把它含在嘴里，慢慢地吮吸，吮吸上面的花蜜，真甜啊！农村的孩子没什么糖果可吃，这便是玉露琼浆呢！

泡桐树的特点是喜光，较耐阴。喜温暖气候，耐寒性不强，对黏重瘠薄土壤有较强的适应性。幼年生长极快，是速生树种，一般10余年即可成材。成材之后如果不及时砍伐，就生长迟缓了。泡桐在中国的栽培历史悠久。北宋陈翥所著《桐谱》一书，比较全面地记载了古代劳动人民在泡桐栽培和桐木利用方面的丰富经验，至今仍有重要的参考价值。

桐花是清明之花。《周书》记载："清明之日，桐始华。"清明是祭祀和怀念的节日，因此这个时候盛开的桐花，唤起的感情多少有几分哀愁和悲凉。桐花是民间的、乡野的花。房前屋后、道旁桥畔、田野水边，随处盛开，毫不骄矜。"桐阴瑟瑟摇微风，桐花垂垂香满空"，多么亮丽的乡村风景啊！"火冷烟青寒食过，家家门巷扫桐花。"桐花又是男儿花：高大横空的身形，恣肆淋漓、孤傲不群的姿态，桀骜不驯、直截爽快的气质，都是男儿气性。

老榆树

　　泡桐树的南面便是那棵老榆树。元宵的香甜悄然淡去的时候，乡村的春天就俏皮地探出了头，她站在榆树梢，立在槐枝上，被蜜蜂、蝴蝶簇拥着款款走来。

　　早春的阳光温暖地照耀着大地，老榆树又吐出新绿，一串串鲜嫩的榆钱便挂满枝头。榆钱是榆树的果实，扁圆，嫩绿，每一片的中央有凸点，有点像缩小版的铜钱，孩子们可喜欢它们了。榆树开花结籽，二十四节气里，只在春分到清明这紧绷绷的半月间。胆大且性急的孩子猴儿似的攀爬到树上，拿根钩子，挂个小篮，一把一把地将榆钱，一边将一边把绿绿嫩嫩的榆钱往嘴里塞，生吃很甜，有一股荷叶的清香，一边折下一枝，扔给仰着脖子等在树下的小伙伴。树枝随着孩子身体的晃动而摇晃着，空气中散发着丝丝的甜润气息。将上一篮，洗净，拌上面粉上笼蒸。尚未开锅，那灶间溢出的一缕缕香气，已经诱得孩子们像条快乐的小狗，围着锅台摇头摆尾，直流口水。

　　榆钱还可以做粥。先将玉米糁子倒进凉水锅里搅拌，煮沸，并继续搅拌，以免粘锅。再将青青的榆钱投进去，稍稍焖一焖，赶紧掀开锅盖，撒点细盐，但见一锅莹莹的绿意，仿佛水面上铺开了绿荷万点，热乎乎的玉米糁子与清香的榆钱融洽地混合在一起，如同融入了整个春天，轻轻地啜一口，那感觉，哎呀，真是太美啦！不知不觉间一碗玉米粥就下肚了，又盛了一大碗，呼噜呼噜，很快又喝完了。直吃得直不起腰来，才恋恋不舍地放下碗筷，心里想着明个儿晌午再敞开肚皮吃一顿。

在民间，榆树是一种吉祥树，因"榆"谐音"余"，榆钱即余钱，饱含着父老乡亲们向往富裕的朴素心愿。事实上，榆树虽不能带来多大的财富，却在饥荒岁月里，不知救活了多少生命。榆钱吃完了，榆叶、榆树皮，皆成了果腹的食物。榆树一身都是宝，木材可制门窗、床板、板凳，但不能做椽子、做檩，更不能当梁。因为"榆"字除了谐音"余"字外，还谐音"愚"，即愚蠢的意思，农村人怕子孙因此而愚蠢，就不用其做椽、檩和梁。除榆树外，另三种木料也是不能挑大梁的。一种是椿树，"椿"的谐音是"蠢"，和榆树是一样的原因。第二种是楝木，"楝木"的谐音是"殓木"，也就是人死了入殓的意思，家家户户为图吉利，哪能天天顶着入殓的房梁过日子啊！最后一种是槐木，因为"槐"字的半边是个"鬼"字，谁愿意用鬼做房梁呀，槐木当然也不能用啦。

花椒树

老榆树的南面，院子的东南墙角处生长着一棵花椒树。这棵花椒树依墙而长，唯恐被挤出这个世界似的。

　　家乡比较有名的能吃的树叶大约只有两种，一种是香椿叶，还有一种是花椒叶，俗称青花椒叶。之所以强调这个"青"字，是因为春天长的花椒嫩叶汁多味鲜。跟吃香椿是一个道理，吃的就是春时。过了这个特定的时段，就再没有这种迷人的味道与口感了。生活在乡村里的人整日与植物为伍，什么时候该吃啥，已经成了条件反射，自然不会错过身边正当季的美味。

　　春天的花椒叶，叶茎、叶脊处略略泛红，像染了霞彩。疏密有间地采摘嫩叶，不影响花椒日后挂果。将采下来的花椒嫩叶用清水洗净控干，剁碎，如芝麻大小。蒸馍、烙饼、拌面或做凉面，都可以撒上一些，抑或调在包子、饺子馅里。从外观上看是群星点缀，煞是喜人，滋味兼具辛、麻、香，特别开胃。

　　每年初秋，花椒树就会葱绿一片，挺秀的枝儿探出墙外，挑着小小的果实，好似挂起了一片红色的云。这时，全村人家的灶屋里，就会飘出鲜辣酥麻的炸花椒的香味。各家各户做的西瓜豆瓣酱里，无不飘浮着花椒树的青叶和红红的花椒碎末。从花椒树上摘下的花椒，我家是从来不卖的，一秋结的花椒，能让全村人吃上一个冬天。

　　摘花椒可是件麻烦事儿，因花椒枝上布满了短硬的尖刺。满树的花椒摘完，祖母、母亲及邻居大娘、大婶的手上，已划满长长短短、深深浅浅的血痕。这些血痕里，凝

故园梦忆

聚着乡亲们的亲情，她们的关系非但没有疏远，反而更加亲密。

晚秋晴朗的日子里，祖母在院子里铺张大席晾晒花椒。她盘着腿坐在箩席边，手中习惯性地拿着一把夏天纳凉的蒲扇，她坐着坐着就睡着了。阳光下，白发的祖母如同坐在一片绛红色的云霞里，是那么安详，那么慈善！让她老人家睡一会儿吧！我从她身边悄悄地溜了过去，小黄狗也懂事地跟着我悄悄地溜了出来，我俩一同向村庄外面的柽柳丛走去……

三春柳

135

说了自家院里的那几棵树后，我还想说说村外的另一种所谓的"树"——似乎说"树丛"更合适——三春柳。当然，我家也不仅仅就那么几棵树，还有令我喜爱的洋槐树和枣树，在此不一一赘述了。将来有机会，我再另写篇章记述。

三春柳又名柽柳，因它每年的春、夏、秋三季开花，故称三春柳。它是一种落叶小乔木，枝条纤弱，多下垂，叶细小，花琐碎，淡红色。村外西北方向的那道南北走向的土坝上，也就是西淖的东岸边，密密麻麻地种满了三春柳，有百余亩。花开时节，云蒸霞蔚，淡红色的云雾映红了村西北角的天空，灿烂绚丽，分外壮观。三春柳每年冬季砍伐，大部分卖给了公社供销合作社，生产队总要留上一小部分分给社员，让大家伙儿编筐织篓，作为日常生活的用具。

有一年盛夏的中午，我和父亲吃过晌午饭，没有在家里休息，径直来到土坝北头的那座小桥上，纳凉歇息。我们的身旁放着篮子和小铲，准备休息之后再给猪羊割青草。父亲坐在桥墩上打盹儿，我为了赢得父亲的夸奖，竟然偷偷扛起篮子，掂上小铲奔向了三春柳丛深处。我割满一篮子草背到桥头时，浑身都被汗湿透了，背心和裤头都在往下滴水；我的头发上顶着一层淡红色的三春柳花瓣，如闪闪燃烧的火苗；整个人浑身通红通红的，像刚从蒸笼里捞出来的大虾。那时候年龄较小，根本就没有防中暑的意识。现今想起来，仍有一些后怕。

老家上了岁数的人都知道，三春柳有特异功能：能准确地预测天气。天将下雨的时候，它那细瘦如丝的叶片儿和花都竖了起来，一团一团的水汽飘浮在三春柳的上空。老农人见了，就说"天快下雨啦"，试了多次，无不灵验。村里人这才知道三春柳有预报天气的功能。

甜杏树

还有一种树，也是几十年来难以忘却的，它们是蔡丑家的杏树。

蔡丑家住在村子的最西端，东西长街的路北，他家有一个大院子，用一圈土院墙围着，院子里种满了各个品种的杏树，巴旦杏、干壳面杏、麦黄杏、甜面杏、小青杏，应有尽有。

春来杏花白如雪。每年的农历二月，蔡丑家院子里的杏花就开了，到处弥漫着杏花那淡淡的芳香，给村庄带来了盎然生机，令庄户人很少浪漫的脑瓜里生出了一些遐想。满院子的杏花，就像一把把撑开的花伞。走在树下，花香缠衣绕颈，芳馨使人心旷神怡，如痴如醉。蔡丑是我们的同龄伙伴，杏花盛开时他对我们是很友好的，常约我们去他家看杏花。可待杏树上结出拇指般大小的青杏后，他就跟我们疏远了，这令我们很气愤。后来听说是他的长脸小脚的奶奶教他这样做的，我们心里的气也就消了大半，看到他平日里形单影只的模样，反倒可怜起他来。

一片烟雨中，杏花带着雨点的清亮，雨点沾着杏花的清香，白色、粉色的花瓣在刚刚复苏的泥土上落下一地温情。老杏树，披着满头白雪，像饱经坎坷的蔡丑奶奶，昭示着岁月的沧桑；去岁新植的小杏树，顶着三五朵粉色花朵，欣欣然的样子，像刚刚浣衣归来的村姑。

麦黄梢时，杏就成熟了。孩子们结伙半夜去蔡丑家偷杏。这个时候，我们也顾不上老人们所说的码口嘴不干净（有邪乎的东西）了，从码口嘴高处的院墙豁口那里蹑手蹑脚地攀爬进院子里，径直奔到白天就踩好了点儿的麦黄杏树下，噌噌几下就爬上了树。借着月亮的微光，用手摸索着摘杏，也顾不及它是否成熟。将杏装满衣兜后，悄悄溜下树，再从院墙的豁口处脱逃而去。那偷来的杏啊，有的虽然还不太熟，但是多么好吃啊！没有经历过的人是体会不到的！

我们偷的杏的品种颇多，其中的几种是印象最深的：麦黄杏是最先熟的杏，又香又甜，甚为金贵。干壳面杏，即又面又甜的杏，用手一挤，肉核完全剥离，真可谓泾渭分明。它与黏核儿杏的性情完全相反，黏核儿杏吃到最后，杏核上沾的还满是杏肉，为我们所不喜。米屎蛋儿杏，看着小，看着青，实际上已经熟了，又甜又脆又香。巴旦杏，个头又大又红，模样端正，味道醇正；吃完杏肉，砸开杏核，剥出杏仁，就可生吃，一嚼清香。而其他杏的杏仁是不可以生吃的，不但苦，生吃超过7枚即会中毒。

有一天深夜，我们几个刚刚爬上杏树，就被蔡丑的奶奶"堵"在了树上。跳与跑均是来不及了，只好乖乖下来，束手就擒。蔡丑的奶奶却没有训斥我们，而是领着我们来到院墙的一个角落，那里摆着一个篮子，里面盛满了成熟的杏，鲜红个大，香气直钻鼻孔。她让我们几个往衣兜里装杏，这样的举动竟将我们几个弄蒙了。后来，在她的一再强调下，我们只好往衣兜里装了起来，每个人的衣兜里都装得鼓鼓囊囊的，好似身上装满了弹药准备冲锋陷阵的勇士。蔡丑的奶奶给我们打开了栅栏门，嘴里轻声说了一

138

句：“你们走吧，啥时候想吃了，再来找俺！夜里上树太危险，摔着了可不是闹着玩的！”我们几个低着头鱼贯而出，很快就消失在茫茫的夜色之中……

从此啊，我们再也没有去蔡丑家偷过杏。

后来，蔡丑的奶奶去世了。我们都很怀念她。

139

颇有特色的乡村吃食

香椿芽儿。村里有好几户人家栽种着香椿树，喧闹的春日，香椿树上那紫红色的嫩芽，像是火苗一样闪动在枝条上，倾吐着诱人的芳香。看着它们鲜嫩的模样，有时真的不忍心采摘，可是食欲的诱惑还是让人违了心。于是，村子里就响起了大姑娘、小媳妇和婶子、大娘怀里抱着新采摘的香椿芽儿你送我、我送你的脚步声，淳朴的乡情愈发浓郁起来。香椿芽儿的吃法较多，最传统的吃法是腌香椿芽儿和香椿芽儿炒鸡蛋。

荆芥面坨。村里人一般把荆芥种植在田间地头的空闲处。我家种的地方更独特，种在一只盛满土的箩筐里，每天淋一点清水，荆芥就生机勃勃地生长起来了。荆芥有一种浓郁的薄荷味，凑近一闻，顿感神清气爽。据说，常吃它的人年逾古稀而不落齿，故民间又称它为"稳齿菜"。一场春雨过后，村里就有卖荆芥的了。种荆芥没有种子也不要紧，买几把带根的荆芥，把叶子择吃了，将根茎种在土里，过几天就会发出绿叶。吃荆芥生熟皆宜。常见的生食方法有荆芥拌黄瓜、辣椒丝拌荆芥、凉拌荆芥等。夏天吃凉捞面时，有三样调料必不可少：黄瓜丝、蒜汁和荆芥。如果没有荆芥就像人没有灵魂，提不起精神。荆芥熟吃时多用来做汤。番茄鸡蛋汤快煮好的时候，将一把嫩生生的荆芥丢进去，马上熄火起锅，汤色碧绿，芳香四溢，鲜美至极。用荆芥做汤面条也颇佳，那种独特浓郁的面条香味使人垂涎欲滴，胃口大开。祖母给我们三个常做的是荆芥面坨。选好水灵鲜嫩的荆芥叶，和面粉、鸡蛋混在一起，加入适量的水，搅成面糊糊；先在锅底淋上一层油，待油热后倒入一部分面糊糊，用锅铲摊平，再翻转，眨眼之间，一个荆芥面坨就出锅了。然后再放油加热，再倒面糊糊，直至将面糊糊煎完为止。一沓香喷喷的荆芥面坨码在一个大盘子里的画面，永远定格在我的记忆里。荆芥据说是河南的特产，以豫东吃它的人为最。外地人多有不识，实在是一种人生缺憾呢。

蒜薹炒鸡蛋。农历三四月，生产队的大蒜田该抽蒜薹了。这时队长发话：今天上午抽蒜薹，谁家抽的谁家要。你看吧，全村的男女老少齐上阵，大蒜田里挤满了人，黑压压的。抽蒜薹是个技术活。先弯下腰，拿出一根铁钉，在蒜苗一侧从下往上划一条口子，抓住蒜薹的顶端，猛地向上一提，一尺多长的蒜薹就出来了。不会抽的，只抽出了蒜薹的上半部分，下面的大部分还留在蒜苗里，没有抽出来。不到一晌工夫，10亩地的蒜薹就被抽光了。一家人喜滋滋地抱着蒜薹回了家，把蒜薹清洗干净，切小段，用盐渍起来，就可以下饭吃了。条件好的人家，磕几个鸡蛋打在碗里，配上切成小段的蒜薹，搅拌均匀，倒进热油锅里，用锅铲来回翻动一会儿，一盘子香喷喷的鸡蛋炒蒜薹就出锅了，一家人你夹一块儿我夹一块儿，很快就报销了。蒜薹炒鸡蛋真香啊！

捻转。在小麦灌浆饱满而又未完全黄熟之时，祖母偷偷去生产队的麦田里剪了一篮子麦穗，用火燎去麦芒，搓出麦仁加以蒸煮，晾干，拌上熟油，再上石碾子轧制成一段段的绳状，青绿如蚕，青色中间杂着淀粉的白，似草叶上着了一层微霜，粉白可爱；又好像用手细细搓捻出的绳头，拧成了小麻花儿。这就是捻转。入口清香微甜，透着青麦仁的味道，嚼起来柔韧弹牙，唇齿间仿佛有来自田野的清气，在口腔中弥漫。食用时也可以用蒜泥、红薯醋、棉籽油凉拌，体验的是一种朴实的乡野情怀、田间味道、时令气息和新鲜意趣。说起捻转的由来，并未富有多少诗情画意，恰恰相反，它倒饱含着劳苦民众生活的辛酸。在饥荒频仍的年代，许多人家支撑不到小麦成熟已经断炊，就采摘尚未成熟的青麦子果腹，为了换换口味，才发明了"捻转"的吃法。捻转还有一个名字，叫"气死驴"，因为人吃了全麦仁，驴就没有麸皮可吃，人夺了驴的口粮，驴能不生气吗？

麦仁汤。每年麦罢，新麦子下来，祖母总要舀一小盆麦子，到石磨上脱了皮，然后做麦仁汤喝。麦仁汤又稠又黏又香，嚼起来筋道，早上做一大锅，喝不完，晌午回来接着喝，吸溜一大碗，凉爽可口，既解渴又当饥，无比惬意。

葱花油饼。祖母把面和好，擀成一个大片状，撒上大量的葱花和细盐，用小勺舀上半勺棉籽油，均匀地点洒在面片上，然后拈起大面片的一端，从一头卷向另一头，就成了一个小碗口粗的长筒子，再用刀齐整地切成几截。拿起其中的一截，用手掌根一搓一揉，就成了一个厚实的小饼子，摊在锅底，用文火慢慢烤，不大会儿，葱花油饼就炕熟了。吃时满嘴留香，真叫过瘾。一家炕葱花油饼，满村子都是香的，人们都耸耸鼻子，嗅那葱花的香味儿，并自言自语："这是谁家做葱花油饼呢！"我小时颇瘦，苦夏，有哪几天不好好吃饭了，祖母就去窗户台抓一把爬蚱皮洗净，碾碎，撒拌在和好的面里，炕成又薄又焦的饼子让我吃，一嚼咯吱咯吱响。这种薄焦饼很耐放，祖母说吃爬蚱皮焦饼开胃，消食积。吃了两天爬蚱皮焦饼，果真有效，我又能吃饭了，祖母欣喜地笑了。

苇叶粽子。端午节这天一吃过早饭，祖母就领着我来到村西北角的西淖儿里，我们开始采摘新鲜碧绿的苇叶。祖母用指甲把苇叶一片一片掐断，我也学着祖母的方法掐苇叶，很快我们便掐了一大掐子。把苇叶拿回家，泡在水桶里，不一会儿就散发出一阵阵沁人心脾的清香。然后，祖母搬个小板凳，坐在水桶旁，用剪刀把一片片苇叶修剪整形，用一片苇叶包上一勺早已煮好的掺了白糖和枣泥的糯米，慢慢地包裹好，再用丝线缚好，一枚棱角分明的粽子就包好了。等把糯米都包完了，祖母便开始生火煮粽子。约莫一个钟头，粽子就煮熟了，清香溢满整个厨屋，弥漫到整个院落。我吃了粽子，心里高兴，身上满是劲儿，就扯着嗓子唱民谣："粽子香，香厨房；艾叶香，香满堂；桃枝插在大门上，出门一望麦儿黄。"

刀拍黄瓜。祖母在院子的东墙边种了一架黄瓜，我天天围着它看，终于可以采摘了。我们很少叫它黄瓜，都称之为刺儿瓜，因为它浑身是刺，倒也形象贴切。炎热的中午，从田里劳作回来的父亲摘了几根黄瓜，洗净，放在案板上，把刀面横起来，啪啪啪啪一拍，再切成小段，盛在红瓦盆里，撒上细盐，浇上红薯醋，点上几滴棉籽油，就是一盘消热散暑的好菜。什么样的黄瓜最好吃？关键要看两点：一是黄瓜的顶端要带小黄花，二是黄瓜要浑身带刺儿，一摸有点儿扎手，这才新鲜，做拍黄瓜最脆生。黄瓜是很具平民精神的一种蔬菜，它随遇而安，不摆谱，不端架子，也不自谦，更不自卑，很随和，平凡又不失伟大，在乡亲们的餐桌上颇受喜爱。用"小家碧玉"这四个字形容它似乎最恰当。在炊烟袅袅的清苦岁月里，素朴的乡村人，守着光阴，种一架黄瓜，过得淡定又安稳。

捞面条。炎热的夏季中午，我家和村里的人家一样，常做"红薯面蝌蚪"，只有家里来客人了，才破例做一回捞面条。面是白面，即小麦面，祖母和好面，把面擀得很薄，切得很细，收晾在高粱秆锅拍上。这时候，母亲已做好了鸡蛋番茄卤儿，切好了黄瓜丝儿，择好了荆芥，捣好了蒜泥。祖母擀好了面条，就开始往开水锅里下面了。面条煮熟后，用笊篱捞到盛着水的大红瓦盆里。那盆里盛的水是父亲刚从村中央那口阔口水井里打的，那水凉冰冰的，喝一口就牙根儿凉。父亲将面条在凉水里一连过了三遍，再分别将面条捞在碗里，浇上已经放凉的卤儿，撒上黄瓜丝儿、荆芥，淋上几滴芝麻酱，点上醋，倒上蒜汁儿，筷子一抄，一碗筋道、凉爽、色香味俱佳的捞面条就成了。一碗不够吃，再来一碗。两碗不够吃，再吃第三碗。那时候的黄瓜真有味儿，不但是黄瓜，那时候的食物都很有滋味儿。

盐水毛豆。中秋节前夕，生产队种的毛豆就长饱满了。趁着天黑摘上一篮，回家里洗净，烧半锅水，把毛豆投入，再撒一把盐，就屏息凝神地聆听毛豆在锅里的咕嘟声。毛豆煮熟后立即起锅，倒在刷净的红瓦盆里，这样煮的毛豆碧绿透青，不变色，不走鲜味。不大会儿，我面前的饭桌上就堆起了小山状的毛豆壳儿。

腌白菜帮子。生产队种的白菜是青帮绿叶白菜，没有多大的心，大部分叶片都支棱着伸向天空，绿油油的，叶

145

脉纹路都是那么率真坦白，大大方方地裸露着。农历寒露前后拔下来，分到各家各户，于是家家户户的箔上都根儿朝上、头朝下竖排着白菜。晾上几天，叶子蔫了，水分、土腥气大减，脆生生的圆叶子就像宣纸那么柔软，然后，一个帮子一个帮子地瓣下来，洗净控干，腌在花椒水煮沸后放凉的瓷缸里，一两天后就可以吃了。将白菜帮子捞出来切成细丝，拌上棉籽油，一嚼脆生生的，就着馍吃或喝粥时配着吃甭提多顺溜啦。

腌萝卜干。"冰凌响，萝卜长。"生产队的白菜下来之后不久，大白萝卜也跟着下来了，家家户户把分到的萝卜取出一部分腌萝卜干。母亲是腌制萝卜干的能手，同样是萝卜干，村人都夸她腌的特别脆、特别香、特别好吃。母亲先把萝卜洗净，切成长条，放入缸中用盐拌和，然后在缸上压上青石块。第二天进行"倒缸"——把萝卜和盐水倒入另一空缸，把萝卜上下翻动，使萝卜吸盐均匀，翻动后仍压上青石块。第三天，把萝卜条取出来，晾在箅子上，在太阳地里暴晒7天左右，把萝卜内的水分晒去七八成后，再放入口小肚大的坛子中储藏。在放入坛子之前，先把花椒、花生、芝麻炒熟，用擀面杖擀成齑粉，将其糅进萝卜条内，再将萝卜条分层放进坛子，再稍微放一些盐和洒一点红薯地锅烧酒，之后压实。逐层如此，最后重重压实，用已干枯的红薯秧蔓把坛子口塞紧拧实，再用碎麦秸泥密封。20多天后就可启封食用。每每看着母亲一刀一刀地切萝卜，一条一条地摆萝卜，总觉得吃进嘴里的萝卜干不只是脆香，还有一份浓浓的母爱。总幻想着有一天，一定要把天下所有的美味佳肴请母亲尝个遍，以报答母亲对我们的恩和爱。

萝卜缨包子。白萝卜分下来后，萝卜缨子不舍得扔，家家户户都烧开水把萝卜缨子煮透，捞出来挂晾衣绳上晒干，然后用袋子装起来吊在梁头上。冬天没菜吃时就从梁头上取下来，用凉水把萝卜缨泡舒展后，拿刀剁碎，配上煮熟的粉条切成的碎末，掺上细盐，包杂面包子，比肉包子还好吃。

腌韭花。秋风吹，韭花开。韭花是韭菜开的花。每到秋天，生产队的菜园里，绿色的韭菜叶中间伸出的直直的韭薹顶端便是一簇簇白灿灿的韭花，洁白如玉，清香四溢。每逢这时，看菜园的张奔拉就悄悄地给我家送上一兜儿欲开未开的韭花，他知道我祖母和父亲爱吃。祖母洗净后晾干，撒上细盐腌两三个小时后，抓起韭花，用两手掌相搓，搓过几遍之后，放置一段时间，再拌上花椒、茴香，然后装瓶里密封起来，几天后即可打开食用。拧开瓶子，一缕韭花香直灌鼻孔。用筷子夹一点儿，轻轻地放入口中，脆香微辣，快意从舌根泛起。在韭菜的家族里，最好吃的还是春韭，正所谓"头刀韭，谢花藕，新娶的媳妇，黄瓜妞儿"，为的就是一个踩着时令节拍而来的"鲜"字。秋季的韭花，也是时令之蔬，它更是一种"变废为宝"的民间智慧。

芝麻叶面条。每年夏末，芝麻还未开花，此时是将芝麻叶的最好时候。这时的芝麻叶又大又嫩，非常适合做干菜。芝麻叶还小时就将会使芝麻减产，若芝麻叶长得太老又不能吃。趁着月明地儿，村里的妇女领着孩子扠着篮子到生产队的芝麻地里将芝麻叶。将满一篮子回到家后，就连夜煮芝麻叶，因为芝麻叶隔夜便不新鲜了。煮时，直接将芝麻叶倒进锅里，添上凉水，然后炉膛里烧起柴火。不消半个时辰，锅里的水就咕嘟咕嘟地开了。这时一定要把锅盖压紧，芝麻叶才会煮得透。水开之后，再煮上一刻钟，芝麻叶就可以用漏勺捞出来了，并直接放进盛着凉水的大红瓦盆里，反反复复地搓洗几遍，待水清澈后，便摊在箔上晾干。要是洗不净的话，芝麻叶是苦的，没法吃。碰上天好，几个晌午就晒得又脆又干，装进袋子里等到冬天再吃。黑黑的、尖尖的、茶叶状的芝麻叶滋润了我的童年。冬天到了，雪花飘舞，吃过早饭，母亲就抓上一把干芝麻叶在开水里泡上，晌午正好做芝麻叶面条。做芝麻叶面条的关键一步是一定要用葱花炝锅，这样做出来的面条才出味儿。母亲擀的杂面面条，薄薄的，细细的，下到滚开的水锅里，再放入开水泡过的芝麻叶，煮上一会儿，芝麻叶面条就散发出一种独特的香味儿。等面看起来黏稠时，便可以停火盛碗了。芝麻叶还带着刚采摘时的新鲜，让人胃口大开，我的小肚子一会儿便鼓胀起来了。如果是高粱面

148

掺豆面和红薯片面擀的杂面条，面条煮熟后红红的，连汤都是红的，色香味俱佳，那就更好吃了。有时，母亲为了变变口味，也做干红薯叶面条，也是好吃得不得了。

老南瓜粥。我打小喜欢圆圆的金黄色的老南瓜，像车轮，生产队里分下来，扛不动，就推着滚，仿佛滚铁环。寒冬腊月，霜晨雪早，将老南瓜剖开，削皮，切成块，同玉米糁子、红枣一起煮，味道质朴清香。一家人围坐一桌，捧着粗瓷大碗，就着腌白菜帮子切成的细丝，缩颈啜食，周身俱暖，此亦烟火人生之情趣也。

腊八蒜。农历腊月初八早晨喝过腊八粥，就开始泡腊八蒜了。泡腊八蒜是北方，特别是华北地区的一个习惯。顾名思义，就是在农历腊月初八这天来泡制蒜。将蒜瓣去老皮，浸入米醋中，装入小坛封严，至除夕启封，那蒜瓣就绿了，湛青碧绿的，如同翡翠。蒜的辛辣与醋的酸香融合在一起，刺激着人的味觉和嗅觉，是吃饺子时的最佳调料，风味独特，非亲历者不能体会它的奇妙。泡腊八蒜虽说用料非常简单，只要有蒜和醋即可，但也是有讲究的：蒜，得用紫皮蒜。因为紫皮蒜蒜瓣小，泡得透，加之蒜瓣硬且瓷实，泡出的蒜脆香。用一般的蒜泡，别看瓣大，但口感不脆，蒜瓣发乌发紫。醋，得用米醋。米醋色淡，泡过蒜后色泽如初，口感酸辣适度，香气浓郁而微甜。老陈醋就不行了，酸味太重，让人受不了。要是没有米醋，用家酿的红薯醋泡蒜也很好。

火烧。似烧饼而略厚，似肉盒而皮焦，浑圆如饼，中间微鼓，饼面盘旋，层次分明，可单独食用，也可就菜食用。香而不腻，倍受食客青睐。我跟着镢头爷到集会上赶会，总好叫他给我买一个火烧吃。买了火烧，我并不走，而是站在火烧摊子前看打火烧。卖火烧的人腰里系条围裙，在案板上正使劲地打面。打好面，揪面剂儿，面剂儿大小则根据所做火烧的大小而定，卖火烧的手头很准，每个面剂儿相差无几。把面剂儿整好，摊成薄片儿，均匀地撒上五香粉、葱花、盐末，再团起来，卷成螺旋状，然后用手压平，置于平板炉盖上，烤至略硬时即可移入炉槽。火烧经过烤制后自然膨胀起来，还要时不时地用炉槽里贮存的热油刷涂火烧，烤15分钟左右就熟了。当年的火烧就是这样的素火烧或者叫五香火烧，现在市面上已经不多了，常见的是带馅的肉火烧。

胡辣汤。胡辣汤是我们地方的大众吃食。集会上，一毛钱就能买上一大碗，就着五分钱一根刚出油锅的金黄酥脆的油条，吃得额头冒汗。在集会上喝胡辣汤是奢侈的，机会不多，我小时候最常喝的是祖母做的胡辣汤。祖母做的胡辣汤是最为古老的一种胡辣汤，叫白胡辣汤，里面有海带丝儿、豆腐皮儿、红薯粉条、又细又长的面筋穗儿和吃起来筋道顺溜、大小不等的面筋块儿，最重要的是有比姜、花椒味道更为辛辣强烈的胡椒！我家的厨房里一年四季都备有全果的黑胡椒或去皮用核的白胡椒，这是祖母最喜爱的作料，其次才是姜和花椒。屋外寒风正凛、雪花飘飘，捧着老瓷碗，趁热喝着祖母做的胡辣汤是多么美好的享受啊！况且喝祖母做的胡辣汤是不分时令的，想喝就做。炎炎夏日喝之，通体舒泰；冰天雪地喝之，周身发暖；胃口不好时喝之，健脾开胃；身心不佳时喝之，受到抚慰……我想，世上可能再也没有比能"医治百病"的胡辣汤更宽容、美容的食物了吧。

长大之后才知道市面上流传的胡辣汤还有好多种。胡辣汤从用料上可分为荤素两类。荤胡辣汤中，有用羊肉及骨头炖成高汤熬制的羊肉胡辣汤，有用牛肉及骨头炖成高汤熬制的牛肉胡辣汤。素胡辣汤又可分为有色和无色两种。有色的胡辣汤即在拌汤时加入一些酱油或其他带有食用色素的调料，使胡辣汤变成黄色或粉红色，颇有名气的西华县逍遥镇的牛肉胡辣汤，既是荤胡辣汤又是有色胡辣汤。无色的胡辣汤除了小麦淀粉，不加任何色素，成汤为淀粉本色或白色。无色素胡辣汤对面筋的要求比荤胡辣汤要高许多，如果在素胡辣汤里看不到又细又长的面筋，那么做此汤的师傅的手艺不敢恭维。可是，我喝了许多品种的胡辣汤，总感觉都没有祖母做的好喝。

而今，想再喝祖母做的胡辣汤，只有在梦中矣！

槐花、枣花和凤仙花

忍不住还是要写写槐花、枣花和凤仙花。如不这样，仿佛欠了一笔人情债，对不住它仨似的。

先说说槐花吧。老家院子里的西南角有一间起脊小屋，门东向，小屋门口有一棵父亲栽植的大槐树。它大概有一搂那么粗，并不是很高，枝干向四面伸展着，像把大伞，夏日里院子一隅便在它稠密枝叶的笼罩下，变得凉爽了。我小时候虽然很瘦，却是一个爬树高手，再粗再高的树，我都能攒劲儿爬上去。虽然小肚皮时常被树皮硌得浸血丝，或摩擦出一道道伤痕，但这丝毫不能阻碍我爬树的兴致。

趁大人们下田，我又爬上了大槐树。大槐树有三大枝干，呈倒三角形，主干与枝干交叉处正巧有一个小小的"窝"，我蹲坐下来，它友好地抱住了我。头顶上密密的绿叶覆盖着小小的我，我仿佛变成树的一部分，与它融为一体。我稳稳地坐在那里，透过密密匝匝的叶儿的缝隙，可以看到高远的天空。天空有时是蓝蓝的，飘着白云；有时是白白亮亮的，如一大块洁白的毛巾，有些刺眼的阳光透过来，要眯起眼睛才敢看呢。有一次，我看到西边第三家的邻居张民，正搂住他新婚不久的媳妇在小院里亲嘴。从那以后，我对张民就没有好感，我觉得这个家伙"耍流氓，欺负女人"，不是个好东西。之后在街道上碰上他，我就低下头，急急地从其旁边走过。他问我："小爷儿，你干啥呢？"我也不理他。张民住了步，极惊讶的样子。我们村大部分村民都姓张，都在一个家谱里，我家的辈分很高。

我高高地坐在大槐树的枝丫上，不能用言语来形容我的心境，当时也不知道什么是惬意，只是感觉有一种说不出来的喜悦。

最喜欢槐花开的时候，满树洁白的花，淡淡的香，丝丝的甜，如同祖母讲的玉阙琼宫一般漂亮。从打花苞那天起，我便忍不住一次次地爬到树上看，先是微微有些含着淡绿的白色小月牙，过一两日再慢慢绽开，就成了雪白。掐一小朵填进嘴里，用牙齿一磕，一丝清新又甜香的味道便泛了出来。槐花的吃法有许多种，蒸槐花、煎槐花、槐花汤……且槐花汤是用煎槐花做的：把煎好的槐花下在开水锅里，倒入青葱丝、鲜姜丝、干辣椒丝，撒入细盐和花椒，滚沸一会儿之后注入一勺红薯醋，便烩成了一锅酸辣可口的开胃的槐花汤。

长大后读书，读到《宋史》中《手植三槐》的故事。王祐在家里种下三棵槐树，自信地说："我家后代必有做三公的。"他这话不久便得到应验，他的儿子王旦做了宰相。因为父子都是贤臣，苏东坡很欣赏他们，写下一篇《三槐堂铭》的文章予以褒扬。槐树在古代是"三公"之树，代表着位高权重。阅读红学家俞平伯的作品时，我才知道他是一个爱槐花的人，他将自己的书斋命名为"古槐书屋"。还有梁实秋和钱锺书，他俩也很喜欢槐花，梁实秋把自己的散文集起名为《槐园梦忆》，钱锺书则把自己的诗集起名为《槐聚诗存》。在他们精致厚重的文字叙述中，依稀有槐花的香气氤氲而出，弥漫开来，使人身心愉悦。

再说说枣花。堂屋门口的那棵老枣树有些年头啦。它树皮粗糙，裂着口子，村里的媳妇看自己的孩子发贱欠揍，总会这样骂道："你身上发痒呀，到老枣树身上蹭蹭去！"由此可见枣树皮的坚硬与粗粝。

每年粉杏花、红桃花、白梨花争奇斗艳之后，又停顿了月把儿时间，娇小的枣花才悄悄地露出头。它灿烂地笑着，一副很温婉的模样。枣花的色米黄，花骨朵儿很小，简直都不像花，就像粘在叶梗上的一撮儿一撮儿的小米粒，透着精巧与饱满，说它是金色花也不为过。微风吹来，一串串的小黄花儿，摇摇摆摆，从密密匝匝的叶丛里挤出来又躲进去，像玩捉迷藏似的。这个说："俺要出来啦！"那个说："俺要进去啦！"另一个说："俺也要进去啦！"又一个说："俺可要出来啦！"有趣儿极了。真是"金盏满树，香染满枝"。提到枣花的香，那可不是一般的香，不是清香，也不是芳香，是陈香，是浓香，是蜜香，是沁人心脾的幽香。这种香似乎很黏，粘在你的鼻子上，让你在深夜睡醒后还能真真切切地感受到它的香。人的鼻子都经受不住如此的诱惑，就更别提蜜蜂的尖鼻子了。我真是稀奇得很，每年院里的枣花一开，不知道从哪里就飞来了众多的小蜜蜂，嘤嘤嗡嗡的，像举办品尝枣花的大型集会一般。枣花的浓香，是枣花上的蜜散发出来的。当然，蜜由花生，其醇厚甘甜的浓香才回味无穷。别看枣花很小，但它追求的是厚重，是真诚，是古朴，是纯净。枣花从不开谎花，开花就要结果，这就是小小枣花的气质和风格。

最后说说凤仙花。村里每户的院外或院内墙角处，都好随意地点种上几株凤仙花。凤仙花，又叫指甲花，单瓣，村人种的都是紫红颜色的。村里的姑娘都爱美，凤仙花花开时，采花朵和明矾在石臼中捣烂，然后敷在指甲上，用布或麻叶、梅豆叶包裹在指头上，第二天早晨起床后解开，双手指甲便会艳如花瓣。

凤仙花古称金凤花，因单瓣花朵"宛如飞凤，头翅尾足俱全"，翩翩然"欲羽化而登仙"而得名，又因其能染指甲而被称为指甲花、指甲草，另外还有急性子、小桃红、透骨草等别名。

　　一年又一年，观凤仙花开；一朵又一朵，在枝头上摇曳。

　　难忘凤仙花。

紫花梅豆、芦花和豌豆角

紫花梅豆，多么好听的名字！

院子里黄瓜架的西边，祖母还种着一架紫花梅豆。

仲秋过后，梅豆就下来了，个大肥厚，红彤彤的喜人。梅豆被祖母切成细丝，经油锅炒后，紫红全消，只留下一盘碧绿。我们一家人围坐在饭桌旁，嚼着如同肉般肥腴的梅豆丝，感受到了生活的丰富与充实。

村子西北角的西淖水塘里，长满了望不到边的芦苇。蒹葭苍苍，河水泱泱，蛙鸣鱼跃，鸟语花香。收过麦子，水塘里的芦苇就很快长了起来，夏天来临时，苇子就有几米高了。这个时候，苇丛里就会有一种小鸟叽叽喳喳地叫，我们都叫它"苇喳子鸟"。其叫声清脆悦耳，婉转流畅，非常好听，如聆歌乐，它们此起彼伏的叫声在村子里就可听见。"苇喳子鸟"呈灰褐色，样子类似于麻雀，但较麻雀稍大。村里的孩子们常结伴去捉它们。"苇喳子鸟"的窝搭建在苇丛里很隐蔽的地方，极不易被人发现。

157

它的窝搭得很结实，常搭在3棵呈三角形的苇子上，用麻一样的线缠绕着，即使刮再大的风，其窝也不会受损。"苇喳子鸟"刁精得很，我们还没走到它身边，它就觉察到了，腾的一声就飞跑了。我们看了看它的窝，窝里有刚出生的小"苇喳子鸟"，我们不忍心伤害它，就悄悄地走出了苇丛。

每年的春、夏、秋三季，芦苇周而复始地涂抹着天衣无缝的淡绿与浓绿，似一位技艺超绝、高深莫测的画家。

一开春，积蓄了一冬情感的芦苇，便在湿地上破土而出。苇苗初生，鲜嫩玲珑，由于搽了春的胭脂，苇根都带着淡淡的紫红，娇艳可爱，如小姑娘的嫩颈。春夏之间，芦苇一天争似一天地滋生着葱茏。夏秋之交，芦苇开始抽穗，那穗初始显紫红色，十分鲜艳；暮秋，由紫红转为银白，苇茎、苇叶也由碧绿转为金黄。初冬之时，闲下来的村民们始进入芦苇荡收割芦苇。然而，此时的芦苇并没有走到生命的尽头，那漫天飞舞的苇絮正播撒着新的生命，那雪白的芦根正孕育着来年的芬芳。孩子们也忙得不亦乐乎。芦苇抽穗时，我们用芦苇做苇笛，比赛似的呜呜乱吹。芦苇成熟时，大人们割苇编席、做篓、织门帘，或者编盖房用的苇笆，我们则在水塘里捉鱼抓虾，捉得最多的是白条，捉到后用野麻叶或南瓜叶包起来放进灶膛，等外层烧煳时，里面包裹的小鱼也熟了，剥开而食，那味道鲜美极了。苇花变白时，我们总要采摘一束苇花插进瓶子里，苇花柔丽轻盈，永不凋谢，在湛蓝秋空的映衬下，更富有明朗、洁净、爽快、昂扬的感觉，让人想吟诵一首抒情的诗。

每年麦子扬花的时候，祖母就领着我到十余里外的五姨奶家去。五姨奶是我祖母的亲妹妹，住在我们村子东北方向的小宋公社孔庄寨村。祖母没有兄弟，只有姐妹5个，祖母排行第四，她的下面就是五姨奶。祖母领我去是有目的的，因为五姨奶村子南边的上千亩河滩里，种着我们生产队从不曾种过的豌豆。而豌豆角是我很喜欢吃的。在五姨奶家住上不足两天，我就吵着要走，要回家。祖母知道我的心意，就对当着孔庄寨第二生产队队长的五姨奶的丈夫说："孔兄弟，你送送俺俩吧，到你们的豌豆滩里，给俺要点儿豌豆角回家吃。"老实巴交的五姨爷蹙着眉头答应了。出了五姨奶的家门，我的脚步迈得是多么欢快呀！我一直走在最前头，因为我知道通往河滩地的路该怎样走。

走了不到三里路，下了堤坡，一望无际的河滩就到了，河滩里长满了碧绿的、没人膝盖的豌豆棵。五姨爷冲着滩里喊了两声："有人吗？谁在呀？"一个身影就从豌豆棵子里竖了起来，那是队上轮班看豌豆的。五姨爷上前跟那人耳语了一会儿，又掏给那人一根烟卷，五姨爷就领着俺祖孙俩下了河滩，走进我心仪已久的豌豆

159

田。祖母光拣成熟的采摘，我却是光拣嫩的吃。豌豆角稍稍饱满一点儿，里面的豆仁儿才微微成形的，是最甜的，吃起来一包水，清香甜嫩，但没有嚼头。七八成熟的，生吃口感最好，新鲜，爽口，汁液把我的嘴唇都染绿了。祖母摘了一头巾的豌豆角，系住后，又往里塞了几把，我们才从田里出来，与五姨爷招手告别后，就走了。

到了家里，祖母把豌豆角摊晾开，晒到炸壳时，就把豌豆子收了，给我们熬汤喝。汤汁碧青碧青的，一看就极有食欲，用筷子夹两粒熟豌豆塞进嘴里嚼食，面面的，香香的，甜甜的，真是人生至味。如果用碾得半碎不碎的豌豆做馍，那就更加好吃了，生怕掉渣糟蹋了，都是用手预先在嘴巴下面接着的。小小的豌豆角，贯穿了我整个童年，甘甜里洋溢着天地人浑然一体的快乐。

春节纪事

人生至老苦怀旧。

春节原本是古人在冬去春来之时，祈祷五谷丰登的喜庆活动，后改为民众辞旧迎新的重大节日。春节是中国历史上传承时间最长、规模最大、影响最深远的节日。在民间，旧时传统意义上的春节从腊八节至次年正月十五，历经30余天，世乃罕见。

逛"乱市"

老家的年俗颇有古风。一进腊月，葡萄架集会上卖鞭炮的摊位逐渐增多。这些小商贩大多来自乡下，他们用架子车带着各色自制的鞭炮，在兰考通往山东曹县的那条宽大的土路两旁长龙阵似的排开，形成了一个熙熙攘攘的鞭炮市场。其他卖各种年货的，各有各的地盘，但我们最感兴趣的是鞭炮市场。离春节还有10天左右时间的集会被称为"乱市"，一个"乱"字道出了集会的五花八门、热闹程度。这期间，整个鞭炮市场的气氛达到了高潮，各个摊位之间都在相互攀比，以招揽生意。一个摊主放过自己的鞭炮，让大家试听后，旁边的摊主也不甘示弱，马上应战，燃放自己的鞭炮，摊主豪迈的吆喝声与鞭炮的爆响交织在一起，此起彼伏，喧闹不停。我和同村的几个好伙伴穿梭在潮水般的人流中，在各个鞭炮摊前浏览、观战、欢呼、喝彩，忙得鼻尖儿冒汗，小脸通红，身心都格外兴奋。

腊八粥

农历腊月初八早上，祖母把早就准备好的小米、麦仁、绿豆、豇豆、红枣、核桃仁、花生仁、葡萄干掺和在一起，煮了一锅香喷喷的腊八粥。我在睡梦里被腊八粥的香味"激"醒了，急忙忙爬起来，洗了脸，祖母便给我盛了一大碗。

喝过腊八粥，母亲就开始蒸年糕。年糕是以黍子为原料制作的，黍子是五谷之一。把黍子磨碎，拌水加白糖和成面状，上锅蒸熟即成。蒸熟的饼糕很黏很黏，软而粘手，"黏"与"年"谐音，我们那里便因此称之为年糕。蒸好之后，趁热让亲人和邻居们品尝，以示吉利和同喜。品尝时，由于年糕又热又黏，品尝年糕的人总是左手换右手，右手转左手，惹得人们笑声一片。有的人因吞食太猛而烫伤舌头，甚或把牙齿粘掉了。这立马就会成为新闻和笑话，传遍大街小巷，成为春节期间饭桌酒摊上的笑料。蒸好年糕后，母亲总要架上油锅炸菜角，馅由打碎的豆腐、剁碎的粉条、切碎的韭菜，拌上碾碎的花椒粉和细盐组合搅拌而成。我和妹妹吃着酥香可口的菜角，欢天喜地地唱起了过年顺口溜："小孩小孩你别馋，过了腊八就是年。腊八粥，唱几天，哩哩啦啦二十三。二十三，麻糖粘；二十四，扫房子；二十五，做豆腐；二十六，去割肉；二十七，宰年鸡；二十八，把面发；二十九，蒸馒头；年三十，贴门画；晚上熬一宿，大年初一互拜年……"

163

写春联

一过腊八，俺家里就热闹开了。乡亲们都拿着红纸来请父亲写春联。父亲是老初中生，毛笔字写得好，虽说是近视眼，可一写起春联来有如神助，双眼立刻明亮了起来。

父亲写春联时，不用叠隐格，也不用翻农历本，春联的内容都一直储存在他的脑海里，但多多少少也会有一些变动。譬如，去年是狗年，就写"狗年大吉"；今年是猪年，就写"猪年吉祥"。早些年好写的"新年纳余庆，佳节号长春"，就要随着形势的变化换成新的内容，如换写的新内容为"军民团结如一人，试看天下谁能敌""四海翻腾云水怒，五洲震荡风雷激"等。父亲把墨磨好，提起笔来，凝神屏息，然后笔走龙蛇，唰唰唰唰，一副对联就写成了。写完对联和门心，再把剩下的纸的边角废料裁成条幅，变废为宝。如贴在灶台上的写为"小心火烛"，贴在锅台上面的写为"上天言好事，下界保平安"，贴在院子中的写为"满院春光"或"春光明媚"，贴在院门口的写为"出门见喜"，贴在门神旁的写为"开门大吉"，贴在鸡窝、鸭舍上的写为"鸡鸭成群"，贴在猪圈、羊圈上的写为"六畜兴旺"，贴在水缸上的写为"甘泉长满"，贴在架子车上的写为"日行千里"，贴在生产队拖拉机上的写为"车水马龙"，等等。这些条幅有的是善意的提醒，有的是虔诚的祝愿，有的是真诚的祝福，反映了乡亲们企盼日子舒展顺畅、红火幸福的美好心意，也都是乡下人最乐意听的吉祥话。

祭灶糖

"腊八祭灶，年下来到。"

每年农历腊月二十三晚上，家家户户都要在厨屋里的锅台上摆上祭灶糖，说是送老灶爷上天向玉皇大帝汇报这一家人一年来的情况。老灶爷吃了糖嘴甜，汇报时能多多美言，以求得玉皇大帝对这户人家的保佑。还有的说是老灶爷吃了糖，被粘住了嘴巴，就不说这家人的坏话了。祭灶糖，是祭灶专用糖。因外面沾了一层芝麻，又名麻糖。祭灶糖是用饴糖拔制而成，香脆酥甜，老少咸宜。饴糖是用米和麦芽为原料制成的糖，是中原人民智慧的结晶。祭灶时节，卖祭灶糖的小商贩扛个箱子或提个篮子就在村子里转悠吆喝开了，惹得小孩子们追着看。我很喜欢祭灶这一天，因为在厨屋里供上一会儿后的祭灶糖就成了我和弟弟、妹妹的美食。这一天，我一直盼望着日头早些落，因为只有天黑之后才能吃上祭灶糖。

抬嫁妆

老家娶媳妇都好把日子安排在春节前后，腊月二十六、腊月二十九、正月初二都是好日子。这样安排很有好处，既过了春节又娶了亲，"双喜临门"，更重要的是能省下一些钱，待客时的剩饭剩菜凑合着就能过个年。况且天寒地冻的，吃的东西也容易放，不容易变质。

娶媳妇当天的清早要先去新媳妇娘家抬嫁妆。天还黑咕隆咚的，抬嫁妆的人便在主人家聚齐了，闹哄哄的一屋子人。寒冬腊月天，抽着主人家的烟，烤着主人家那盆烧得旺旺的劈柴火，又落了个给人帮忙的好名声，心里也是很快乐的。要出发了，抬嫁妆的人拿起主人家备好的杠子、扁担、绳索等扛抬捆绑用具，主人边清点人数，边给每位参加的人发红布条，让系在胸前棉袄的纽扣上。一切准备就绪，就浩浩荡荡地出发了。仍然还是漆黑的夜，天空中稀稀拉拉地闪着几颗星星，映照着那闪烁着烟卷微光的队伍。如果刚巧昨天下了雪，抬嫁妆的队伍就踏雪而行；要是出发时正飘着雪花，抬嫁妆的队伍就沐雪而行；如若天气太冷，又是顶头老北风，还下着冷雨，抬嫁妆的队伍就踏着泥泞、弓着腰逆风冒雨而行；倘若天气尚温，抬嫁妆的队伍就逗着笑话或唱着歌或胡乱吆喝着而行。总之，不论天气是好是孬，抬嫁妆的队伍绝对不能半途而废，他们像担当道义的义勇军，摒弃他顾，只有奋勇前进。在这样的良辰吉日里，村路上抬嫁妆的队伍往往是一拨儿一拨儿的。大家伙儿在路上相遇了，相熟的打声招呼，告诉对方是给谁家去哪儿抬嫁妆的；不认识的也会彼此让路，先让对方顺利通过。大家伙儿最期待的，是到新娘家先看看新娘。无奈那时候的女孩子脸皮都薄，躲在闺房很少出来。女方家人对来抬嫁妆的人很是热情，也是早就生着了一盆火，赶紧将人让进屋里，又是递烟又是让茶。等抬嫁妆的人把各类嫁妆捆扎整齐，女方家人还总不忘叮咛大家一声，路上小心点儿，别摔碰了东西。大家伙儿嗯嗯地答应着，杠头往各自肩头一搭，就抬着笨重的嫁妆器具迈步返程。那些小板凳、玻璃灯罩、花瓶、小镜子之类自然由小孩子们拿着，并紧随其后。那时候的嫁妆都是纯实木做的，虽显拙笨，倒也结实耐用，所以也就很沉，加之夜黑路远，路又冻得硬邦邦的，一踢一个白印儿，非常硌脚，甚至有个别抬嫁妆的人为了"好看"才换的新布鞋，还不合脚，几个因素综合在一起，大家伙儿自然是累得不行。但这些要面子的大老爷们儿唯恐遭人耻笑，唯恐下次抬嫁妆时人家不再用他，就是累也不敢说累，只好咬牙坚持。等好不容易走到主人家时，雄鸡正喔喔地叫第三遍，天亮了。

贴门画

如果是小年，只有腊月二十九，没有大年三十，明天就是正月初一，那就腊月二十九吃过晌午饭后开始贴门画；如果是大年，有年三十，那就年三十下午贴门画。贴门画和贴对子（联）、门心及其院子内外各式各样的条幅都是当天下午进行的，过了这一时间就不能再贴了。"正月十六贴门神——晚了半月零一天啦！"说的就是这个意思，也用来比喻人办事错过时机，耽误了。大人们说："扶门走，扶门站，只穿衣，不吃饭。这是什么？"我们就会齐声喊："是门画！"

有的人家专门把"福"字倒贴，让人无意中说成"福倒了"，即"福"字贴颠倒了，取其谐音"福到了"，以图吉利。

我家贴门画时，父亲总要亲自上阵。他找来刀子，先把年画剪裁齐整，然后根据不同的内容，分别张贴在堂屋、厨房及卧室的门上。对联讲究平仄押韵、对仗工整，分上联和下联，贴错了是要被行家笑话的。所以，父亲张贴时，我只是做个帮手，递个糨糊什么的。尽管这样，我还是乐此不疲，因为贴了门画就意味着新年马上就要到来，离穿新衣、收压岁钱、走亲戚、吃好东西也就不远了。在艰苦的岁月里，过年才是孩子们一年中最幸福的时光。

印象中最早的门画是张飞和关羽、秦琼和敬德等历史人物，后来就变成了"五谷丰登"的门画。画上头扎毛巾的农人簇拥着一筐麦穗，筐上贴着一个"丰"字，筐中的麦穗金黄、饱满。除了"五谷丰登"之外，也有工人炼钢铁的，解放军守卫边疆的，工、农、商、学、兵手举语录的。

当时的门画虽然只是3分钱一张，但村人也是舍不得买的，能买上几张贴在堂屋门上的，便算是殷实之家了。没有买门画，只好贴请我父亲用毛笔写的门心。

乡村旧俗，只要一贴上春联，就不能再去他家讨债了。他欠你钱不假，可你也得让人家过年呀！除了天大地大，就数年大啦！如果你不信这个邪，非要去跟人家讨债，不但要不来钱，反而会被欠债人家的邻居们奚落一番。他们人多势众，又在人家的地盘上，大过年的，你也只能伸伸脖子咽下，灰溜溜地走了。

　　家家户户贴春联时，有的人家还会将各式各样美丽的红窗花贴在窗户上，有剪字的，如"平安吉庆""事事如意""福禄寿喜""春到人间"等，更多的是各种吉祥的图案，或花鸟，或动物，或人物，花鸟多是红梅报春和喜鹊登枝，动物多是胖狗、肥猪、公鸡、小兔，人物多是慈眉善目的婆婆和俊俏漂亮的大姑娘、小媳妇，总之都是喜气洋洋的。窗花除可以贴在窗户上外，还可以布置结婚的洞房、庆祝寿诞的厅堂。窗花艺术风格质朴、生动，充满浓郁的生活气息，给人以美好的祝愿和愉悦的视觉享受。

压岁钱

　　腊月三十晚上，就是人们所说的"一夜连双岁，五更分两年"的除夕，在父老乡亲们的内心深处，都普遍认为这一夜是颇为关键的，它预兆着明年一年里的福寿安康和祸患病灾。要是这一夜过得平平安安、顺顺溜溜的，那么明年一年就不会有多大的"坎"了，就能放心大胆地朝前过日子啦。所以呀，在除夕夜里，大人们的心情都很复杂，说不出是高兴，也说不出是怅然，他们小心谨慎地做事，和颜悦色地讲话，忌讳着各种不吉利的事情。孩子们可是不管这些的，一整天都是敞开了疯玩，欢天喜地，跑里跑外，从实际行动表达着内心的欢愉。

　　然而，除夕夜是讲究不串门的，天一落黑，大人就不许我们出去玩了。一家人围坐在一起包饺子，特意在一个饺子里包上1分钱的硬币，谁吃着了，谁就是新的一年里最有福的人，那枚硬币就归谁所有。饺子包好后，在锅里煮熟，每人给盛了一大碗，尽情地吃。吃过饺子后，就坐在那里说话，祖母、父亲、母亲各自从衣兜里掏出过年换的崭新的毛票，每个孩子两角，一一分发给我们。

　　这钱叫压岁钱。据说压岁钱可以压住邪祟，因为"岁"与"祟"谐音，晚辈得到压岁钱就可以平平安安地度过一岁。民间还认为发压岁钱给孩子，当恶鬼妖魔或"年"（一种大老虎）去伤害孩子时，孩子们可以用这些钱贿赂它们而化凶为吉。我刨根问底地追问"过年"的来历时，父亲咂了一口烟，吐了一个烟圈，眯细了双眼，慢悠悠地告诉我们："相传在远古时候，咱们的祖先曾遭受猛兽'年'的祸害，它在冬天猎食人和牲畜。后来人们发现，'年'怕红颜色、火光和响声，于是冬天人们在自家门上挂上红颜色的桃木板，门口烧火堆，夜里通宵不睡，敲敲打打。'年'闯进村庄时，见到如此场景便被吓跑了，吓得以后再也不敢出来。为了纪念这次胜利，以后每到冬天的这个时候，家家户户都贴红对联、点灯笼、敲锣打鼓、放鞭炮。这样一代一代流传下来，就成了'过年'。"

　　发了压岁钱，就开始守岁。我和弟弟、妹妹的上眼

170

帘与下眼帘都粘在一起了，但仍然强撑着，努力眨巴一下眼睛，因为这是替大人们"熬年"呀——只有辛苦熬过这一夜的人，老天爷才会降好运照顾。母亲在我们的床头——放好了明天穿的新衣服。祖母看我们瞌睡了，就逐一摸一下每个孩子的小脑袋，问："刚才的饺子吃好了没有？"我们没精神回答，只起劲儿点点头算作回答。这问话和答话也是有讲究的，回答时只能说"吃好了"而绝不能说"吃饱了"。我不愿瞌睡的另一个原因是我还有一个小心思：准备正月初一五更时早早地去抢拾哑炮，恐怕耽误了。后来，我的上眼帘儿仿佛有千斤重，眨巴不开了……

拾哑炮

每年一进腊月二十三，村子里的鞭炮噼里啪啦、断断续续响起的时候，我和小伙伴们就开始忙活起来。那鞭炮声是多么神奇响亮，又是多么令人神往啊！为能过放炮的瘾，我们绞尽脑汁抢拾哑炮。尤其到了除夕夜，我们不敢睡得太死，除了新衣服、压岁钱，我们最想要的就是哑炮。

鞭和炮，其实是有区别的。单响的叫炮，很粗糙的外表，但非常响。成串连在一起的叫鞭，也叫小鞭，俗称火鞭，它的外形比炮小，声音当然也没有炮响。把一串火鞭挂在树枝上，或者用长竹竿挑起，点燃火鞭一头的捻儿，噼里啪啦连响一阵儿。我所说的抢拾哑炮主要指的是单个的哑了的火鞭，也只好简称为炮。还有一种是将单个的倒着捻儿的炮束在芦苇秆儿上，一点炮捻儿，嗖的一声，火药带着芦苇秆儿就蹿上了天空，我们称之为起火。另外有一种比火鞭更小的名叫"耗子屎"的炮，灰色的小粒，粘在小纸板上，真跟耗子屎差不多。它的响声不大，点燃后，在地上转几个圈，滋出几下蓝色的火星，就结束了。

不知睡了多久，我被村里一家放鞭炮的声音震醒了。我一骨碌爬起来，麻利地穿上衣服，就噔噔噔地往外跑。还没有跑出屋门，更没有判定好是谁家放的，炮声就不响了。正月初一的凌晨极黑，又很冷，我没有灰心，就在大街上等。不一会儿，另一家的鞭炮响了。抢拾哑炮全凭腿快感觉好。因为天黑，看不到哑炮，只能用脚踩，用手摸。那时候，农村穷，不像现在放一千两千甚至五千上万响的，大多人家只能放五十或一百响的。因为是用自制的土炮逐个辫成火鞭的，那单个的土炮比现在火鞭的个头要大不少。五十响的，熄捻儿的哑炮充其量就那么几个，10多个孩子一起去摸抢哑炮，是需要艰辛的挤扛，极大的努力、耐心和运气的。特别令我羡慕的是，马黑脸的娘为了让马黑脸多拾哑炮，竟然不惜重金给马黑脸买了一顶火车头棉帽，抢拾哑炮时可将两旁长长的厚厚的帽檐放下来保卫耳朵，这样就可以腾出手来，拿根长棍去拨挠没响的鞭炮。而其他孩子就只能侧着头，一只手捂住耳朵，一只手去摸抢哑炮。拾哑炮能赶上好天气自然是好事，要是摊上下雪落雨的天气就不妙了，跑起来就没有那么顺溜，深一脚浅一脚的，一跳一滑的，有几次我们还险些掉进粪坑里，弄得刚穿上的新衣服又湿又脏。家人看到我们的狼狈相，虽然没有给好脸色，但也没有像平时那样骂我们，我们心里清楚是沾了大年初一的光。有一年大年初一的五更时分，我到张国强家抢拾哑炮，祖母给我新做的绿线呢棉袄的背上，被鞭炮的明火烧了个窟窿，天明之后回到家才知道。父亲知道我好拾哑炮，单等我拾哑炮回家后才燃放鞭炮，所以村里人都知道，我家每年的"五更鞭炮"是放得最晚的。后来有一年，马黑脸的手里忽然神奇地揿亮了一把手电筒。那明亮的光芒啊，照亮了漆黑的夜晚，照亮了孩子们的童心，甚至照亮了整个世界！这是马黑脸的娘破天荒给他买的。马黑脸是他家的独子，他的叔叔没能娶上媳妇，没有家小，跟着马黑脸的爹娘一块儿过日子，兄弟俩围着马黑脸这一个儿子，加之他们家在俺村又是单门独户，所以对男孩子尤其器重，马黑脸在家里很得宠。为了多抢哑炮，我动用智力，紧紧地贴跟在马黑脸的身后，借着他的光明，抢拾了更多的哑炮。马黑脸虽然手里握有手电筒，但胖乎乎的他手笨、脚笨、眼笨，并没有我抢拾的哑炮多。多年以来，我都是很感谢马黑脸的。当时我连做梦都想拥有一把自己的手电筒呀，可是因为家里穷，只能是一个不可能实现的梦想了。

我把拾到的哑炮一个个剥开，倒出里面黑黑的炸药，非常珍惜地装进一个广口的玻璃瓶子里，提前三天就告诉了小伙伴们，我要放一个大大的炮。我在玻璃瓶子里安了一根很长的炮捻儿，压实了瓶里的炸药，选了一个有矮墙的地方，把玻璃瓶埋进土里，把炮捻儿牵引到矮墙的另一边，我和小伙伴们也迅速地翻越矮墙，趴在另一边的矮墙之下，一个个显得既紧张又兴奋。整个队伍趴好之后，由我点燃了炮捻儿——哇，我们的心都提到了嗓子眼儿！

"咚！"一声震天动地的巨响，玻璃碴子飞得到处都是。

拜大年

等父亲放完这迟到的"五更鞭炮"，早早起来了的一家人鱼贯走进低矮逼仄的厨屋，锅台上摆了一大摞碗，母亲开始将煮熟的饺子盛进一个又一个碗里。根据祖母的吩咐，父亲、母亲和我端着盛好的饺子，我们要把饺子送到宗家长辈们的家里去，送到平时跟我们家相好的人家去。村里的其他人家也是如此。街道上响着此起彼伏的脚步声和呼喊"大娘""大婶""二奶奶""三爷"的叫门声。村子里忙乱了半天，才渐渐安静下来，每户人家才开始吃自己做的和别人家送来的饺子。别人家送来的饺子倒在一个大红瓦盆里，混搅在一起，根本分不清是谁家送的，咸淡都有。我好吃各家送来的混倒在一起的饺子，因为味道多呀，好像是品评百饺宴。千万别小看了村人互送的这一碗小小的水饺，亲疏远近的关系都融在里面，只要看到谁家的大人或孩子给谁家送饺子了，你不用吭声，在旁人眼里，这两家的关系就心知肚明了。

吃了饺子，轰轰隆隆的相互拜年的仪式就开始了。男人们一拜就是整个村子，女人们也要领着孩子到本家族的长辈们那里去磕头、请安问好。好热闹的父亲拉上我，再吆喝上几个对劲儿的人，就挨家挨户地去串门拜年。拜年时，有一个朴素的约定俗成的讲究，那就是人人心中无气，个个脸上有笑，不得有半丁点儿的虚情假意，不分亲疏远近，张王李赵，家家要到，户户必拜，不需要带礼物，只需捎上几句吉利的祝福话就齐了。因为生活在红尘凡世，邻里之间常会为些鸡毛蒜皮的小事闹矛盾，遇上心眼小得像针鼻儿的人，不谙世事的孩子们也常会被"恩怨"波及，相互之间玩耍嬉闹都会遭到厉声呵斥。慑于家威，小孩子们之间也就产生了隔膜。但一到过年，这种人情的束缚就不解自开，一串门拜年，昔日的"仇家"立马就像一对久未谋面的老朋友，互相拍打着对方的胳

175

臂握手言欢。过去的晦气及所有的积怨都抛到九霄云外去，一切的不快在欢笑声中冰消瓦解。乡亲们以最为简单的方式，摈弃了生活中的繁杂纠葛，尽释前嫌，不啻是一种极其聪明、极有智慧的处世哲学。

走亲戚

过年是老百姓最奢侈浪漫的时候，可以尽情地吃喝玩乐，放纵天性；还是老百姓最有尊严的时候，一家人长幼分明，欢聚一堂，共享天伦之乐；也是老百姓最讲人情和礼节的时候，平时忙忙碌碌无暇顾及的亲情和友情，这个时段都一一惦记起来，便全家老少齐动员，走亲串友，礼尚往来。

我的太爷爷和太奶奶命好，育有五男二女。可日本入侵中国后，不出几年就家破人亡了，一个拥有一顷地的大家族就遗下单根独苗的父亲支撑门面，延续香火，所以我家的老亲戚是很多的。

正月初一上午，父亲领着我给全村的父老乡亲拜完年，就临近晌午了。父亲便领着母亲和我们三个急匆匆地到吴新庄三祖母家拜年兼走亲戚。我祖父排行第四，大祖父、三祖父死得早，没有一男半女的大祖母、三祖母都回了娘家孀居。二祖父死得早，二祖母也死得早，也没有下代人，我家就与二祖母的娘家断了往来。我的五祖父死时还没有娶亲，我的二祖父、三祖父跟五祖父都是同一天被日本人打死的。中午在三祖母家吃过午饭，赶回家里，父亲和母亲重新将馍篮子装满，又领着我们到杨董庄的大祖母家拜年兼走亲戚。我们三个在三祖母、大祖母那里分别收到了一毛钱的压岁钱。我家走亲戚，都是事先计划好了的，先走哪家，后走哪家，什么日子去，多年不变的，除非有特殊情况。这样一来，诸多的亲戚都掌握了我家走亲戚的规律，谁在家里专门负责等候接待我们也是事先安排好的，不论到哪个亲戚家，都很少碰到"吃闭门羹"的情况。

正月初二早上，祖母、父亲和我到祖母的娘家——红庙公社前白楼村三舅爷家去，祖母没有亲哥亲弟，三舅爷是祖母的本家堂弟。付家是个大户人家，俗称"老八门"，祖母去时总要备8份礼，让父亲用架子车拉8个盛着年糕、蒸馍、菜角、点心的竹篮子。好在白楼村离俺村不远，也就几里地。在三舅爷家吃完饭，天就半晌了，慌忙往家赶。中午的分工是这样的：祖母、母亲和弟弟、妹妹在家负责等客待客，我和父亲一同去坝子南边的董庄村给我的干大（即干爹）、干娘拜年。对了，我们去董庄干大家时，还顺便捎着走了几家董庄的亲戚，有本家二姑奶家、竹姑家，并给竹姑的老公公祥起爷也带了礼，还有三祖母的娘家侄儿翟慧民家。三祖母没有住在董庄，她住在与董庄毗邻的吴新庄，她花五毛钱要的那个女儿招了个上门女婿，就在那里定居生活了。父亲给这几家捎了礼，人都是讲究礼节的，这几家就派了代表掂着酒来到干大家与父亲和我一块儿吃饭、喝酒。二姑奶家来了表叔张生，竹姑家来了姑父翟红典和姑父的老父祥起爷，慧民叔也掂着酒赶过来啦。你瞧那股子热闹劲儿吧，父亲喝得眯缝着眼睛还在与人划拳。一直闹腾到天快黑时才散。

正月初三早上，父亲领着我和弟弟、妹妹去韩相坡本家娥姑家，娥姑的丈夫，即我该叫姑父的孔祥纪是巩义煤矿的老工人，为人忠厚，总让父亲喝些好酒。他说："顺儿（我父亲的小名）呀，俺就知道你要来，这瓶酒俺可给你留好长时间啦！"中午，父亲、母亲领着我们到仪封公社老君营村母亲的娘家走亲戚。按理说母亲的娘家应该正月初二就去，只因为我认了干大，只好在最庄重的正月初二去干大家，母亲回娘家就改在了正月初三。母亲初三回娘家另有一个好处：走亲戚和祭奠亲人一块儿办了，省了一趟。

我们那儿有正月初三闺女回娘家祭祀亲人的风俗。每逢佳节倍思亲，特别是对于嫁到夫家、久离娘家的女人来说，回到娘家，身边的亲人少了这个或那个，亲有所缺，心有所叹，在最应该快乐的节日，反而更容易悲伤。女人们到娘家去的时候，总要买一沓黄表纸。到了娘家门口，将黄表纸用砖头或土坷垃压在院门外，然后才进院。略

故园梦忆

停一停，寒暄几句，就说："俺到×××的坟上看看吧。"娘家人说："免了吧。"但边说边领着去了。本来这种形式只是应景，但一旦触景生情，撩起情思，"哭坟"则是常见的事。在节日的喧闹气氛里，这种从旷野里传来的号啕声穿透了半个村庄，使人们心中生出一丝丝的悲悯之情⋯⋯

母亲兄妹六人，数她最小，爹娘待她最娇。姥爷姥娘下世早，每年的正月初三，母亲必定要在他们的坟头上哭一场。她应该是想起了劬劳父母，没享过一天的清福，没吃过一顿像样的饭菜，没穿过一身合体的新衣就早早地走了，留下儿女们各自为了各自的小家庭又长年累月地艰辛操劳，不禁悲从心起，失声痛哭！哭爹娘，也哭自己。这是许多年后我自己分析的，至于分析得对与错，母亲已逝，无从探问，也只有天知道了。我被母亲的情绪所感染，眼眶里也涌上了泪水，泪花在里面打旋，经久不落。

正月初三中午，祖母一个人留在家里，照应前来娘家串亲并祭祀亲人的三合庄的大姑奶、何庄的二姑奶和她们的儿子们。

正月初四，父亲领着我们三个去大姑奶、二姑奶家走亲戚。要是早上起得早，先去十里地外的大姑奶家，中午再去四里地内的二姑奶家；如果早上起得晚了，先去二姑奶家，中午再去大姑奶家。

正月初五，前白楼付家的一帮人来瞧看祖母，端茶照应得忙活一天。

正月初六，老君营李家来了一帮子老表来瞧看母亲，忙忙碌碌的又得一天。

别人家的亲戚几天就走完了，而我家过了正月十五还在走亲戚。

看大戏

过了正月初八，家家户户的亲戚都走得差不多了，大村子里的"老会首"，譬如董庄村的祥起爷就挟个布袋，带着俩仨帮忙的，开始挨家挨户收钱。村人都愿意给，假设碰上一户两户不情愿的，经不住祥起爷那两句掏心掏肺的暖心窝的话，就转忧为喜，变哭为笑，慌忙折回屋里拿钱。钱收得差不多了，村外的戏台子也搭好了，大戏便开始唱了。一天唱两晌戏，上半晌和下半晌。董庄是上千人的大村，只有大村才请得起戏剧团。俺坝子村满打满算才两百多口人，根本对不起唱戏钱。"一个村庄唱戏，十里八村过节。"这句话对于喜欢看大戏的老百姓来说一点也不过分。董庄唱大戏，董庄的人在十里八村老少爷们面前说话时都是一脸自豪，连说话的嗓门都高出好多。

董庄在俺村的南边，何庄的二姑奶住在俺村的北边。

经祖母提议和父亲、母亲允许，我和大妹素琴借了一辆架子车，专门去何庄把二姑奶接来我家，一同去董庄看大戏。二姑奶跟娘家人亲，年下去她家走亲戚，她老人家总要给我们三个压岁钱，一个人一毛两毛的，比三合庄的大姑奶待我们亲多了。

唱戏的头天晚上我们就把二姑奶接家里了。第二天早早吃了饭，全家出动，架子车上拉着祖母、二姑奶，就奔董庄戏台子去了。等我们赶到时，离开演还早，可是戏台下已经黑压压地围了不少人。搬板凳的，拉架子车的，抬张木床的，扛把椅子的，简直是五花八门，各尽其能。

随着"咚咚咚！锵锵锵！"的一阵锣鼓响，这场大戏就开幕了。戏台前面，里三层外三层地挤满了人，就连大老远的树上都爬满了人。戏一开场，刚才还乱哄哄的人群顿时安静了下来，没有人说话，也没有人走动，几千双眼睛都盯着高高的戏台。上面出来几个穿着花花绿绿戏装的演员，在那里走动、唱、念，而孩子们最喜欢看打斗、翻跟头和劈叉。可他们就是不打，心里焦急，但只能耐心等。终于，打斗开始了，孩子们一个个伸长了脖子，瞪大了眼睛，由于过于全神贯注，一滴口水顺着下巴流了下来，滴落在胸前的袄襟上也未察觉。乡间剧团大都不演现代戏，多演传统连台戏，如《包公案》《杨家将》《王金豆借粮》《秦雪梅吊孝》《李天保吊孝》《诸葛亮吊孝》等，唱的多是忠良与奸臣、才子配佳人等。

看了几场下来，我也看出了一点儿门道：红脸的是清官，白脸的是奸臣，头戴长长雉鸡翎的是将军，穿蟒袍的是大臣，穿龙袍的是皇帝。看戏期间，父亲总要买一些瓜子、糖果等小零食让我们三个同祖母、二姑奶、母亲同食，大方时还在戏台前空地上的小饭摊上买一兜热腾腾的水煎包，让我们吃。

纸灯笼

离元宵节还有好几天，我便缠着镢头爷给我做灯笼了。镢头爷便在喂饱牲口之余，准备做灯笼的材料。他用几根高粱秆儿和竹篾子做成一个圆柱形的骨架，底座上衬一块又薄又结实的小木托，上面凸出一根半寸来长的细钉，用来放置胡白萝卜灯盏或红蜡烛。骨架的外面糊上几张白油光纸，一个简朴又亮堂的灯笼就做成了。如果想来点儿花样，就用红水笔或绿水笔，在白油光纸上轻轻地写上字或描上图案。记得我那时灯笼上的图案是一只小红兔子正在啃一个青皮大萝卜。正月十五之前的晚上，我便挑着镢头爷做的灯笼在街上走，招来许多小孩子围着看。看后他们纷纷奔回家，哭闹着让家中的大人给他们扎灯笼。第二天晚上，街上的灯笼就多了好几个，但他们的灯笼都没有我的好看。正月十五晚上吃罢元宵，小伙伴们先是用灯笼照遍自己家里每间屋子的每一个角落，以示祛除晦气。然后，经大人们允许，孩子们成群结队地走到村庄路口、井台旁和大街上。有的小伙伴走得急，灯笼倾翻而引起着火，扑打不得，急迫之际又无水源，片刻之间便灰飞烟灭，只剩下一个黑乎乎的骨架。执灯者哭丧着脸，难过得说不出一句话；一旁站满了幸灾乐祸地挑着灯笼的看热闹者。还有人故意诈称："嗨，看你的灯笼着火啦！"令每个持灯者都一身惊悚，忙不迭地转着圈儿察看其灯，倒也平添了不少乐趣。孩子们玩到半夜，燃尽爹娘发给的并珍惜地装在衣兜里的蜡烛，才在大人们的呼喊声中，恋恋不舍地回家了。

一盏盏工艺简陋的纸灯笼，照亮了孩子们的幸福童年。

只有正月十五晚上的灯笼亮过后，才算过完了年。

翌日早上起来，我见马黑脸家院门口的那株迎春花开了两朵，新的一年又开始啦。

棉花和棉土堆

　　"为棉花命名的人，是那种朴素到词穷的诗人，是富有儿童心智的农民……而棉花悄悄地躲在乡村，像一个羞怯的、没上过学的小女孩。我们低声说'棉花'的时候，会感受到我们自己仍然朴素，仿佛眼睛还是明亮的，双手能够触摸到庄稼与树。"这是蒙古族作家鲍尔吉·原野散文里的句子，我看到后就想起了小时候老家的棉花。

　　开了春，生产队就开始选种、整地、播种棉花了。在温煦阳光的抚慰下，村北地的棉花苗像一个还不会走路的孩子，得到乡亲们的细心呵护，浇水，施肥，补苗，忙得不亦乐乎。棉花的管理是很复杂的，掐枝，打杈，治虫，防病。干这些活的一般是村里的年轻姑娘，因为姑娘们手巧、心细、有耐心。一大早，姑娘们就要背着药桶子到棉花地，在露水还没有干之前开始打药，一直干到中午。喷洒农药后，红蜘蛛、红铃虫、棉铃虫、七星瓢虫（乡亲们都叫它"花大姐"）纷纷跌落地上……那时的农药是剧毒的，稀释后的药液和着汗水顺着脊背流淌，人很容易中毒和中暑。但姑娘们都很注意，干活结束后，用肥皂反复洗涤，从来也没有发生过意外。那时节我特别喜欢捉七星瓢虫玩儿，它那晶亮红润的圆壳之上，有七个神奇的黑色小圆点儿，像七颗黑星星似的，真好看，特别是那圆壳儿，真好看。我把捉到的七星瓢虫装在玻璃瓶里，看它们在里面匍匐爬行或静伏不动，一看就能看上老半天。

夏天，棉花开出了鲜花，最初洁白，而后颜色慢慢加深，变成了嫩黄，再由嫩黄演变成鲜艳的大红和紫红。花朵呈喇叭状朝天舒展着，花里面还有金黄色的细蕊。仔细看看，棉花确实挺好看，又挺耐看。但棉花自己知道，它不是用来观赏的花，虽然它是如此丰腴美艳；它也不是轻浮显摆的花，虽然它是如此轻盈袅娜；它更不是不结果的谎花，虽然它如此地仪态万方、风情万种。它是蕴含着实用价值的花，每一朵都要孕育出一枚碧绿晶莹的棉铃（俗称棉桃）。

白露刚过，秋意便浓了起来，天变高了，变蓝了，变得特别明净，太阳的酷热悄然隐退，阳光温温柔柔的，像年轻母亲的手。直到霜降来临，棉花的枝叶方才老去，韶华不再，发黑的棉铃似老母亲皴裂的手指和苍老的面颊，但是忽然之间，棉铃在秋风中绽开了，吐出了洁白的棉朵，三五天光景，棉铃竞相迸裂开来，一望无垠的棉田里，白花花一片，晃花了村人的眼睛。棉花迎来了第二个盛花期。

这是植物家园里独一无二的花期，也是植物王国里独一无二的花。棉花洁白，柔软，带着阳光的气息，拥有触手难忘的暖意，应该叫它母亲花。乡亲们一天采摘下来，收获的棉花就堆成了垛。

棉花的主要功能是御寒蔽体，最能称上"衣披天下"。祖母夜里在煤油灯或月光下纺线，嗡嗡嗡的纺车声像香甜的催眠曲，我依偎在她老人家的身边睡着了，她旁边那盛在鸡笼里的小鸡娃们也睡着了。这个鸡笼，在夜晚是不离祖母身边的，恐怕小鸡娃们被黄鼠狼糟蹋了呀。

在乡村里行走，经常看到街上的墙壁上写着"此处弹棉花"或"此处轧花"的字样，或横或竖，天然率真，无论写孬写好，都无所顾忌，充满了可爱的世俗味儿。大人们到棉花铺弹棉花，眉毛上粘着棉花，冷不丁一看，仿佛是天上下凡人间的老寿星。当年吃的油都是棉籽油，葡萄架集上榨油铺的那台机器嘎吱嘎吱地响，像一个久病而瘦得皮包骨头的人的哀号。榨出的棉籽油乡亲们分吃了，而剩下的棉籽饼又被当成肥料喂了土地。

许多年后，我在一则小资料中看到了介绍棉花从选种到成衣的大致流程，专门抄录下来以供对农人毫无怜悯之心的人看看：选种、整地、拌种、播种、间苗、锄草、田管、喷药、浇灌、采摘、晾晒、轧花、弹花、搓卷、纺花、缠髓、拐线、合线、穿瑟、浆线、刷线、织布、染色、裁衣、缝衣、成衣。真是千辛万苦一袭衣啊！

故园梦忆

深冬时节，生产队把棉花棵子按人口按垄分到了各家各户。乡亲们把棉花棵子薅了，用架子车拉进自家院子一角的向阳处，或者贴站在自家院外的南墙上，棉花棵子上仍然不断地有瘦小的棉铃炸开，珍惜棉花的妇女们站在冬日的暖阳下，一边和邻居们拉呱儿，一边抠这些棉铃上的花或花瓣，晒干，轧了，以补贴家用。

　　棉花棵子被社员们拉走了，棉花地里有一层厚厚的棉花叶子，生产队就组织社员们利用冬闲积肥。社员们用大扫帚将棉花落叶连同暄土扫成一堆一堆的，再用架子车拉到生产队长选好的一处开阔的空地上。几天拉下来，空地上很快就堆成了一座小山头。这下可乐坏了孩子们。有月亮的晚上，一丢下饭碗，孩子们就吼唱着"日头落，狼下坡，逮住大人当馍吃，抓住小孩当汤喝！……"的歌谣，自发地来到了棉土堆跟前。孩子们按照人数的多寡，分成两组，一组从南面往"山"上冲，一组从北面往"山"上冲，哪一组抢占了山头，就算哪组赢了。随着一声哨响，战斗开始啦！请闭上眼睛想象一下吧，那场面是多么壮观，又是多么激烈啊！穿着笨重棉衣棉鞋的孩子们，没命似的朝棉土堆上冲，摔倒的，被对方推搡下去的，一片骨碌声，一片喊爹叫娘声。一场"战斗"下来，孩子们个个累得满头大汗，气喘吁吁，浑身上下沾满了泥土，汗水把内衣内裤都濡湿了，黏糊糊的；由于汗水的缘故，头上脸上像涂了一层稀泥，一个个跟土地爷似的。闹腾到半夜，才在家长们的吆喝声里和打骂声里，极不情愿地解散了。孩子们脸上装出一副悔过难过的样子往家走，而心里却是非常舒畅痛快的。第二天晚上仍然如此，比看电影《地雷战》《地道战》《南征北战》得劲多了。

童年啊，你的快乐时光随风远逝了，我到哪里再找寻儿时那亲亲的棉花和那暄腾腾的棉土堆呢？

故园梦忆

炊烟袅袅及其他

　　"暖暖远人村，依依墟里烟。"

　　无论是早晨、中午还是黄昏，在那条东西走向、绵延不绝的黄河故堤之上，在那个被鸡鸣犬吠喧闹和泡桐树包围的小村庄里，在房顶苫着麦秸草的土坯房院落里，在猪粪、羊屎蛋味儿充斥的空间里，从低矮仄斜的厨屋旁边的直筒子烟囱里，冒出了袅袅炊烟。

　　当孩子们在河边洗澡，在野地里疯跑，扭转身，忽然看见村里升起了炊烟，马上就联想到诱人的饭菜香，往家赶的脚步就会加快，因为炊烟就是母亲的召唤。在田间辛勤耕作、又饿又累的社员，每当看到升起的炊烟，就提醒生产队长："该下工啦！"他们把炊烟当作收工的信号，因为炊烟里有妻子的惦念。是啊，有炊烟的地方就有人家，有人家的地方就有村庄，有村庄的地方就充满了生机。炊烟里升腾着人们对生活的新的希望，蕴含着人们对未来的殷殷期待。一片炊烟连着一片炊烟，一个村庄连着一个村庄，大片的炊烟，星罗棋布的村庄，千千万万个结构相似的人家，就组成了古老的"人烟"二字。

母亲坐在灶火间，把灶膛烧得红红的，缕缕烟雾从灶火后边的烟洞里蹿出，再从烟囱顶部冒出来。她常用灶膛里的余火为我们烧东西吃，烧红薯、烧毛豆、烧玉米棒，烧烤出来的东西似乎特别有味道，虽然常常吃得我们满嘴黑灰，但仍然乐此不疲。烧得最多的是红薯。把几个细长腰身的红薯放进灶膛里，用余火埋上；待一会儿，母亲用烧火棍扒开灶灰，红薯的皮儿被烧得翘起来了，鼓泡了，说明被烧熟了。红薯起先吃很是烫嘴，但面甜可口，越吃越香，狼吞虎咽之时便噎了嗓子。母亲嗔笑："跟狼似的，快喝口水去！"我们兄妹喝了水，继续吃那香甜的红薯。

炊烟里掺杂混合着人间的各种气味儿，有炸辣椒的诱人香味，有红薯醋煮小鱼的美味，有过年煮肉、炖鸡、焖鸭的鲜味，有蒸槐花的清香味……不一而足，渲染着生活的五光十色。

若是晴天，又无风，家家烟囱里的炊烟是直直地往上升，升，直升到高远的天空，看不见了。若是阴雨天气，炊烟冒出烟囱，就徐徐降下，匍匐在地上，似犯了错的孩子，等待着惩罚。若是下雨天，炊烟刚从烟囱里冒出个头儿，就被雨水击散了，但它仍然倔强地冒出来，冒出来。若是晴天而有风，那些淡蓝色或乳白色的炊烟，通过飘浮与融合，在村庄的高处凝成一条淡蓝色或乳白色的带状烟雾，似仙女的长裙儿，美艳艳地悬挂在那里。随着太阳的升高和气温的变化，它们就一点儿一点儿变淡，最后消失不见了。

而今，随着社会的发展，柴火被电和天然气所取代，炊烟在农村里已很难见到，成为人们的"梦里炊烟"，成为诗文中的追忆。但是，炊烟的千古缭绕，已使华夏儿女的言行举止折射出被长期熏染的底色，散发着特有的草木味儿，表现出火热的乡土情结，逐渐化为我们灵魂的根。

说完了炊烟，还想说说引发炊烟的柴火。最常用的柴火是树枝、秸秆以及晒干的树叶和杂草。农村烧锅的柴火真是五花八门，应有尽有，能烧就烧，唠叨起来总得小半天，在此就省略了。但有一种柴火是需要说说的，如若不说，将要被农村的下辈人永远地忘记了——这柴火，就是麦茬儿！麦收期间，生产队的社员们都是用镰刀割、用长杆铲贴地皮戗，这样收过麦子之后就把小麦的根和茎的基部留了下来。趁生产队还没有犁麦茬儿之前，孩子们便抓紧时间用小铲掘麦茬儿。如果撒了粪，犁了地，就把麦茬儿翻压到地下面去了，就没有麦茬儿可掘了。如果掘麦茬儿时刚巧下场小雨，地皮儿松软潮湿，麦茬儿就更好掘了，甚至用手一揪就出来了。将掘的麦茬儿倒进院子里的光地上晒干，就可以当柴火烧了。柴火烧出的饭菜很香，锅底时常会有一层厚厚的锅巴，焦黄松脆，嚼起来咯嘣咯嘣响，特别好吃，又特别开胃。

生产队的麦子打下来之后，就剩下了大堆大堆的麦秸。在晴好的天气里，生产队长总要抽出几个善做庄稼活儿的"老把式""合"麦秸垛。之所以不说"垛"麦秸垛而非说"合"麦秸垛，因为这里面有一定的技术含量。"合"的麦秸垛一要稳，也就是说要稳稳当当，扎实牢固，不能一推就倒；二要上宽下窄，绝不能下宽上窄，尽量减少麦秸与地面的接触面，从而减少麦秸因雨水浸泡沤烂发霉的损失；三是麦秸垛的形状要长是长的，方是方的，圆是圆的，绝不可说长不长、说方不方、说圆不圆，不伦不类。麦秸垛的顶部要中间高四周低，略呈拱形，这样便于下雨时向下流水、化雪时向下淋水。麦秸垛一般都是高高地堆垛在临路边的麦场上，人来人往的，免得遭外村人耻笑，好像咱们不会干农活儿似的。所以，麦秸垛垛好之后，就要在圆圈"打磨"，把出头的麦秸揪出来或刷下去，一遍又一遍，直到"打磨"成一件咋看咋顺眼的艺术品为止，精准细致的程序不亚于梳理出嫁的闺女。外村人路过看了，免不了要啧啧夸赞，说："嗨，真是'老把式'干的！"这些麦秸是生产队牲口的"粮食"，是储备起来喂牲口的。隔一段时间，生产队总要让锨头爷找几个人来给牲口铡麦秸草，即把麦秸垛上的麦秸刷下来一部分，铡成短若寸许的麦秸段儿，好喂牲口。被锨头爷叫过来的这几个人可高兴了，干得特别卖劲儿。因为麦秸里有一些没有"控"净的麦粒儿，收集起来，用筛草的筛子筛了，足足有好几斤，晚上让人拿到馍店里去，就能换一筐子蒸馍。他们分着吃了，有的人不舍得吃完，就悄悄拿回家让老爹老娘和老婆孩子吃。当然，这样的"好处"生产队的队长和会计也是都有一份的。你要是少了他俩的，这样的"好差使"就再也轮不到你了。"可不能吃独食哩！"生产队长严肃地告诫镢头爷。麦秸垛还是原来的形状，随着冬天的来临，随着春季的到来，麦秸垛像个会变的"蘑菇"一样，越来越小了。

当年，豫东一带盖不起瓦房，多是草房，房顶是用麦秸秆苫的。麦秸秆空心，光滑沥水又耐沤，是既好找又耐用的建房材料。

每到麦收季节，想苫房子的村民事先给生产队长说了，或请生产队长和会计来家里吃顿饭，或分别给他们两家送一兜自家母鸡下的鸡蛋，这事就成了。准备苫房的人先用镰刀将麦子割倒放齐整，然后再捆成不大不小的捆儿，运到麦场里，垛成垛，焐一焐，瞅个晴天毒日头，再扒垛晒麦个儿。晒麦个儿时，要将麦头儿向上立着，等到午后晒得焦干时，就抱住麦个子的下部，在石磙上摔打有麦穗的那头，直至将麦粒儿摔没了，麦苞儿空了，麦叶子掉光了，麦秆白白亮亮了，把用水浸泡过的麦秸秆拧成"腰子"，将摔好的麦秸秆整整齐齐捆了，放置一旁，再摔下一个，直至将苫房顶的麦秸秆备齐为止。一般都是备得充裕一些，宁多勿缺，否则麦收之后，上哪儿找呀？这样用新麦秸秆苫的房顶能撑一二十年。再是早先苫的房顶的麦秸"塌"了，就用新麦秸秆再在老麦秸秆上苫一层新的，名曰"贴锅饼"。

村里谁家苫房顶、"贴锅饼"或盖新房上梁的当天晌午，都要请由生产队选派来无偿帮忙的社员们和生产队长、生产队会计吃顿"大锅熬"，喝杯薄酒，以表心意。

194

神奇的乡村歌手

老家一带流传着一个"四难听"谣："拉大锯，打磨锅，秃鹫叫，猫走窝。"这是庄户人从日常生活中总结出来的知识，情形确乎如此。有难听的就有好听的。而在自然界中，有几种昆虫、小鸟和家禽的声音还是很好听的。

蝉

蝉是夏天的歌手，蝉鸣绿夏。蝉，又名知了。雄蝉胸腹交界处有发音器，收缩振动，发出声音。"唧——唧——"叫声单调而悠长，贯穿整个夏日，在高树上不停地鸣唱。蝉声如雨，乡亲们在树荫下歇晌乘凉，如同听着数位乡土诗人在抒情。

在故乡，乡亲们管没来得及蜕变的蝉叫"爬蚱"，这个名字生动形象，朴实得像是谁的小名。麦罢之后，如果连下两场透雨，那窝在土里头的蝉的幼虫——"爬蚱"就蠢蠢欲动了。我们和大人们便在暮色苍茫中开始"摸爬蚱"了。"老手"先盯着地上找小窟窿，用细树枝一捅，要是里面软软的，就证明里面有爬蚱。取窟窿里的爬蚱有两种办法：只知用憨力的"新手"，就围绕着窟窿铲挖手扒，弄个小土坑才搞定，费时又费力。富有经验的"老手"只需往洞时浇点水，爬蚱便一头泥水奋勇而出，被捉个正着。"摸"，当然是靠手感了，围绕着树身子一棵树一棵树地用手摸。一个晚上下来，有时可以捉到几十个爬蚱和刚刚蜕变的幼蝉。回到家里，清水洗净，用盐腌上，盛在瓷碗里，再倒扣上一个小盆，防止它们爬出来走丢呀。翌日早晨在油锅里一炸，红亮酥香，真叫解馋。人们讨论人间的美味，有这样几句顺口溜："天上飞禽，鹌鸽鹌鹑。""天上龙肉，地下驴肉。""宁舍丈母娘，不舍驴板肠。"说的就是这几种东西好吃，龙肉可能没人吃过，只是用来衬托驴肉的，但鹌鸽肉、鹌鹑肉、驴肉、驴板肠确乎是很好吃的。但让我选择的话，我宁可选择油炸爬蚱，这可是我小时候的口中美味。

不止一次看到爬蚱脱壳，那真是一个奇妙的过程。先是从背部裂开一条缝儿，然后隆起，头、翅膀、小爪便一点点从里面挤出，再后仰，再前俯，整个娇嫩的身子就出来了。嫩蝉初出，晶莹透明，粉软若水，然后在空气中魔术般地伸展、强壮，身上的颜色也在变，鹅黄，嫩绿，银白，最后却是生铁般坚硬闪亮的黑色了。它犹如黑亮的精灵，钢翅一展跃上蓝天，划一道弧线，飞到茂密的杂树里安家。从此不沾红尘，执着地度过自己短暂而高洁的一生。脱了壳的蝉，乡亲们叫它"知了"。还有一种小知了，它在麦收时就开始在树上弱弱地叫了，小指头大小，乡亲们称它"麦了"。因为个头太小，没有人捉它，更没有人吃它。

爬蚱脱的壳，俗称爬蚱皮儿，学名蝉蜕，亦名蝉衣，又叫蝉壳、蚱蟟皮儿，是一种很好的中药，主治食积，又可明目，庄子所谓"蜩甲"是也。祖母是利用爬蚱皮儿治病的民间高手，她将爬蚱皮儿用擀面杖压碎，掺进面里，烙成飞薄嘣脆的焦饼，能消食积；把爬蚱皮儿焙成碎末，加一点儿薄荷煮水温服，可治小儿夜啼不安。

粘知了让孩子们乐此不疲。孩子们结伙跑到饲养院里，初夏的阳光暖洋洋地照着屋外树桩上拴着的牲口。一个胆大的孩子，悄没声地绕到一匹马的身后，手疾眼快地揪住几根尾毛，撒腿就跑，疼得马一尥蹶子。孩子们怀着胜利的喜悦，用一根马尾毛系在长竹竿的细头处，挽一个活结，瞅准目标，轻轻地举起竹竿，将活结套牢树上蝉的头部以后，再慢慢地下拉竹竿，"唧——"的一声长鸣，蝉已被束于竹竿之上了。孩子们捉了蝉尽兴地玩，先掐掉蝉的翅膀，有时还"残忍"地用小钉子刺瞎蝉的眼睛，然后再仔细地研究蝉那两片儿神奇的发音器。

长大后看了法国昆虫学家法布尔写的科普读物后，才知道蝉的一生其实很苦，卵从树上落到适宜的地上后，要在泥土里蛰伏好几年，才能爬出地面脱去厚重的壳，享受生命中最后的炎热夏季。关于蝉的一生，法布尔在《昆虫记》中十分动情地写道："四年黑暗中的苦工，一个月阳光下的享乐，这就是蝉的生活。"蝉是无私的，它把那动听的歌声献给了芸芸众生。在那贫穷枯燥的岁月里，谁敢说他没有听过蝉的歌声呢？

家乡有吃爬蚱的习惯。而今，油炸金蝉堂而皇之地摆上了酒楼饭店的餐桌，鄙野小虫登上了大雅之堂。中国人的"能吃"由此可见一斑。食者愈众而蝉之愈少矣！如果一味贪图口福，若干年后，怕就听不到蝉鸣了。可悲啊！

蟋蟀

蟋蟀俗称蛐蛐儿，又名促织，别名甚多。刚过立秋，天气才开始转凉，蟋蟀就从土层里钻出来，在砖头瓦块草丛中调试琴弦，将每一个秋夜吟唱得哀婉动人。杜甫诗中曰："促织甚微细，哀音何动人。草根吟不稳，床下夜相亲。"蟋蟀不同于靠声腔发音的鸟类，它的鸣唱仅仅只是两叶小小的翅膀相互摩擦，我至今不明白何以能发出这么美妙的声音，只能感叹自然万物的神奇了。

夜晚，吃过晚饭，一家人围坐在枣树下闲话，我躺在床架由硬木料做成、床面由麻绳编织而成的软兜儿床上，聆听着蟋蟀从墙角处、厨屋里传来的吟唱，眼前是布满星斗的夜空和闪着几星灯火的村落，远处是长满绿叶的菜园，是清清流淌的黑泥河。蟋蟀的歌吟温柔多情，清亮婉转，它的歌声让庄户人家觉着生活是那么从容、圆润，倍感家园世俗的温暖。

蟋蟀是古老的虫子，它从《诗经》里爬出，叫声一直流淌到现在。《诗经·七月》里写道："五月斯螽动股，六月莎鸡振羽，七月在野，八月在宇，九月在户，十月蟋蟀入我床下。"它从田野、宇户向人类靠近，给人类平凡琐碎的日常生活添加了动听的音符，涂抹了生命的亮色。

它的叫声是一个季节的开始，叫声的终止又是一个季节的结束，到大雪覆盖天地万物时，它才销声匿迹。这一点很像蝉，夏季就是蝉的一生，秋季就是蟋蟀的一生。蟋蟀是继蝉之后的另一种生灵，它活跃在整个秋季，从初秋、仲秋到深秋，它一直和人类友好相伴。月光笼罩着大地，雾气浮起在空气里，蟋蟀的声音犹如清凌凌的河水，漫过原野，滑过挂在窗前的红辣椒串儿，透过窗棂，浸入农人的耳中，每一个田间劳作的农人都睡得很香甜。这是天籁之声啊，它的鸣唱更能浸润软化农人们麻木粗糙的内心。它的鸣叫，曾让多少上了岁数的庄户老人为之痴迷啊！

199

蛙

生活在乡村的人，蛙的歌唱是可以常听的。每年从春到秋，这些身着迷彩服的乡土歌手，总是不舍昼夜，殷勤地展示它们的歌喉。于草丛中，于水浒边，于墙角下，于树坑里，它们摇舌鼓腹，引吭高歌，底气充沛，音量洪大，"呱——呱——呱——""咕呱——咕呱——咕呱——"群蛙合唱，如春潮汹涌，让乡人感到夜的喧哗与骚动；一蛙独鸣，又会衬出夜的寂静。特别是大雨之后，池塘里、沟渠里、路边、桥畔，成千上万只蛙不知从什么地方钻了出来，它们仿佛遇了大赦或领了玉皇大帝的圣旨一般，敞开嗓门大叫，犹万鼓敲击，疾雨溅盘，千军万马之势："解渴啦——解渴啦——"如果是久旱不雨，它们不鸣不叫，不知躲到哪儿去了。即使有只蛙叫，那孤单鸣叫的蛙声仿佛向苍天求告似的，听上去尤其像"渴呀——渴呀——"一般。夏天的蛙声，最令人消愁忘忧。入夜之后，劳动了一天的人们躺在凉床上，那咕呱咕呱的蛙声犹如催眠曲，带着水音儿，带着清凉，抚弄着人们的耳鼓，不知不觉中人们便进入了梦乡……

　　这种酣畅鸣叫的蛙，我们叫它青蛙。青蛙的儿子，我们叫它蝌蚪。在夏天的小河里、水塘里，这小东西黑黑的，顶着个大脑袋，甩着细小的尾巴，在水里游呀游的。有时候，我们辛苦了一晌也没有捉到鱼，就提了几只蝌蚪回家去，把它们丢进玻璃瓶里，注入清水，看它们笨笨地在里面游弋。还有一种蟾蜍，在我们乡下叫蛤蟆或癞蛤蟆，浑身上下长得疙疙瘩瘩的，看了叫人恶心。这家伙似乎也喜

200

欢吃爬蚱，我们摸爬蚱时，经常在爬蚱窝里摸到软乎乎的东西，多半就是癞蛤蟆。摸到之后，小孩子们就抓住它的双腿，狠狠地掼在地上，啪的一声，看着它痛苦地抽搐几下，放松，然后死去。癞蛤蟆也是叫的，但它叫时不张嘴，腹部一鼓一鼓的，声音是从肥大的腹部挤出来的。它的叫声短促，声音也不响亮，像愧对乡亲们似的："锅儿——锅儿——锅儿——"我们也在田里捉到过青蛙，回到家里用盆子把它罩住。第二天早上起来，掀开盆子一看，青蛙却不见了，地上也没有一丝的痕迹。祖母说，青蛙会土遁，神通广大着呢。然后就教我唱一首儿歌："小青蛙，本领高，又在水中游，又在地上跳，吃害虫，保庄稼，我们不要伤害它。"马黑脸的娘为给马黑脸解馋，捉了一盆子青蛙，拧了腿，给马黑脸炸了一盘子青蛙腿，马黑脸说很香，很好吃。但我们都认为马黑脸的娘和马黑脸本人做了坏良心的事，都对马黑脸和马黑脸的娘很鄙夷。从此，马黑脸再也不敢吃青蛙腿了。

蛙善冬眠。往土里一蜷，如一块黄黄的小土包，任凭你草秆儿拨、木棍儿敲它都等闲视之，置若罔闻，仍然睡它的，一副大智若愚的模样。

乡下的水井里面，也常常有青蛙。两腿后蹬着，眼睛向上抬着。中秋节望月，月宫中隐约有桂树、玉兔、蛤蟆，都是听祖母讲的。祖母讲什么，我就看着月宫里像有什么。令我不解的是，月亮里有那么美的一位嫦娥，一只灵巧的小白兔陪伴，倒还说得过去，为什么又偏偏让一只令人生厌的癞蛤蟆陪伴呢？是不是玉皇大帝喝多之后，安排错了？

似乎那时候的大人们不太喜欢鸟叫，倒相当喜欢听蛙叫，真让我们捉摸不透。蛙叫有什么好听的哩！它杂沓、高亢、缭乱，一点儿也说不上婉转："咕儿——呱！咕儿——呱！""呱——呱——"忽高忽低，此起彼伏，响成一片，如同乱声吵闹。大人们荷锄走在田埂上，金色的光斑在树叶上闪动，粉色的蒺藜花开在脚下。大人们放轻脚步走着，唯恐惊扰了正叫的蛙。他们走着，听着蛙声，虽然说不出什么赞美的话语，但从他们脸上那安静、会意的微笑中，已经鲜明生动地流露出了一种亲切和满足。是不是因为那两句"稻花香里说丰年，听取蛙声一片"的诗句呢？可从没有听到他们吟诵过呀！我疑惑了好多年，后来总算搞懂了，农民和蛙是天生的亲近。

麻雀

小时候的老家，树多、水多、绿色多、麻雀多。麻雀的鸣叫并不出众，嘈杂、琐碎，甚或聒噪，但众多的麻雀聚在一起，就显得很热闹。在春的嫩青、夏的浓绿、秋的金黄、冬的洁白中，在屋檐下、电线上、树林中、场院里，总可以看到铺天盖地的麻雀，呼啸而来，欢叫而去，在田野里喧闹，在粮堆上跳跃，无处不在，乡村因有麻雀而生气勃勃。

冬天的夜晚，在生产队麦秸垛上的小洞里用手一掏，总能捉到在此歇息取暖的麻雀（我们那地方俗称小小雀儿），烧水煺毛，油锅里一炸，金黄酥香，就是一顿难得的美味。我那时去麦秸垛窝窝里捉麻雀，是带着神奇的武器——一把手电筒去的，手电筒是生产队专门给饲养员配的，除了生产队队长和会计各有一把之外，村里就只有镢头爷拥有了。另外还有一把，是马黑脸家的。我借来镢头爷的手电筒，带领小伙伴们，神气十足地来捉麻雀。那麻雀儿真听话，手电筒的光线一照，它们是一动也不动的，束手就擒了。镢头爷的手电筒和马黑脸家的手电筒都是安两节干电池的，已经非常明亮了，而生产队队长和会计用的手电筒却是安三节干电池的，更加明亮了。我暗自发誓，等我长大有本事了，我一准买一把安五节干电池的手电筒，一定要比生产队队长和会计的还要明亮，而且还要给全家每个人都配上一把。

落雪之后的晴天里，在院子里扫出一片空地，支个筛子，筛子下面撒一把秕谷，你就躲藏在暗处，静心地等待吧。不大会儿，无处觅食、饿得啾啾乱叫的麻雀就不约而同地飞过来了，急不可待地啄食筛子下面的秕谷。这时候，迅速地一拉拴着木棍的绳子，支筛子的木棍就倒了，"訇"一声，筛子倒扣下来，罩住了十多只麻雀。

203

夏天的傍晚，社员们下工回来，蹲在院子里，端一盆凉水洗脸时，麻雀们也下工回来了，它们聚集在院子里的树冠上跳跃着，叽叽喳喳地叫着，仿佛正彼此交谈着一天当中各自的收获和心得，也好像在开联欢晚会呢。劳累了一天的农人们，听着麻雀们的欢叫，疲惫似乎消失了好多，愁苦的脸上慢慢地绽开了笑颜。

鸡

中午时分，阳光正媚，提前下工的女人们赶回家做午饭——妇女们提前下工一会儿回家做饭，是生产队的规定。妇女们正埋头赶做午饭时，耳畔传来了孤独而悠然的鸡鸣。院落里一派可喜的静，是让人感到亲切安详的那种静，但也不是全无声息的静，这种静是鸡鸣带来的，让人感到了生活的温馨。

当时没有钟表，庄户人家看时间全凭估摸。鸡在夜里要叫三遍。第一遍在子夜时分，时为三更天气，这是最浩大的一次鸡叫，每个公鸡都要叫，而且声音响亮，余音悠长，谁也不甘寂寞。第二遍在丑时，四更时分，但不像第一遍鸡叫时那样整齐，有的鸡在叫，有的鸡不叫。第三遍在天亮寅时，即五更，"鸡叫三遍天下白"，人们就早早地起床了，也不太注意谁家的鸡在叫，谁家的鸡不叫。打鸣是公鸡的事情，母鸡只有下蛋时才"咯答咯答"地叫。如是谁家的母鸡不下蛋了，还开始学公鸡的样子打鸣，"牝鸡司晨"，是被认为大不吉利的，阴阳颠倒，女性专权，预示着这个家族就要破败。这还了得？！不出三天，这只鸡就被主人一棍敲死，命归黄泉，到阴间报到去了。

鸡们还有一个特点，在不远的距离之内能记住回家的路。俗话说："猫记千（千里），狗记万（万里），小鸡还记二里半。"

长大以后，聆听鸡叫，让我想起《诗经》中的鸡鸣："风雨如晦，鸡鸣不已"；想起乐府古辞《鸡鸣歌》中的鸡鸣："东方欲晓星灿烂，汝南晨鸡登坛唤"；想起晋陶渊明《归园田居》中的鸡鸣："狗吠深巷中，鸡鸣桑树颠"；想起唐诗中的鸡鸣："鸡声茅店月，人迹板桥霜"；想起明代才子唐寅《画鸡》中的鸡鸣："头上红冠不用裁，满身雪白走将来。平生不敢轻言语，一叫千门万户开。"由此想到古人胸中勃动着何等浓郁而又细腻的诗情啊！而对日常生活中的鸡鸣，也会吟哦再三，着实令人动容。现代文明的喧嚣繁杂，物质的角逐与激烈的竞争，导致人们疏离了古人那种沉郁细致的心性，也就失却了对生活的诗情，于是现代人的生活显得单调、浅薄、浮躁了。而今政府提倡留住乡愁，其中一项就是要留住鸡鸣。我们不能一味地成为物质文明的奴隶，深陷其中而不能自拔；物质文明了，更需要丰富而饱满的精神文明，毕竟，我们的生活更需要青山绿水，更需要诗和远方，还有乡愁。

听，隐隐约约的，远处又传来了一声孤独而悠然的鸡鸣……

村外小河边

我们村子北面有一条东西流向的小河，是从兰考县葡萄架乡赵庄村由分叉的黄河水漫入而形成的一条人工排涝河，它途经贺村，至民权县老北关的李馆村终止，蜿蜒好几十公里，取名贺李河，但乡亲们都习惯叫它黑泥河，因为每年的汛期过后，河床上总要沉淀一层黑黑的泥土，松松的，软软的，不粘手不黏脚，挺好玩的。河堤上栽满了杨树、楝树、榆树等，但最多的是柳树，长得郁郁葱葱。夏日无风的傍晚，会有炊烟形成的雾霭环绕在树的半腰，远远看去是那样静谧和神秘。每到春夏季节，堤岸上就成了天然植物园，没有谁知道到底生长着多少种植物。各种野花，姹紫嫣红。堤上有婆婆丁、猪殃殃、牛繁缕以及车前子、苜蓿草等；堤坡上有麦家公、米瓦罐、泽漆、苍耳、小藜、王不留行等；水里长着水葫芦、荇藻、水荷花、红艳艳的蓼花和菱角；岸边有绽放的白色蔷薇和月季，花丛中有蝴蝶在追逐嬉戏，有蜜蜂嗡嗡嘤嘤地在采蜜；岸边的树上有螳螂和天牛在爬行，有知了在鸣唱，有斑鸠、杜鹃和黄鹂在筑巢在孵蛋儿；杂草丛中有蚂蚱在蹦跳，你不经意间就从里面发现一个拳头大小的野生瓜，凉甜凉甜的，高兴的心情不亚于哥伦布发现新大陆。河水清澈甘甜，渴了就捧起河水解渴。河里有虾，有小白条，有黄河鲤鱼，有珍贵的鳖、青蟹、白蟹，有泥鳅，有大青鱼，有金枪鱼，有野鸭子在恣意游泳，还有一种小虫子，我们那地方俗称"水拖车"，在水面上滑得飞快。夏日中午，吃过午饭，孩子们都跑到河边纳凉，头顶是繁茂的树的阴凉，一起把脚泡在清凉的河水中，小鱼的"亲吻"常常使我们痒得咯咯直笑。下过大雨之后，河水猛涨，等河水与桥帮子齐了，我们扒光了衣服，成排站立在桥头上，一声令下，纷纷从高处跃入水中，摇动着手臂、脚掌，摆弄着各式各样的泳姿，打水仗、扎猛子，玩得不亦乐乎，打闹声、欢呼声、嬉笑声响彻天空。冬天，河面上结一层厚厚的冰。这天然的溜冰场，成了孩子们的又一乐园。偶尔有一个不小心摔了个四仰八叉，在大家的哄笑声中尴尬地爬起来，揉揉屁股，继续游戏。如果嘴馋了，想喝鲜鱼汤，就用铁锤在冰面上敲开个小洞，不大会儿，在水里缺氧的小鱼儿便呆头呆脑地游了过来，用小网兜一捞一个准儿。半晌工夫，就能捉到斤把儿鲜鱼活虾。有一种长脖子的水鸟，乡亲们都叫它"老等"。"老等"是一种候鸟，春来秋去，就站在小河的浅水里，一只或者几只，寻找东西吃。小鱼、小虾、螺蛳过来了，它突然下了嘴和爪，又狠又准，成功了。它之所以能成功，关键在于它能等，一站就是几个小时，单脚，缩颈。没有风的话，水面就是它的镜子。水里面的小生物们以为它就是一根木桩或别的什么东西，总之好像是老早就立在那儿的，从而放松了警惕。这个时候，它的机会就来了。它也走动，数分钟一步，那只悬而未决的爪慢慢划过水面，水面上基本没有水纹。老人们说，这种鸟叫苍鹭，可是村人仍叫它"老等"。"老等"，多么亲切、多么熟悉的名字啊！村里人对那些反应不灵敏、办事速度慢的人，往往借此鸟予以嘲笑："唉，真是个'老等'，办事慢死啦！"小河里的水，每年都很丰沛，仿佛无论咋用都用不完。

　　"五九六九，沿河看柳。"河岸上的柳树对春天气温的回升最为敏感，每当它枝染鹅黄，小孩子们便活跃了起来。我们爬上柳树，用刀斫下一截筷子般粗细的柳枝，削去小枝小叉，截成一拃长的小段，用手指拧住它正面旋转360度，再反面旋转360度，这样柳皮儿与柳皮儿里面的白棍就分离了，从一头一抽，里面细嫩的白棍就出来了。把白棍扔了，只要柳皮儿，用手指甲在柳皮儿的一头刮一刮，刮去表面的一层薄皮，含在嘴里，试试声腔。如若不响，再用手指轻轻地将整个柳皮儿搓揉软和，再试，就呜呜响了，一个柳笛儿就做成了。我们那里不叫柳笛儿，叫"鼻牛儿"，因声音似牛叫而名之。孩子们手捧"鼻牛儿"，呜哇呜哇比着吹，吹到这里，吹到那里，村里村外都是"鼻牛儿"的声响。制作"鼻牛儿"要把握柳枝的老嫩程度。柳枝太嫩，柳枝外皮就拧不动；柳枝太老，就很难使白棍和柳皮儿分离，且易把皮弄裂，拧不出完整的皮管儿。孩子们还用柳枝编成柳帽，英武地戴在头上。这时节呀，吹得更欢，跳得更欢，也跑得更欢了。若起了更大的兴致，则玩起打仗的游戏，呐喊冲杀，弄得满身泥土，甚至衣烂皮破也毫不在乎，欢劲儿和疯劲儿发挥得淋漓尽致，现今想来简直有点不可思议。但这就是那时候的我们，穷并快乐着的我们，释放原始人性的我们，茁壮成长的我们。一位作家曾经说过："只有乡下的孩子才有真正的童年。"此话虽有偏颇，但回想我小时候的那个年代，好像也有一定的道理。我们那时虽说条件很差，没有好吃的，也没有好玩的，却真正拥有大自然，并且能够随时随地、每时每刻地亲近大自然。

"杨柳青，放风筝。"每逢阳春三月，春风送暖，万物复苏，便是放风筝的大好时光。小河边挤满了放风筝的孩子。风筝在瓦蓝瓦蓝的高空悬浮，孩子们手里攥着拴风筝的线，仰脸向上望着，比谁放的风筝高，把脖子都扭疼了。我们玩的风筝大多是竹片风筝，没有风轮，没有彩纸装饰，既不是淡墨色的蟹风筝，也不是嫩蓝色的蜈蚣风筝，更不是金红色的蜻蜓风筝，但我们已经很满足了，毕竟有风筝可放呀。我放的风筝是镢头爷做的，由几个光滑的竹片制成，它小巧耐用，放起来飞得很高，加之锛头爷又在骨架上糊了一张从供销社捡的花花绿绿的梨膏纸，更是好看，令小伙伴们羡慕不已。没有风筝的小伙伴为了放我的风筝，争先恐后地讨好我，有的偷偷塞给我一块冰糖，有的悄悄放我手心里一枚红枣。我可怜他们，就让他们尽情地放我的风筝。我仰面躺倒在草地上，看天空是那么蓝，那么高远，风筝在天空中飘动得那么稳健……看着看着，困意袭来，不知什么时候就睡着了。

放风筝最怕风筝落在人家的屋顶上，"落"是"衰落"呀，这是很不吉利、很忌讳的事。万一落到人家屋顶上，大人就要领着孩子登门给人家赔礼道歉，并要打一桶清水给人家洗刷门槛，同时还要带一挂鞭炮在人家院子中点放以驱晦气。所以放风筝总要跑到野外去放。我们那里管放风筝叫"放豪"，我至今也弄不清到底是哪个"豪"字，姑且以此代之吧。这期间，泡桐花刚巧开了。一串串紫盈盈的铜铃，叩击着低矮的门楣；屋脊上、窗台上也都有芬芳传递着这悦人的消息。毛毛雨中，一朵朵小花伞，蹦蹦跳跳，纷纷曳地，缔造了豫东平原一道柔媚而独特的风景。

那条承载了童年诸多美好回忆的小河，那条记忆中河水清又清的小河，那些构筑我许许多多美梦的大柳树，那些在梦里越升越高的风筝，都随着岁月的流淌而远逝了。如今再回故乡，小河已干涸了，柳树也被伐光了，放风筝的孩子们也难以见到了。

故园梦忆补遗

我想，不管我们的工业如何发展，不管我们的城市文明怎样向前推进，"不管是八百年，还是一万年"，都要能看到绿竹荫下悠悠拉着二胡的少年，都要能看到拽着老牛尾巴洑过清清河水的孩子……

　　好在，现在我们国家对环保高度重视，环保的春天到来了。

三记孩子自己的行乐法

推铁环。铁环多为箍木桶的桶箍，木桶朽烂了，桶箍就成了孩子们的玩意儿。我们时常盼望着家里的木桶早点儿坏，因为只有木桶坏了才有铁环玩。我家的木桶漏水时，我就盼望着它漏得越大越好，可父亲硬是撮些刨木末，把漏水的地方给补住了。不久，几块镶木板突然断裂，父亲买了3个箍桶的铁环，在我的哀求下，他只用2个铁环箍了桶，我终于拥有了自己的铁环。拥有了铁环，还得有推铁环的工具呀！我向镢头爷求救。镢头爷不知从哪儿找到一根稍粗的铁丝，把铁丝的一端先弯一个平钩，再弯成一个直角，形成"凹"字状，就成了"车把"。推铁环就是用"车把"推动铁环向前滚动，以"车把"控制其方向，可直走、拐弯、穿越障碍物等。把铁丝的另一端弯成钩当手柄。玩时，一手握手柄，一手将铁环往前送，然后顺着惯性开始用"车把"推着铁环在地面上滚动，可以一直推着往前跑，也可以推着转圈。要是前面有个小坑或者小沟，要加快速度，让铁环弹跳着穿越过去。大铁环轰轰有声，套在铁环外面的"车把"，呛啷如打铃。中午或傍晚，村外的打麦场上，聚集着推铁环的孩子，众多小孩推着铁环奔跑追逐，欢笑声响成一片，场面颇为壮观。推累了，用"车把"的弯钩钩住铁环，往肩上一扛，那姿势特别潇洒，像得胜归来的将军。推铁环的手柄处常用破布缠裹，冬天暖手，夏天吸汗。推铁环是我童年时期非常酷爱的游戏之一，我的推技高超绝伦，闪跳腾挪的动作常常令小伙伴们赞叹不已。

摔洋牌。摔洋牌前要先叠洋牌。扯两张纸，都从中间对折，然后交叉放置；从位于底下的那张纸开始折角，折出来的角再朝中间位置对折，顺序折三个，把最后一个角插入其他三个角产生的缝隙，一个洋牌就做成了，有的地方称之为"四角"。洋牌的质量取决于纸的质量，书纸最好，牛皮纸也很好，它又大又厚，叠成的洋牌不易被掀翻，一看就很有安全感。摔洋牌的玩法是：双方以"剪刀石头布"来决定谁先摔。输的一方把自己心爱的洋牌放在地上，赢的一方拿自己的洋牌冲着对方的洋牌摔。如果方位、力道得当，摔时掀起的风会助力，使地上的洋牌翻过来，就算赢了，对方的这个洋牌就归你。对方要是还想玩，须再拿出一个洋牌放在地上让你接着摔。你摔下去，没有把对方的洋牌翻过来，则由对方对着你的洋牌摔，如若把你的洋牌翻过来了，你的洋牌就归对方所有。如此反复相摔，摔洋牌的两人似斗红了眼的公鸡，越摔越勇，摔得天昏地暗，月亮出来了还不肯罢休。更为可笑的是，若是炎热的夏天，无论多热，双方都穿上一件大褂子，不扣扣子，敞着怀，以此来为摔洋牌助风力，一个个热得汗流浃背，满头雾气，似启盖的蒸笼；若是冬天，无论多冷，摔洋牌的双方都将身上的棉袄扣子解开，敞开怀。

抽陀螺。陀螺都是纯手工制作的。选择直径小于10厘米的杂木，把最圆的那一段用锯子锯成半拃长的圆柱形，再将其中一端三分之一处削成圆锥形。修好后用砂纸反复打磨，直磨到光滑发亮，然后在圆锥形的底部镶入一颗普通钢珠，就可以玩了。钢珠要镶在底部正中间，周边的距离要均等，否则陀螺抽起来容易一边倒，影响平衡。做好了陀螺，再做鞭子，弄根约30厘米的小木棍，在小木棍一端拴条软绳子就可以了。抽陀螺，当然要比赛，每个人拿出自己的陀螺，一声令下，大家便挥舞着鞭子抽打各自的陀螺。如果哪个人的陀螺先停止旋转或趔倒，这个人就算输。以此类推，逐一淘汰。哪个人的陀螺旋转的时间最长，哪个人就是最后的赢家。

鸡叨架。两人对阵，每人将自己的一条腿抬起，用一只手扳住脚，另一只手托住膝盖，一条腿着地，形成"金鸡独立"之势，跳跃着向前移动，用前屈的膝盖向对方冲击，可采用向上挑或往下压的动作攻击对方，犹如鸡叨架。如果被撞倒或者抬起的那只脚着地即为败。一个输了，一

215

旁的伙伴立马上场，扳起脚又冲上来，来来往往，最后斗不垮者胜。我们常在月夜里玩这种游戏。

打水漂。站在河边或水塘边，拿一个小瓦片或扁平的小砖块，侧着身子将手中的瓦片或砖块与水平行抛出，瓦片或砖块与水面发生摩擦后，就会跳动着向前滑行，最后跌落水中，十分有趣。此游戏可单人玩，也可多人玩，看谁抛的瓦片或砖块在水面上滑行的距离远或跳跃的次数多。

夹沙包。用一块布缝制成一个小袋子，里面装上小石子或粮食粒儿，再将袋子口封严，就成了沙包。夹沙包是女孩子们的游戏，为男孩子们所不齿。在地面上画一个大方格子，再画出两条对角线，在四个区域依次标上1、2、3、4。先将沙包抛进第一格，然后用双脚夹起沙包，依次从1蹦到4，把沙包夹出格子外；第二遍从2夹到4，再把沙包夹到格子外；第三遍从3夹到4，依然把沙包夹到格子外；第四遍从4夹到格子外。在夹的过程中，沙包和双脚压线，或夹错顺序，均算犯规，只好由他人来玩，谁先将四遍完成谁为胜。

踢瓦碴儿。先在地上画6个排成一行的直径约60厘米的圆圈，参加者排好队，先由最前头的那个人去踢。踢时，先将瓦碴儿扔在第一个圈内，踢者一只脚离地，另一只脚跳着去踢，把瓦碴儿踢到第一个圈外，再将瓦碴儿踢入第二个圈内，再将瓦碴儿踢到第二个圈外，以此类推，踢到最后一个圆圈内又踢出者为胜。踢时脚踏圈线为输。另一种玩法是画两排各4个方格，以一端为始，先投掷后踢，一次踢入一格，将4格踢完，也是一只脚离地，用另一只脚跳着去踢。挨到另一排时，先远后近，反背掷瓦碴儿。掷入后，从起点一格一格地跳到瓦碴儿所在格内，再踢，直至踢完4格。掷瓦碴儿时不能脚踩格线，踩则犯规，取消资格，下次轮到再掷。参加游戏的人多时，如想分班，先喊"喂"，同时每人伸出一个或两个指头，指头相同者为一班。可多喊几次，直到两班人数基本相等为止。分好班后，各抽一人猜拳，赢者先踢。一班人踢完，另一班人再踢。

丢疙瘩。小伙伴们坐在地上，面向内围成一个大圆圈。一个人拿着手巾挽成的疙瘩，在这一圈人背后跑，在其行进过程中，悄悄地把疙瘩丢在某个人的背后。转一圈再到此处，如果没有被此人发现，丢疙瘩的就可上前抓住此人，可按规定罚其唱一首歌，然后二人交换角色，由受罚者拿起疙瘩如法炮制，继续转圈丢。如果疙瘩丢下后，没有等到丢疙瘩者转够一圈，就被某人发现了背后的疙瘩，某人就可立即拿起背后的疙瘩，站起来继续转圈丢，空下的位置就由之前那个丢疙瘩的人来补。整个游戏险情迭起，生动活泼，多人参与，极富情趣。

弹琉璃蛋儿。琉璃蛋儿有单色和彩色的，彩色的琉璃蛋儿晶莹剔透，惹人喜爱。用琉璃蛋儿赌输赢时，参加者拿琉璃蛋儿先朝墙根弹一下，跑得远的琉璃蛋儿可以先弹击跑得近的琉璃蛋儿，弹击到的可以据为己有；如果弹击不到，琉璃蛋儿滚一边去了，则轮到跑得近的琉璃蛋儿的持有人弹击。弹琉璃蛋儿也有一定的技巧，握拳后把琉璃蛋儿放在拇指和食指之间，靠拇指的力量把琉璃蛋儿弹出去，撞向指定的目标，主要靠眼力和弹击时力度的把握。玩琉璃蛋儿的孩子大多随身携带一个小布袋来装琉璃蛋儿，谁的小布袋里装的琉璃蛋儿多，就说明谁的弹技高超或家里条件好（有闲钱买琉璃蛋儿），那个孩子准是一脸的神气。

乒瓦。"二月二，龙抬头。"天气转暖，龙都抬头了，人过罢大年，也要收心操持农活了，这时安排一个简单的小节目作为过渡很有必要。这天主要有三种活动："乒瓦""打囤""吃凉粉"。"乒瓦"主要是孩子们的游戏。二月二这天一大早，孩子们就被大人们叫了起来，用两片瓦相互敲击着，边打边唱："乒，乒瓦喽，蝎子出来没爪喽！"这是对蝎子的诅咒，这小东西毒得很，一旦被它蜇了，疼痛得难以形容。清脆的乒瓦声伴着稚嫩的童声，形成了别有韵味的晨曲。"打囤"就是大人们的项目了。有民谚曰："二月二，龙抬头，小囤满，大囤流。"当天早上，人们在各自的庭院里，在铁锨上放上锅灰，手持锨把，以锨把为半径，以脚跟为圆心，转动身子，让锅灰自然散落，形成一个一个的圆圈。圆圈中心象征性地分别放上麦子、高粱、大豆等不同的粮食，一个个粮囤就形成了。为了企求丰收，农民们就用这种看似儿戏的方式表达心愿。"吃凉粉"可谓家家重视、人人上心。这是因为春节期间好东西吃腻了，再加上天气转暖，就想吃些清淡、凉爽之物换换口味，而凉粉正好具备上述特点，凉调、热炒皆可。一些人正是看中了这一点，每到正月二十以后，就做了凉粉游乡叫卖，生意相当不错。有的说二月二这天吃凉粉是为了防止蝎子蛰。凉粉性凉，清热解毒，即使蝎子蛰了也不会那么疼。光听大人们说蝎子蛰了多么厉害，可我打小就没有见过蝎子，想必蝎子在我们那一带基本上绝迹了。

挤尿床。一群孩子紧挨在谁家的墙壁上，排成一排，做挤尿床的游戏。两边的人往中间挤，中间的人则向两边使劲儿，谁要是经受不住被伙伴们挤出了队列，就是"尿了床"的孩子，少不了要被大家嘲笑一番。他倒也不气馁，提提裤腰，紧紧腰带，吸溜吸溜鼻子，再加入到队伍的两侧，继续用力往中间挤，挤出下一个"尿了床"的。这个游戏简单，不用什么道具，但热闹极了，孩子们常常欢叫着，笑闹着，挤出一身的汗。

打"木尔"。我们所谓的"木尔"是一根20厘米长短、手指头粗细、两头削尖的硬木棍，一般是两个孩子手里各持一根和胳膊一样长短、粗细的打"木尔棍"，站立"木尔"两旁，先由其中的一个孩子击打平放于地上、两头翘翘的"木尔"的一端，"木尔"受到冲击弹跳起来，再迅速地朝飞起来的"木尔"拦腰一棍，那"木尔"就"嗖"的一声飞出好远。由裁判将飞出的"木尔"捡回来，并做上记号；再由第二个孩子如法击打，谁将"木尔"打得最远谁为胜。可赌糖豆、梨膏等小吃食。也可三四个孩子一同参与，输赢规则是相同的。赢家最后总要将"战利品"分一部分给裁判，以感谢他的"英明裁决"和"劳苦功高"。

吹肥皂泡泡。捡一块大人用剩下的肥皂头儿，打一盆清水，用双手在清水中搓揉肥皂头儿，待肥皂头儿融化、水盆中起泡泡时，吹肥皂泡泡的水就制成了。然后，灌进早已备好的空瓶子里，拿起掐好的麦秸条，将麦秸条的一头在瓶子里蘸一蘸，另一头用嘴一吹，阳光之下，美丽的肥皂泡泡就飘逸而出了。掂着瓶子来到大街上，见人就吹出一串串肥皂泡泡，惹得路人驻足观看，心里那份快乐和自豪就甭提了。不大一会儿，大街上就涌现了十几个吹肥皂泡泡的孩子，争先恐后地乱吹一气，满大街都是闪烁着五彩阳光的肥皂泡泡了。

踢毽子。这是女孩子们爱玩的游戏，我们男孩子很少参与。我也曾踢过毽子，还求祖母给我做过一个毽子。祖母做的那个毽子可漂亮啦！铜钱做托，托管上扎了根艳丽的鸡毛，简简单单，毫不张扬，却是我的宝贝。刚开始踢毽子的时候，常常踢不了三四下，毽子便啪地落地，我也气喘、腿酸了。后来，我坚持练，一口气能踢好几十个，还能玩出背后踢毽、接毽的花样。男孩子们当面羞我，叫我"假闺女"，我气恼之下，把毽子送给了妹妹，从此再也不踢毽子了。

玩土泥。孩子们把土堆成堆，用两只脚挡住两侧，然后用手捶打散土，散土很快就成形了，慢慢抽出脚，土的新形象就稳稳地立在那里，土里面是两只逼真生动的脚窝儿。遇到下雨天，就用泥巴捏出小猪、小羊、小狗、小兔。现在才知道这种活动叫土塑，当时什么也不知道，只是觉得好玩。

追野兔。秋收之后，田野一片空旷，我们最喜欢牵狗追野兔了。特别是大雪初霁的日子，野兔的脚印会清晰地留在雪地上，我们顺着脚印牵狗追撵，一般都会有收获。有一次，我家的小黄狗把一只兔子撵得无路可逃，兔子突然折回头，竟然弹跳起一丈多高，等到它落下的时候，正好被我家的狗用嘴接住。

搁方。我们再大一点的时候，也开始学着大人们的样子搁方了。用手指头在地上画出横7道、竖7道的方形棋盘，两人各据一方，用砖头块儿或掰成小段的干树枝，就下起棋来，兵来将挡，水来土掩，冲挡拦截，闪跳腾挪，两人厮杀得天昏地暗、日月无光。

牤牛抵阵。该游戏是8人游戏。将人分为两方，每方4人，强弱搭配。各方由3人抬起1人，抬法是2人在后抬着被抬人的上身，被抬人的双臂抱在左右抬者的肩膀上，前面1人用肩托起被抬人的双腿，双手抱紧，被抬人的脚底朝前，3人一齐用力，拉开距离，向对方撞击，把对方的阵营冲散，或抵倒为胜。有时双方势均力敌，连续撞击数次方分胜负。此游戏供稍大点儿的男孩子在冬闲季节或月夜的打麦场上玩耍取乐，但也有一定的危险性，所以不常玩，以免伤着人。

红薯岁月

在漫长而贫穷的岁月里，产量高的红薯成了乡亲们最好的救命食物。它陪伴乡亲们挣扎在温饱边缘，始终不离不弃，与饥饿和苦难的乡亲们一起作最后的坚守。

每年开春，在风沙、盐碱、内涝肆虐的贫瘠的土地上，乡亲们冒着虚汗，把粪肥运进地里，再均匀地撒开。接下来就是犁地、耙地、起垄、栽秧、浇水、除草、翻藤等干不完的农活。生产队种了大片大片的红薯，很少种其他作物，即使种了，种的面积也很小，因为红薯产量高，又浑身是宝：红薯叶能吃，红薯老梗能当猪、羊、鸡等的饲料，还能烧火做饭。保命要紧啊！"红薯汤，红薯馍，离了红薯不能活。"这句顺口溜，就是那个年代生活的真实写照。

深秋了，下过霜后，红薯叶开始变黑，收获红薯的季节就到了。大人们卷起裤腿，用镰刀割去被严霜打蔫、打湿的藤蔓。他们巴望着地皮被红薯拱裂，他们希望每一抓钩都能刨出光溜溜的大红薯。正如想象的那样，他们举起抓钩照着裂开缝的主根周围锛去，一大串硕大肥实的红薯就被挖了出来。顺着红薯行，一行行地锛下去，半晌工夫，满地都是肥实实的红薯，白皮红皮的都有。锛了大半天，再把红薯拢成堆，远远望去，小山似的，煞是喜人。孩子们喜欢吃刚刨出来的红薯，擦去上面新鲜的泥土，就大口大口地嚼起来，又脆又甜，对于一年到头吃不上什么零食的孩子们来说，这红薯就成了最解馋的东西。红薯一连锛了多日，趁着天气晴好，生产队队长指挥着社员们将红薯分类，一部分藏在生产队的大红薯窖里，留种以待明年秧红薯苗；一部分分给社员养家糊口。而生产队队长和驻队干部在向上级汇报产量时，总是拍着胸脯豪情万丈地宣称："俺们生产队，今年又夺了一个大丰收……"

社员们把分到的红薯秧拉回家，树杈上、墙头上，晒得到处都是。他们把晒干的红薯叶收拾起来，装在袋子里，下面条时这就是珍贵的"蔬菜"。我家分到红薯之后，先逐一挑选，把没有疙痕、划痕、碰痕的进行窖藏，储存在我家院子里那一人多深的地窖里，剩下来的红薯就地切片，这样就少了一遍装车拉运的工序，父亲是为了省力。母亲在地头放一条长凳，将切片的工具——红薯擦子搁在上面。母亲弯腰拿起一块红薯，用手掌按稳，就向红薯擦子推去，唰唰唰，推拉之间，一块红薯便被切成一片片厚度均匀的薄片儿，跌落在长凳下面的篮子或簸箕里。不大会儿，篮子或者簸箕就盛满了。由父亲将湿漉漉、滑溜溜的红薯片儿或扛或端到红薯地旁边那一大块已长出细细麦芽儿的麦田里。这摆放红薯片儿的场地，是父亲早就"侦察"好的。父亲毕竟是读书人出身，干农活没有太大的力气，也就逼着他不得不"取巧"了。我和父亲连同祖母、弟弟、妹妹一起动手摆红薯片儿，一片一片地摆到麦垄上。很快，麦垄上就形成了一条又一条的"白龙阵"。天黑透了，月亮升起来了，我累了，肚子早已咕咕叫，看看母亲，她仍然弓腰在那里推红薯片儿，丝毫没有起身的意思。推红薯片儿也需要一定的技巧：一要稳，二要平，最后是要轻。掌握了这三点，即使黑灯瞎火也不误干活。"最后要轻"说的就是，一块红薯推到最后，只剩下薄薄的块状时，你就不要再使劲儿推了，你再使劲儿推，有可能把手掌根儿推伤，那红薯擦子上锋利的刀片可不是吃素的。这时候就要轻轻地推，凭感觉推，直至把整块红薯都推成薄片儿为止，用母亲的话说就是："推得干干净净的，一点渣儿不剩。"月亮愈升愈高，我开始在心里诅咒那没完没了的红薯片儿。我幻想着这时候有一个大妖怪，一下子把分的那堆红薯吞光，我也就不再遭罪了。当时我还曾这样想，自己快点长大吧，长大后给家里挣钱，让全家人都吃上大鱼大肉，然后说声："呔，红薯，去你的吧！"母亲仿佛并不知道我的诅咒和心愿，仍在那里不停地推红薯片儿，唰，唰，唰……

经过几天的风吹日晒，摊在麦苗地里的红薯片儿就干了。它们又被我和家人一一捡起来，抬进祖母和大妹住的那间草屋里，用箔囤起来，供一家人慢慢食用。红薯片儿晒在地里时，要是碰上老天突然变脸，乡亲们就会全家出动，争分夺秒地捡，生怕到嘴的红薯片儿遭了雨淋，雨一淋红薯片儿就发霉了，黑火炭儿似的，即使晒干后凑合着吃，也是很难吃的。那一刻，在风雨即将到来之前，整个村庄像炸了锅一样热闹，有人东奔西跑，有人大呼小叫，有人埋怨老天不长眼，有人嘟囔老伴不利索，也有人对前来帮忙的邻居说着感谢的话。

在红薯地没有用耧耩麦种之前，我们扌上篮子，扛着抓钩，争先恐后地来到刚铸过红薯的地里"溜红薯"。"溜红薯"可是一门学问，因为要想在已经收获过的红薯地里找出红薯来，也不是件容易的事。"溜红薯"的诀窍在于掌握一定的技巧，要善于发现线索。看见一片没被翻过的地，就要再仔仔细细地翻一遍。发现一个红薯根，就要穷追不舍，用抓钩使劲地刨，如果这根越来越粗，那希望就越来越大。最后，在地的深处，准有一个大红薯等着你。这块红薯是多么漂亮啊，光溜溜的，泛着诱人的、通红的光泽，就像一个可爱的胖娃娃。刹那间，所有的疲乏都离你而去，你立马就有了成就感和自豪感。看着旁边围拢一圈的小伙伴们投向你的敬佩的目光，你的心里真比喝蜜还要甜！抬头看看天，天是那么蓝；低头看看地，地是那么美丽！

故园梦忆

飘着雪花儿的时候，乡亲们就把装着红薯片儿的布袋扛到生产队的磨坊里，用笨重的石磨把红薯片儿磨成面，做成红薯面窝头，擀成红薯面面条，就这样一天天重复着相同的日子。做红薯面窝头时，如果不放土碱，蒸出来的窝头又甜又黏，不大好吃；若放了土碱，蒸出来的窝头就很好吃，吃起来像猪肝，表面光滑得能当镜子照。有的人家为换换口味，做了油炸红薯片，拔丝红薯，算是特色食品。大部分人家都把红薯打成粉，沉淀以后，红薯里的淀粉既可以做凉粉，又可以做成粉条。我家每年都会沉淀几个"大粉蛋儿"，每个都有百八十斤，这又是一项极其繁重的工作。准备几口大水缸，红薯粉碎后，就一遍一遍地洗搓，尽最大可能地把淀粉"筛"出来；待水缸里的淀粉澄清后，再一盆一盆地从水缸里往外舀水，水舀完后，沉淀在缸底的红薯淀粉就露了出来。将湿漉漉、黏糊糊的它们挖出来，倒进架子上吊好了的几个大白布兜里，控水，晾晒至干，再取下来存放。

下粉条可有意思啦！厨屋里，风箱"呼嗒呼嗒"地响着，灶膛里的劈柴火轰轰地燃烧着，炉膛上面的那口大锅里的水热气腾腾地翻滚着，大锅上面的房梁上吊着一只大瓢，瓢底有几个眼珠大小的窟窿眼。一个精壮汉子，赤裸着上身，把房梁上的大瓢拿下来后，挖一大块稀释的红薯淀粉，用力摔在瓢里，然后一手握着瓢把，一手用力击打那瓢，受了震动的淀粉就慢慢地滑落到热锅里，变成又细又长的粉条。用笊篱将这粉条捞出，整齐地码在那一排悬起来的木格子上，晾干，就变成了我们常见的粉条。粉条晾到木格子上后，由于屋外天气寒冷，一会儿就变成硬邦邦的"铁条"了。冬夜无事，爱拿根粉条在火上烤着玩，一烤，粉条就变粗了，吃起来焦焦的，香香的，很好玩。

夏天天气炎热，全村人都喜欢晌午做"红薯面蝌蚪"吃，既爽口又消暑。前面篇章里已经写过，就不再啰唆了。

写到这里，我忽然想起了童年时祖母教我的一首顺口溜——《说瞎话》："说瞎话，说瞎话，锅台上种了二亩半西瓜，仨月大的小孩去偷瓜，瞎子看见了，聋子听见了，哑巴一喊，瘸子就撵……"当时觉得很奇怪，瞎子怎么能看见？聋子怎么能听见？哑巴怎么喊？瘸子撵得上吗？祖母说："这就叫睁着眼睛说瞎话。"眼前浮现出生产队队长和驻队干部拍着胸脯向上级报"丰收"的情景。

与布有关的

　　每年春节前，生产队总要根据各家人口多少发给一沓花花绿绿的布票，指头长短、二指宽窄，布票的单位一般有1寸、2寸、半尺、1尺、2尺、5尺、10尺等。人们拿着这些布票，可以到供销社购买洋布，为过年赶制新衣。布票是商品短缺形势下的产物，是国家对布匹购销实行统一管理及保证布匹按计划供应所采取的一项措施，它只允许各家各户使用，不允许买卖。

　　我家也发了布票，母亲神情庄重地把布票用牛皮纸裹了一层又一层，神秘兮兮地藏在一个无人知晓的地方。我们一家老小的铺盖、衣着光靠发的这一点儿布票是远远不够的，母亲和祖母一年四季都在为穿戴用度而苦苦奋斗着。

　　我家有一辆手摇纺车。无数个夜晚，在一盏煤油灯微弱的光亮的映照下，母亲和祖母轮流纺线。她们盘腿坐在麦秸秆编织的席片儿上，摇动纺车，"嗡嗡嗡"的声音伴我入眠。

　　纺线前需要先搓"花布绩儿"，这是纺织的第一道工序。用高粱秆儿把轧好摊在平地塑料布上的棉花一层层揭开，卷入高粱秆儿搓成一个捻子，抽出高粱秆儿就成了"花布绩儿"。

　　把"花布绩儿"纺成棉线，需要使用纺车。纺车为木制，车身长约3尺，左边是锭子，右边是车轮和纺线时手握的车拐手。车轮则是8根2尺长、2寸宽的木板当中凿眼，分成两组，每组4根相互交叉；两组中间隔开，用木轴穿起，再用麻绳盘在每块板的顶部均匀撑满，成车轮状，上面用由几股麻绳搓成的纺线弦和锭子接合成一个整体。纺线时，纺线人坐在纺车前，左手捏"花布绩儿"，右手摇动纺车，纺线弦牵动锭子转动；左手的拇指和食指轻轻举起"花布绩儿"向后斜上方抽，右手均匀地摇动纺车拐手，细细的棉线就像蚕吐丝一样越抽越长，抽出的棉线一圈圈缠在锭子上；锭子上端穿了一个圆葫芦片儿，防止穗儿脱落。手里的"花布绩儿"一点点变短，再续上一个新的"花布绩儿"，纺车锭子上的棉线一点点变大，变成了"纺锤儿"。最后把锭子上的锥形线穗慢慢卸下放好备用，再纺新的线穗。如此循环往复，直到大笸箩里堆成小山状的白生生、胖乎乎的线穗，母亲和祖母便张罗着织布了。

　　织布前还有这几道工序：拐线。左手拿上穿线穗的线柱，右手执拐子中柱正中，来回拐动缠绕，把线一圈圈缠于拐子上。浆线。将面稀释形成浆水，洗揉已拐好的线以增强线的韧性，使之便于梳理。经线。两排缠满棉线的络子齐整整地摆在院子里，络子上面搭了经线的架子，母亲、祖母和村里的几个手脚麻利的妇女，来来往往，前后反复穿梭。有句俗语"忙得跟经线似的"，即是来源于此。纬线。把筷子粗细的竹竿截成四五寸长的小棍儿，简称筒儿。将筒儿套锭子尖上，摇转纺车，穗线直接缠绕在筒儿上，绕成梭状，放入篮中，织布时随时使用。一切准备就绪，就可以开始织布了。

织布就是将经好的线上织布机织成布。织布时，织者左右腿交替踏动踏板，使两筌一起一落，换绞。手推梭板，沿杼抛过梭子，梭子里的纬线插入绞中，再扳回杼板，踏动踏板，使两缯交替换纹，一根根纬线织进经线里，织五六寸，放一次线。母亲端坐在织布机上，手中的梭子如鱼般在绞中来回穿行，织布机有节奏地发出声响，机上的布匹在一丝一缕地增长。母亲的美好年华被织成了一匹匹的棉布，做成床单、被面，做成衣服、鞋子，用在我们一家人的日常生活里，用在了贫苦岁月中。

母亲每年都要做20多双鞋子。做鞋是从抹葛褙开始的。找来一张大桌子，拎出一筐子平时积攒和找来的大大小小的碎布块儿，把碎布块儿一块块拼凑在桌子上，用早已打好的一大盆红薯面糨糊抹上去，抹完一层，再铺上一层碎布，总共抹了7层。抹好后，在太阳地儿里晒干。揭葛褙的声音特别好听，先小心地揭开一个角，接着"刺啦——刺啦——"一鼓作气把整张揭下来，听着像是撕布的声音，让人心里颇为痛快。有了葛褙，就要剪裁鞋底了。大人的鞋底比着旧鞋样儿剪裁就是了，而我们的脚年年会长，母亲便叫我们脱了鞋，光着脚在一张白纸上画样儿，然后再根据样儿剪葛褙。鞋底样儿有了，就开始纳鞋底。针线在这些鞋底毛坯上来来回回地穿梭，细针密线地缝制，这样纳出的鞋底才结实耐磨。母亲白天忙，这些活儿大多要在晚上昏暗的煤油灯下完成。母亲纳成一双鞋底，需要用两三个晚上。鞋底纳好，做鞋面的新布也买好了。用得最多的是黑布，几寸白布给我们的鞋沿鞋口，几寸红绒布是给妹妹的鞋沿鞋口。鞋面布根据脚的大小、胖瘦裁剪成鞋帮后，心灵手巧的母亲，总要在妹妹的鞋面布上绣一朵红艳艳的牡丹花或一对展翅欲飞的花蝴蝶，要么就是红梅花枝上站两只张嘴欢鸣的喜鹊。最后将鞋底和鞋帮用针线连在一起，一双新鞋就算做成了。做成一双鞋，要耗费母亲多少心血啊！看似普普通通的一双鞋，饱含着母亲对我们的爱和呵护。可当时的我们，并没有想这么多！等到我们想这么多的时候，我那亲亲的母亲已离开我们远去了。

232

三种老物件

蒲扇

夏季酷热难耐，伴随我度过难熬盛夏的，是那朴实无华的蒲扇。多少个夏夜，我和妹妹、弟弟躺在院子里的凉席上纳凉，在祖母摇动扇子带来的凉风中，听着祖母说曲儿、唱民谣和猜谜语，望着天上的星星，渐渐进入梦乡。蒲扇，轻便风大，价格低廉，乡亲们都喜欢它。我家就有好几把蒲扇，为经久耐用，祖母用白布一一为它们镶了边，后来那白布就变成灰白的了。夏天，家里来了客人，便赶忙递上一把。客人一边扇着扇子，一边与祖母说话。一扇在手，颇有古典韵味，暑热渐退，心也就平静下来。秋天，将蒲扇洗刷干净，仔细收藏，以备来年再用。

祖母坐在枣树下，慢悠悠地摇着蒲扇，我们兄妹环绕在她的身边。记得祖母当年最常给我们兄妹说的曲儿是《小老鼠上灯台》："小老鼠，上灯台，偷油吃，下不来。

哭着闹着叫奶奶，奶奶赶集没回来。小老鼠急得直挠腮，急中生智把头拍。卷成小球滚下来，摇摇晃晃逃得快。"祖母说的曲儿还有"帽子歪着戴，娶的媳妇坏；穿衣不扣扣，娶的媳妇丑；鞋子跐着穿，娶的媳妇贪"。还有一个曲儿也挺有意思，叫《小白鸡儿》："小白鸡儿，刨墙根儿，刨出一把落花生儿，不叫奶奶吃，奶奶骂它个小龟孙儿。"这个曲儿我一听就记住了，我暗自想，小白鸡儿怎么那么不懂事呢？刨出的花生咋能不让奶奶吃呢？祖母唱的民谣是《娶了媳妇忘了娘》："小老鸹，尾巴长，娶了媳妇忘了娘。将娘丢到野地里，把媳妇背到床头上。关上门，堵上窗，刺溜刺溜喝面汤。"祖母看我们瞌睡了，就说："我给你们出个谜语吧，看谁先猜着？这谜语是：'千层裤子千层被，黑衣小孩被里睡。红衣小孩来叫门，蹬破裤子踢烂被。'"话音未落，我就抢着答道："鞭炮！"因为这谜语祖母说过无数遍，我都会背了。祖母听了，便呵呵笑了。我接着说："奶奶，让我给你说个谜语吧，你不一定能猜得到。'小小诸葛亮，稳坐中军帐。布下八卦阵，专捉飞来将。'您猜？"这谜语也是祖母教我的，可祖母想了好一会儿还是猜不出来，一会儿说是这，一会儿说是那，我实在憋不住了，就大声地说出了谜底："是蜘蛛！"滴答，一滴露水从头顶的枣树叶儿上滴落下来，正巧落在我仰起的小脸上，冰凉冰凉的。

竹壳暖瓶

说不清是哪一年买来的，从我记事起我就知道家里有一个竹壳暖瓶。

每天早晨，祖母起床后的第一件事，便是在铁锅里烧一些开水，灌满竹壳暖瓶。如果暖瓶里有剩水的话，必然要倒掉或用来洗碗刷盆。我打小就养成了喝开水的习惯，很少喝凉水。这在那个贫穷而特殊的年代里，也是少有的。

竹壳暖瓶对我们一家人的身体健康是有功的，同时，也给我家赢来了好名声。譬如，媒人领着女方的家人来村里哪家相亲，我家那个竹壳暖瓶就会早早被借走。"他婶子，媒人给咱家二娃子说了个媒，人家女方今天来家相亲，快借那只暖瓶给俺用用！""四奶奶，快把那只暖瓶借给俺用一天，今天闺女回门，让俺也排场排场！"祖母是有求必应的，但每次外借时总要叮嘱："千万要小心，别碰打啦！"公社干部来村里检查工作，生产队队长也总是把竹壳暖瓶借到生产队队屋里去，他底气十足地说："他公社干部咋啦？他们也不一定能用上竹壳暖瓶！"庄户人家的东西都是非常珍贵的，你去谁家借东西，说不定就得吃"闭门羹"，有的宁愿得罪人也不往外借。"瞧瞧，瞧瞧，借他家一把锄头也不借给，留着能生一个新的？你看人家四奶奶，借那么珍贵的竹壳暖瓶，人家脸儿也不寒一下，立马就借给你啦！啧啧……"竹壳暖瓶在乡亲们之间游走

235

着，到后来已是油光发亮，提手几乎脱落，后来用铁丝缠绕着，保温效果也大不如从前了。更要命的是竹壳变了形随时可能要倾倒，只能歪歪斜斜地靠墙立着，像一位年迈的老人。但来我家借它的人仍然不断，我倒是内心里可怜起竹壳暖瓶来了。

锃亮的锄头

父亲对其他农具感情不深，唯独对锄头情有独钟。

春夏秋三季，父亲下工回来，一边打磨他的锄头，一边教我背诵唐代诗人李绅的诗作《悯农》：

其一
春种一粒粟，秋收万颗子。
四海无闲田，农夫犹饿死。

其二
锄禾日当午，汗滴禾下土。
谁知盘中餐，粒粒皆辛苦。

父亲把锄头打磨得锃光瓦亮，仍不歇手。我说："大，好啦，亮得晃眼，您还打磨它干啥？"父亲这才嘿嘿一笑，住了手。

故园梦忆

父亲的那把锄头用久了，只剩下半拉子锄头，就领着我到葡萄架集上的打铁铺重新锻打锄头。正是暑天，打铁铺里热气腾腾，铁匠们光着膀子，抡着大锤，火花四溅，场面惊人。那些废铁，在炭火的熔炼下，化为和晚霞一样颜色的铁水，铁匠们按照模具制成锄头。父亲的那把半拉子锄头，经过铁匠的锻造和改制，又成了一把崭新的锄头，锄刀的刃口呈月牙儿状，仿佛正对着喜爱它的父亲憨笑。父亲只要闲下来，就用砂布擦拭那把锄头，这是他最好的休息方式。他要把岁月形成的锈痕斑点一点点地拭去，他要让他的锄头永远保持锃亮，因为锄头的锃亮里饱含着他对美好生活的期望……

许多年后，我家盖了新瓦房，安装了吊扇，我家承包的责任田也转包给别人家种了。蒲扇、竹壳暖瓶也不知道丢到哪里去了，只有那把锄头仍被父亲打磨得很干净，涂上食用油，挂在新房内的西墙上。后来，父亲不在了，老屋也没人住了，父亲的那把爱护了一辈子、几经淬火锻制的锄头也不见了。我回到老屋，问了问跟来的几位邻居，没有一个人知道锄头的去向，他们反倒奇怪我为什么这么惦记一把破锄头。

乡愁乱炖

桃花雪

雪花年年有，桃花年年开。可是，盛开的桃花恰巧遇上雪花纷飞的时候却不多见。我小时候曾在老家的桃园里遇见过一次，至今记忆犹新。我们那里把桃花盛开时下的雪称为桃花雪。

桃花开的时候，春天才真正到来。我和小伙伴们流连在桃园里，看桃花开落。起风了，风很小，似乎只有桃花知道。但我却清楚地看见头顶的花枝在轻轻颤动，一个花苞在细碎的颤动中舒展开来，开成了一朵花。然后，一朵又一朵，花儿们像受了感染，一枝又一枝，热热闹闹地绽放了。仿佛一晌之间，满园的桃花都开了，开得红红火火，一朵朵，一枝枝，一树树，连成一片花的海洋，染红了村庄，烧红了天空，惹得好多村庄的人都来观看。

这天上午，天出奇地冷。下午，竟零零星星滴起雨来，没几分钟就变成了雪，先是羞羞怯怯，飘飘悠悠，渐渐就不再扭捏，给大地铺了一层薄薄的白，脚踏上去，便出现个黑印儿，柔柔弱弱的让人怜惜。那桃花倒更娇更艳了，任凭雪花亲昵、拥吻，与雪花融为一团，难分难解，让行人、飞鸟眼花缭乱，分不清哪是桃花哪是雪花。雪越下越大，搓棉扯絮一样，漫天飞舞。但毕竟气温回暖了，飘荡下来的雪很快就融化了，融入大地，湿漉漉的，也甚是好看。雪下到薄暮时分，就住了，而桃花愈发鲜艳。

我们在桃园玩的时候，会不经意地发现一株刚长出几片叶子的嫩嫩的桃树苗，那大抵是小伙伴们头年夏天在此玩时顺嘴吐下的桃核长成的。于是我们就把桃树苗连同根部的一捧原土一并掘起，兴致勃勃地带回家，在院里找个地方栽下，浇水施肥，培土捉虫，桃树苗就成活了。一年齐腰高，二年与肩平，三年一过便可结出毛桃。

我国是桃的故乡，尤以华北、华东和西北地区栽培最多。古老的《诗经》中就已经有赞美桃的诗歌："桃之夭夭，灼灼其华。"农历五月，老家桃园里的桃就下来了，俗称"五月鲜桃"，它有三等不同的熟度：熟透的桃晶莹端庄，拇指轻轻一捻，皮儿就褪下来了，桃汁流出来，蜜蜜的粘手，吮一口，甜到心窝，沁人心脾；将熟的桃模样最好，淡黄带青，向阳的一面，微染红色，桃嘴处红如胭脂，味道和熟透的差不多，只是汁水少些；青桃褪不下皮儿，味微酸，但清脆爽口，有人专贪这口。

红高粱

高粱在我们那地方叫秫秫，很少有人叫它高粱。

高粱是秋作物，麦收之后，社员们用架子车往田里运粪、撒粪、犁麦茬、耙地、平地。一切准备就绪，就开始耩高粱、大豆、绿豆、芝麻，点种花生，栽种麦茬红薯。这个季节天气酷热，雨水也多，地里湿漉漉、黏糊糊的，因此社员们都是光着脚下地栽种红薯秧儿。

高粱出苗后，地里满眼青绿，煞是喜人。社员们头顶着火辣辣的毒日头在田里间苗、锄草。阳光下，人们一个个挥汗如雨，浑身水洗似的。父亲干农活不在行，又是近视眼，加之又被晒得头晕眼花，眼眶里浸着又苦又涩又咸的汗水，擦也擦不完，刺得眼生疼，睁不开，只好眯缝着眼锄地，一不小心就把高粱当草给锄掉了，为此挨了队长好几回批。

高粱锄三遍草后就长到了没膝深，基本上不用管理了。这时节，高粱生长得特别快，田间绿浪翻滚，碧波万顷，夜深人静时，能清晰地听到高粱拔节儿的"啪啪"声。

中秋来临，高粱就"晒红米"了。一棵棵高粱挺着穿着绿军装的粗壮的腰杆，使劲儿抬起硕大的脑袋，仰着红脸膛望着太阳。而那些不出穗子的"哑巴秫秫"，都被大家伙儿干活时拔出来当甘蔗吃掉了。

深秋时节，高粱要收获了。社员们带着镢头下地砍高粱。砍高粱可是个技术活儿，先扎个马步站稳脚跟，然后左手一扒把高粱棵子牢牢夹在腋下，右手扬起镢头照准高粱根的上部用力砍下去，"咔嚓"一声就撂倒一棵。活儿熟练了一会儿就砍倒一大片，活儿不熟练说不准就砍到了脚，给人留下终生的纪念。每年砍高粱的时候，祖母总是对父亲千叮咛万嘱咐，母亲也总为父亲捏一把汗。父亲将祖母的话记到了心上，虽然干活慢些但也没有出现过差池。

高粱浑身是宝。高粱米磨成面后，捏窝头、贴锅饼、擀杂面条都是很香甜的。高粱叶子铡碎喂牲口，高粱秆烧锅做饭，高粱篾子织席，去籽的高粱穗可制笤帚和炊帚，高粱莛子可编馍筐、纳锅拍、扎蒸馍箅子和蝈子笼儿。

椿树王

我们那里把椿树分为两种。叶嫩时有一种特殊的香味，香甘可食，故称"香椿"。香椿又分为两类：小小叶片顶尖和边缘泛红色，有亮光，香味浓些的叫"红香椿"；叶片纯青，香味清淡些的叫"青香椿"，二者生吃、炒吃均佳。"雨前香椿嫩如丝"，香椿最好在谷雨之前食用。此外还有一种椿树，因其花和叶略有一股异味，老百姓都叫它臭椿。乡亲们没有那么势利，不论是香椿还是臭椿，村里都有好多人在自家院里栽种。

臭椿的雅名叫樗，每年农历五月，臭椿就开满了淡绿色的花儿。小巧的花朵点缀在翠绿的枝叶间，细小而稠密，一嘟噜一嘟噜的，开得热烈奔放，仿佛春夏之际迷人而温暖的阳光，乡亲们称之为"椿盘儿"。这些"椿盘儿"，散发出一种淡淡的涩涩的味道，弥漫了整个村落，酷似乡亲们清贫而苦涩的生活。

臭椿的花期很短，没有几天，那些稠密的花朵便开始簌簌下落，如同淡绿色的缤纷的雪花，地上便铺起一层薄薄的落英。踩在上面，软软绵绵的，粘一鞋底的绿泥。花落后，树上结出椿籽，为繁衍后代做好了准备。

臭椿上好有一种会飞的青黑色虫子，指甲般大小，状如水龟，大人们都叫它椿象。那么一点点儿，咋能称象呢？它的体后有臭腺，遇敌时放出臭气，我们叫它"放屁虫"或"臭屁虫"。该树树身上还分泌一种黏黏胶，每年冬天，大人们好吩咐小孩子们拿一个碗片儿，把树缝里晶体状的胶刮下来，拿回家里，只要把椿胶在火上稍微一烘，它就像面团一样软，揪一点儿抹进冻裂的伤口，不知不觉间，裂口就会慢慢长好。

臭椿木质疏松，大人们叫它"不中用树"，实在是委屈它了。我长大之后才知道它是优质的造纸用料，又可制作胶合板，而且生长极快，10年即可成材。我还知道香椿树木质坚硬、红褐色、花纹细美、有光泽、富弹性，又耐水湿，是建筑、造船、架桥、制作家具和装饰的上等材料，在国际上享有极高的声誉，其中红椿树被称为"中国的桃花心木"。

臭椿在民间还被称为"百树之王"。传说，这里有个冤屈的故事。椿树王是汉光武帝刘秀错封的。西汉末年，王莽篡权，刘秀起兵征讨。有一次，刘秀战败逃走，跑了几天几夜，好不容易逃出追兵的视线，感觉又热又饿又累。此时已近中午，只见路边有一片坟地，地里长着一株高大的桑树，桑树上挂着一串串紫红的桑葚。刘秀没见过这种树，也不知道桑葚可以吃，就试着摘下一颗塞进了嘴里，呷嘴咀嚼，满嘴都是鲜红的汁水，又香又甜又解渴。于是刘秀大把大把地吃了起来。吃饱之后觉得有些困，就躺在桑树下睡着了。睡着睡着，刘秀突然感觉脖子里一阵疼痛，惊醒了。刘秀伸手一拨拉，一个虫子掉在了地上。他定睛一看，是蝼蛄。刘秀大怒，伸手把蝼蛄提起来，一手捏头，一手捏肚子，两手一拽，蝼蛄就身首异处了。恰好此时，刘秀听见远处传来马蹄声，原来是追兵来了。刘秀这时才恍然大悟：原来蝼蛄是在提醒自己追兵来了，我竟"恩将仇报"。刘秀非常后悔，赶忙从桑树上折下一根桑针，把蝼蛄的脑袋和身子往两头一插，蝼蛄的脑袋和身子又合二为一了。刘秀说："对不起啊，恩人！如果苍天有眼，你会活过来的！"说来也怪，蝼蛄竟真的爬走了。所以至今蝼蛄的头和身子中间都还有一根桑针状的东西。刘秀谢过了蝼蛄，且没忘记桑树，他急匆匆地向桑树鞠了一躬，

243

说："日后我若成功，必定报答你的大恩大德！"然后刘秀急急忙忙地逃跑了，而且成功脱险，后来当上了皇帝。刘秀称帝后，没有忘记桑树的救命之恩，却不知道那树的名字，于是就去找。找来找去，觉得臭椿的叶子跟自己的救命恩人桑树颇像，就下了一道圣旨，封臭椿为树中之王，世代接受百姓的香火供奉。臭椿可乐坏了，憋着憋着一声大笑，笑出了两串鼻涕，时至今日我们见到的臭椿树身上老是往外流黏液。桑树听说了，非常生气，结果把腰都气扭了。至今桑树没有直的，都长得弯弯曲曲。枣树听说了，笑话桑树白忙活一场，把嘴脸都笑裂了，至今树皮都是裂着一道道的。臭椿成了百树之王后还挺有灵气呢。有些大人要是嫌自家孩子长得矮，就会在除夕之夜，让孩子抱住臭椿转圈，边转边念："椿树王，椿树王，你发粗，我长长。你长粗了当梁檩，我长长了换衣裳。"稚嫩的童音，在夜空中久久回荡……

244

再烩乡愁

绿豆芽

绿豆，多清凉的名字啊！夏天一想到它，热就少了一半，暑气就消了一半。它不仅有消暑解渴的凉爽，还有清热解毒的功效。千百年来，在烈日炎炎的夏天，无论是平民百姓或是达官显贵都很喜欢它，都离不开它。绿豆，因颜色青绿而得名。颗粒较小，价格不贵。盛夏，人们从酷热的田间拖着疲惫的身躯走回家，一连喝上三大碗已经放凉了的绿豆水或绿豆粥，心火就消了大半，连呼"爽快"。夏日里，母亲总会从家里积攒不多的绿豆袋子里抓出几把绿豆，煮一锅稀稀的绿豆汤给我们喝，一碗下肚，倍感清凉。

有绿豆才能有绿豆芽。绿豆芽虽是寻常之物，却颇让祖母喜爱。为了能让我们也吃上绿豆芽，祖母开始长绿豆芽。问她跟谁学的，她说在娘家当姑娘时，就跟你太姥姥学会了，只是这许多年来都没有做过，这次试一试能不能成功。她捧了一捧绿豆，注入清水，泡在一个大红瓦盆里，每天换两次水，这样一连换了七八天水，绿豆竟然真长出了五六寸长的细芽，白生生的，水灵灵的，一看就喜欢人。祖母亲自下厨，用晶莹如玉的绿豆芽做料，花椒、棉籽油、红薯醋、细盐辅佐，炒出了一道菜，名曰清炒绿豆芽。她说，常吃绿豆芽可清热祛火、消暑度夏。一连几天，我家顿顿都能吃上绿豆芽，而且花样不断翻新。用旺火清炒，食之脆嫩，若稍微加点醋，则增添酸香之美，食之更加开胃；配青、红辣椒丝同炒，其色素雅，其味清香之中带微辣味儿，令人食量加大。

246

紫茄子

我小时候不大爱吃熟的茄子，尽管那时只有生产队分茄子时才能吃到熟茄子，但我却喜欢吃嫩生生的小茄纽儿，这可是不容易吃到的。唯一的办法就是去生产队的菜园里偷。看菜园的张耷拉很认真，他日夜守在菜园里不回家。按族里辈分他应该呼我为"叔"，但他似乎不讲究这些，对我和小伙伴们都一视同仁。这我也认了，但我发现他对队长的儿子发启就比对我们热情，还往其草篮子里塞茄子，这让我们心生愤慨。我和小伙伴们随时关注着，终于让我们逮到了机会。那天上午，张耷拉离开菜园，去打麦场旁边的厕所解手，我们迅速窜入园中，扭了许多小茄子后便快速撤退。等我们撤到安全的地方后，还未见张耷拉从厕所里出来。我们心里好生奇怪，又等了一阵子，仍然不见张耷拉出来，心里愈发好奇了。最后，我派外号"机灵鬼"的陈连起前去"侦察"。陈连起很是"服从命令"，一溜小跑着去了。他奔到厕所门口，咳嗽两声，佯装解手就走了进去，见张耷拉蹲在里面正拉稀呢。陈连起尿了一泡，便赶忙跑出了厕所。他见了我们，拍着巴掌，笑得前仰后合，在我们的一再追问下，他才好不容易止住了笑。他蹲下来，学张耷拉拉稀的样子，两手握拳，脖子梗着，满脸憋得通红，嘴里哼唧着，把我们都逗笑了。笑够了，我们就舒舒服服地坐在田埂上，分享"战利品"——茄子。

我们将小茄子往衣袖上蹭了蹭，张嘴就咬了一口，茄子上留下了几个牙印儿。茄子里面是白白的肉，还有星星点点的浅紫色的籽儿，好吃极了。俗语道："六月茄子，赛过猪肝。"《本草纲目》中说茄子"甘、微寒、无毒"。夏天气温高，人易上火，吃性寒的茄子正好能清虚火。这是我长大之后才知道的，当时的我们谁知道这些呀。即使知道了，谁又管那么多呢！祖母说："立夏栽茄子，立秋吃茄子。"形象地表述了茄子的生长属性。祖母还说："茄子不开虚花，好孩子不讲假话。"祖母告诫我们："为人要诚实，要像茄子一样，开花就结果，一是一，二是二，不能骗人，这样才是好孩子。"我们听了，都纷纷点头，决心要像茄子那样，做一个诚实的好孩子。

荠菜

春寒料峭时，我们扣个小篮，掂把小铲，结伴到田里剜荠菜。荠菜不畏严寒，地不分南北，土不分贫瘠，田间地头、沟渠河畔、旮旮旯旯，凡是有土的地方，就有它的踪影。它或藏匿于草丛，或生长于田埂。早春时它略现青色，其貌不扬，很容易被人忽视。但孩子们眼睛特别尖，都是发现荠菜的高手，那在草丛中摊贴于地、叶子像分裂的羽毛的，一准就是它。麦苗返青时，荠菜也跟着返青，这时候的荠菜青翠碧绿，有巴掌大小，剜出来沉甸甸的，包饺子、包包子、做馄饨、下面条、做咸汤时最为鲜嫩好吃。

暮春初夏时分，荠菜老了，菜心正中长出了长长的茎叶，茎叶顶端冒出朵朵素朴的小白花，随风摇曳，婀娜多姿。生长繁茂的地方，远远望去，恰似一片白色的小星星，流动闪耀在绿色的田野上。小白花下面的茎上，左右前后各伸出一个个小小的三角形的小包，剥开一看，里边挤满了比米粒儿还要小得多的籽。

长大之后，我才知道我国食用荠菜由来已久。《诗经·谷风》便有"谁谓荼苦，其甘如荠"。宋时东京，人们在立春之后、谷雨之前，常采撷荠菜为馅做春饼。当时的大诗人苏轼称荠菜为"天然之珍，虽小甘于五味，而有味外之美"，为尝荠之鲜美，他常"时绕麦田求野荠"。南宋辛弃疾在《鹧鸪天·代人赋》中写道："城中桃李愁风雨，春在溪头荠菜花。"南宋陆游爱荠菜到了"忘归"的地步："日日思归饱蕨薇，春来荠美忽忘归。"明人王磐的《野菜谱》里记录了食荠的人间辛酸史："江荠青青江水绿，江边挑菜女儿哭。爷娘新死兄趁熟，止存我与妹看屋。"荠菜对百姓们来说是春荒时充饥救命之物。清人郑板桥诗云："三春荠菜饶有味，九熟樱桃最有名。清兴不辜诸酒伴，令人忘却异乡情。"

荠菜，让我和小伙伴陶醉于大自然，给我们贫乏苍白的童年生活增添了诗情画意。

追忆乡愁

故乡是童年的摇篮，心灵的寓所。岁月不居，春梦留痕。人生最不可背叛的是自己的童年，最不可丢失的是儿时的梦幻。我们不可能再回到童年，但无论你走多远，你都走不出故乡的浩大深远；无论你见过多大的世面，你都泯灭不了童年在你脑海中遗留的印痕。童年时，曾在老家一处土坡上，看到一束芦花，虽不及红叶那样艳丽，也不像金菊那样灿烂，但它有雪花一样的洁白。几十年过去了，它还清晰如昨，摇曳在我的记忆深处。在我贫困、孱弱的童年里，除了疯玩，便是嘴馋。我不知道那时为什么那么馋，那么贪吃，今天想起来似乎有点儿不可思议，但那时候总是巴望着有好吃的。今天这里要谈的，仍然是记忆中的吃食。

脆芹菜

芹菜是人们喜欢吃的再普通不过的家常蔬菜，生产队的菜园里每年总要辟出一块地专门种它，各家各户每年总能分一回两回的芹菜。我们那地方盛产旱芹，其特点是芹菜株高可达1米，茎粗如拇指，脆嫩而无渣丝，叶柄中空，叶片深绿，汁液充分，且有一种特殊的清香味，村人称其为"玻璃脆"。生食脆而爽口，细品香味浓厚；熟食则鲜香兼有，极富营养。

胡萝卜

这是一种时刻弥漫着亲切气息的蔬菜，仿佛是老家东邻那个水灵而清爽的妙龄女孩英娣姐，始终保持着乡野的朴素气质与纯真风情。胡萝卜分下来后，祖母常给我们做胡萝卜片儿粉条咸汤，配以红红的辣椒油及酸甜的红薯醋，吃起来又酸又辣又暖和，真是暖老温贫。有时用胡萝卜丝、粉条为馅做包子，也是十分美味。

面条菜

每年开春去田野里剜野菜，除了荠菜，剜得最多的便是面条菜了。生产队给麦苗浇过返青水后，面条菜得水肥之便，没过几天便长得很旺盛，又肥又大，又鲜又嫩，正是最好吃的时候。吃了一个春天，到了农历三四月间，遗留在田间的面条菜居然长出高高的莛，莛上结满了圆锥形的花蕾，那花蕾十分精巧可爱，像用碧玉精工雕成的一般。又过数日，花蕾的尖头悄悄开出一朵朵水红色的小花。小花虽小，却十分醒目。这时的面条菜像扎着麻花辫儿的小妞儿突然变成窈窕娉婷的大姑娘，让人眼前一亮，心头忽然一阵惊喜。

香牛肉

"耕犁千亩实千箱，力尽筋疲谁复伤？但得众生皆得饱，不辞羸病卧残阳。"近读宋代诗人李纲的诗《病牛》，又想起了生产队饲养院里那头瘦得皮包骨且被卖到"汤锅"的老牛。那头牛实在是太老了，老得都嚼不动草了，社员们早就盼着把老牛宰了，大家伙分肉吃，但生产队队长张老虎仿佛中了邪，在请示了大队支书孙世忠后，便和生产队会计张不理一起将那头老牛卖给了土山寨村雷家"汤锅"。所谓的"汤锅"，就是屠宰场，也就是把失去劳动能力的牲口杀掉煮好卖肉。这头老牛似乎已经有所准备，它好像早就有了预感，虽然卧在牲口厩里，但门外一有什么动静，它就紧张地抬头向外张望，再也不像年轻的时候，无论外面发生了什么事，它都理也不理，只管埋头吃草。这一天终于还是来了，土山寨村雷家的仨人拉着一辆血迹斑斑、血腥味浓郁的架子车来到了饲养院。还没有等他们走进牛屋，我就看见那头老牛在哗哗啦啦地流眼泪，泉涌一般，牛脸上的茸毛湿成了一缕一缕的，很快，泪水就滴湿了它身下的地面。老牛哭了一会儿，知道自己的寿限已到，哞地叫了一声，似在向它的主人——镢头爷告别。镢头爷也哭了，泪水在他脸上留下两道印痕。他走上前来，俯下身去，怜爱地抚了抚老牛的耳朵。"闪开！闪开！"老牛被"汤锅"上的人拉走了，只留下地面上的一片湿印。我向来只知道人会流泪，从来也想不到动物也会流泪，直到看到老牛流泪，我才相信了祖母曾经说的"动物和人一样"，也有喜怒哀乐，也有悲伤和痛苦，只不过它不会说话，或者它说的话我们人类听不懂，才被认为没有情感、懵懂无知。也许人的泪水中，还会有虚伪，而动物的泪水，单纯洁净，所以才让人为之惊愕，才更能震撼人类的灵魂。虽然我们没有能吃上老牛的肉，但我从来没遗憾过。愿老牛的灵魂在天堂安息！

253

女孩子的七夕

　　七夕的由来，是祖母讲给我的。相传牛郎的父母早逝，又常受到嫂子的虐待，分家时，哥嫂只分给牛郎一头老牛，牛郎就与那头老牛相伴过日子。有一天老牛给牛郎出谋划策，要他娶织女为妻。到了那一天，美丽的仙女们果然来到村外的河边洗澡，并在水中嬉戏打闹。这时藏在芦苇棵子里的牛郎跑出来抱走了织女的衣裳。惊慌失措的仙女们急忙上岸，穿上衣裳飞走了，唯独剩下没有衣裳穿的织女。在牛郎的恳求下，织女答应做他的妻子。婚后，牛郎和织女男耕女织，相亲相爱，生活得十分幸福，织女还给牛郎生下了一儿一女。后来，老牛将死时，叮嘱牛郎一定要把它的皮留下来，遇到急事危难时披上它可得到帮助。老牛死后，夫妻俩依照老牛的话，忍痛剥下牛皮，把牛埋在了山坡上。

　　织女和牛郎成亲的事被玉皇大帝和王母娘娘知道了，他俩勃然大怒，命令天神下界抓回织女。天神趁牛郎不在家时，抓走了织女。牛郎回家不见织女，急忙披上牛皮，

254

用挑担一前一后担着一双儿女向织女追去。眼看牛郎就要追上被抓的织女，王母娘娘心中一急，慌忙拔下头上的金簪向银河一划，昔日清浅的银河立时变得浊浪滔天，牛郎再也过不去了。从此，牛郎织女只能泪眼盈盈，隔河相望，无法相聚。天长日久，玉皇大帝和王母娘娘也被他俩真挚的爱情打动，动了怜悯之心，准许他们每年的农历七月七相会一次。每逢这天，人间的喜鹊就会飞上天去，在银河上为牛郎织女搭一座鹊桥，让牛郎织女相会。

大人们神秘地告诉我们，如果这天晚上夜深人静时，偷偷藏在葡萄架下或瓜棚豆架下，就能听到牛郎织女在天上说的情话。我和小伙伴们信以为真，屏住呼吸，悄悄躺卧在我家院子的梅豆棚下。碧空如水，新月如眉。不知什么时候竟然进入了梦乡，直到露水将我们"冰"醒，也没听见他夫妻俩说了什么。

第二天，谈起这段经历，孩子们纷纷责怪大人们信口胡诌。大人们听了嘿嘿直笑，笑后解释得更加神奇："昨天夜里没有下雨，说明牛郎织女根本就没有见面，可能是牛郎出差没有赶回来，你们咋能听得到呢？别急，明年吧，明年七夕要是天一落雨，你们就赶紧藏到葡萄藤下或瓜棚豆架下面，说不定……"

在我们那里，七夕是女孩的节日，叫女儿节。因女孩们还要向织女乞巧，人们又叫它乞巧节。

七夕这天晚上，张罗得最卖力的是狼大娘，之所以这

255

样叫她，是因为她的丈夫叫张狼。狼大娘有个女儿叫美兰，美兰有几个女伴儿，分别是素兰、兰枝、小雨、小青，她们是最活跃的。吃过晚饭，她们就喊喊喳喳地聚在狼大娘的院子里，头顶上的月亮明晃晃的，亮得好似白昼一般。在院子中央的光地之上，狼大娘洒过清水，搁张方桌，在方桌上摆上瓜果，让女孩们一个挨一个地在桌前磕头，一边磕头一边口中念念有词："七月七，七月七，俺给姐姐（指织女）送果吃。教俺巧，教俺巧，一辈子不会忘您老。"然后，每人拿出带来的7枚针和五彩线，等狼大娘说一声"开始"，就凑着月光穿起针来。谁穿得最快，谁乞的巧就最多。穿完了针，有的说："急死俺了，看着针眼儿就是穿不进去。"有的说："咳，别说了，针扎住俺的手了，可痛啦，还流血了呢！"嬉闹了好一阵儿，狼大娘走到桌前，看有没有喜蛛结网于瓜果上。一看，竟真的有蜘蛛在瓜果上结网了，这就意味着乞得巧了。她们一个个分站在院子里，静默下来，对着星空，在心中乞求自己婚姻上的巧配，祈祷自己将来的婚姻美满。约略过了一刻钟，她们忽然听见狼大娘叫她们，让她们又一次欢呼起来，她们开始分食桌上摆的水果。夜深了，女孩子们仍然不舍得分开，她们手拉着手，脚步轻盈地走在街上，结伴到村里将要出嫁的姑娘家，去看她的嫁衣。

如果七夕这天正巧下了雨，我们便称之为"相思雨"或"相思泪"，认为牛郎织女相见时因激动而洒下泪水。

有这么多美好的愿望凝结在七月初七，使这个普通的秋夜再也不普通，使这个普通的日子变成了女儿们永难淡忘的日子。

长大后，我知道了更多的关于七夕的信息。根据19世纪以来天文观测的结果，牛郎星离地球16光年，织女星离地球约有26光年，两星之间相距16光年，1光年约为10万亿公里。假使牛郎给织女打个电话，织女要等到16年之后才能听到牛郎的声音。因此他们每年的"七夕相会"，是根本不可能发生的。传说为何要将"七月初七"这一天作为牛郎织女的相会日呢？这是因为古人认为"七"是吉利数字，有圆满的意思。而且"七七"之夜，是月亮接近银河的时候，月光也恰好能照在银河上，更便于人们观星，会看到银河里密密麻麻的星星。而半个月亮的光洒向银河，便成了人们想象中的"鹊桥"。一条横贯南北的白茫茫的银河两边，西岸为织女星，东岸则为牛郎星，牛郎星的旁边又有两颗稍微暗淡的小星星，则被人们想象成牛郎和织女的一双儿女。

古代诗人写过许多诗词咏叹七夕节，如秦观的《鹊桥仙》，富有感情又十分形象地描写了七夕牛郎织女的相会和人间情人难以相聚的心情，流传千古，至今品读不衰："纤云弄巧，飞星传恨，银汉迢迢暗度。金风玉露一相逢，便胜却人间无数。柔情似水，佳期如梦，忍顾鹊桥归路。两情若是久长时，又岂在朝朝暮暮。"

甜水井

老家坝子村早先在黄河故道之北，因地势低洼，易受淹，又多盐碱，井水味道苦涩，难以下咽。1954年春季，全村搬迁于黄河故堤之上，沿堤筑房垒屋，形成了一个东西长南北窄的村落。村庄按照布置共分三排，堤顶上是一排，堤顶往南是一条东西走向的大街，大街之南又是一排，这排院落的南面又有一排。人们在各自的院中盖了房子，但绝大多数都没有院墙分隔。北面一上坡，就是村中心的十字路口，十字路口的东北角，就是生产队的队屋。生产队的队屋坐落在堤顶之上，一个四四方方、空空荡荡的院子。队屋的正对面，隔一条路就是镢头爷的院子，院里孤零零的，只有两间土坯草房子；镢头爷院子的东边，就是本家东海伯的院子，也是孤零零地盖了两间土坯草房子，都没有院墙。迁村之前，生产队举全村之力打了一眼井口圆阔、直径丈余、深约10米、蓝砖砌就的井。井成，乡亲们一尝，水质干净纯洁，水味甘甜清冽，大喜，名曰

"甜水井"。此井就在东海伯院内的西南角。在分院子地时，镢头爷的娘哭着向时任生产队队长的鲁东法哀求说："镢头和东海两人皆无家小，俺和东海的娘岁数都大了，求你给镢头和东海都分到离井最近的地方吧，俺和东海的娘死后，没人照顾他俩，他俩渴了，也好爬到井沿打口水喝……"东海伯的娘也泪涕涟涟，跪地不起，并不停地给鲁东法磕头。按辈分，鲁东法比东海伯的娘晚一辈，该叫东海伯的娘"婶子"；比镢头爷的娘晚两辈，该叫镢头爷的娘"奶奶"。鲁东法被这两个老太婆哭得心软，就答应了，东海伯分到了有井的院子，镢头爷分到了邻井的院子。这些都是听祖母讲的，我打小就没有见过镢头爷的娘和东海伯的娘，她俩早已不在人世。

甜水井打好之后，生产队还在井的周围垒了一个又高又大的井台，这是为了防止屎壳郎推屎蛋掉落井中。当时的屎壳郎特多，有几个流行很广、使用率颇高的歇后语就是专说屎壳郎的："屎壳郎趴面缸里——充白胖小呢！""屎壳郎坐大堂——摆臭架子！"现在屎壳郎不多见了，这种歇后语也没人用了。

每天到甜水井处打水的人络绎不绝，男女老少都有，以早晨和晚间为最，但因泉眼旺，水面始终离井口不足10米。各家各户都备有扁担、水桶和水缸。当时的水桶是木桶，外面用铁箍箍着，又沉又笨。我打10岁起就开始给家里挑水。挑水对孩子们来说，是一种透着危险的磨炼。我第一次把水桶放进黑乎乎的井中时，是胆怯的，水井好似瞪着黑窟窿似的眼睛看着你，令人浑身发毛。为防止水桶与井绳的弯钩脱离，而把水桶掉入井水里，我专门从家里捎来一团细绳子把水桶襻子和井绳弯钩的连接处缠了又缠。然后，我弯着身子，开始摆动井绳，摆动了半天，才听见井里"咕咚"一声，估计是木桶侧翻进水里了。我睁大眼睛一看，井里木桶中的水盛满了，便屏住呼吸，把水桶用力往上拽……

我的个头很小，又很瘦，为了挑水时不让桶挨着地，我把扁担两头的钩绳在扁担上多绕了两圈。挑着水往家走时，肩上仿佛担了两座山般沉重，差点被压趴下；扁担硌得肩膀生疼，疼得我龇牙咧嘴，但仍强忍着；脚步也踉踉跄跄的，桶中水不断溅出来，途中歇了好几次，才终于把水挑到了家，可桶里的水仅剩下小半桶了。

下雨天，戴顶草帽或披着蓑衣挑水，不敢走快，尽量走得四平八稳，怕脚在泥泞的地上打滑。

数九寒天，井台上结了一层冰凌，玻璃一样光滑，上井台时是小心了又小心，真可谓是"战战兢兢、如临深渊"，穿着棉袄、棉裤、棉鞋的人笨得像熊，但是家里需要用水，是不可偷懒耍滑的，只好硬着头皮来挑水。把冻成棍子似的井绳顺入井中，手已冻得生疼，还要拼命地往上拽水桶，脚又站在滑溜溜的冰上，这就有掉进井里的危险，要十二万分小心。大人们的老茧手还好一些，孩子们的小嫩手就够呛了，有的小手冻在了井绳上，好不容易才把手挣脱下来，竟粘掉一层皮，手被冻麻木了，也不知道疼。那年头的雪比现在下得勤，下得大，记得有一年雪没膝盖深，挑水比平时吃力了许多。雪融化后，挑水的路上布满冰疙瘩，尤需格外小心。在结冰的冬天挑水，给我心里投下了生活艰难的阴影，也给我的心灵注入了阳光。我曾主动去给孤寡老人忠奶和镢头爷挑过水，通过给他们挑水，我体味到帮助他人的快乐，小小的一颗心奠定了向善的根基。多年来，村里的乡亲们就靠这口井生活，从井里打上水，挑到家中，倒在水缸里，吃、喝、洗、涮、喂猪、饮羊等。井台上，是村里的信息站和新闻发布处，也是有好感的青年男女喜欢碰头的地方。

夏天，水井旁十分热闹。孩子们玩累了口渴时，就到井沿讨瓢刚打上来的水，咕咚咕咚饮上一瓢，井水又凉又甜，分外消暑解渴。吃过午饭的人，也喜欢挟张凉席、摇把蒲扇到井台附近纳凉，头顶是浓密的泡桐树叶，旁边的水井冒上丝丝凉气，着实是个纳凉的好地方。村里谁家办红白喜事，杀了猪或宰了羊，或在集市上割了块肉，不像现在有冰箱方便存放，就找一把铁钩子或一只箩筐将肉钩起或装进箩筐里，吊在水井里保鲜，肉离水面约二尺高时，把绳子的另一头捆在泡桐树上，这样"冰"的肉第二天用时一点儿也不变味儿。谁家买了西瓜，也是用箩筐吊在水井里"冰"上一两个小时，然后才抱回家吃，那瓜吃时透心儿凉，沁心儿甜，可说是真正的"冰镇西瓜"，而且吃后不伤胃，比如今在冰箱里冰镇的西瓜不知要好多少倍。

井台旁，还有个特别热闹的日子，那就是每年正月十五的晚上。你看吧，村中各家各户都要派人来井台上敬灯盏。那灯盏各式各样，有圆的，有方的，有面蒸的，有胡萝卜刻的，有白萝卜刻的，大小不一。灯盏的上面都留个小窝窝儿，窝窝儿里注了棉籽油，插着一根灯草，闪着一个小火苗，红红的，亮亮的，非常温馨好看。井台上摆满了一排排的灯盏，灯盏的光亮汇集在一起，成了明晃晃的一片，映红了站立在井台旁拉呱的男女老少的脸庞。围观的孩子们似一群归巢啼叫的麻雀，叽叽喳喳叫个不停。若送灯盏的人是个急性子，等不到灯盏熄灭，就溜回家了。所以每年正月十五的深夜，总有会过日子的人扪个篮子蹲守在井台旁，能捡上大半篮子胡萝卜或白萝卜做的灯盏，回家自食或喂猪喂羊。讲究的人家蒸了面灯盏送来，面是指杂面或豆面，蒸的灯盏黑黑黄黄的，但也不舍得丢掉，要等灯盏熄灭后再捡起拿走，有的人还边吃灯盏边往家走。

水井本来并无诗情画意，只因与人类生活息息相关并且代代相传，似乎便有了几分灵气，谁家正月十五晚上不给"井王爷"送灯是要忐忑不安的。所以，无论贫富都要来敬灯盏。这眼全村人共用的水井，在村人眼里很神圣，是绝不允许亵渎的。"井王爷"似乎也很够意思，井水总是很甘甜。

后来，队长东法伯到公社砖瓦窑厂当厂长了，当生产队会计的我父亲到大队诊所当赤脚医生了，村民张老虎接替东法伯当了队长，村民张不理接替我父亲当了会计。再后来东海伯去世了，东法伯的二儿子鲁二江就住进了东海伯的院子里，因为生产队把这个院子作为宅基地分给了鲁二江。鲁二江在这个院子里盖了新房，拉土填了水井，垫高了院内的地基，然后娶妻生子。村里家家户户都打了拉井，参加工作的我给镢头爷也打了一口拉井，水皆咸苦，但谁也不愿再挑水了。去年，村里用上了自来水。而今在俺村里，扁担、水桶、水缸已很少见。

水井，一道消失的乡村风景。

水井，一道消失的人类文明。

发明火是人类的进步，而发明井甚或比发明火更伟大，它使人类远离江河湖泊而能得以繁衍发展和不断壮大。

让人怀念的水井啊，我向您致敬并深深地鞠躬！

麦见麦，八个月

"夜来南风起，小麦覆陇黄。"这是父亲教我的唐朝诗人白居易《观刈麦》中的名句，至今读来仍感十分亲切。"麦见麦，八个月。"俗语道出了麦子的生长周期，在我的记忆里，小麦的种植与收获是所有庄稼中最为漫长也是最为艰辛的。

还在头年秋天，南飞的大雁嘎嘎叫着掠过村庄时，社员们便在刚刚收割过秋庄稼的田地里忙碌起来。拉粪、撒粪、犁地、耙地、打"麦田圪棱"（即田地间的间隔——田畦）、给小麦拌种、摇耧播种。如果此时能下一场透雨，那是颇受社员们欢迎的。俗话说："麦怕胎里旱，人怕老来贫。"下了雨，虽然增加了播种的难度，地里又潮又湿，不好下种，但社员们的心里是欢喜的，因为播下麦种的成活率有了保障。麦子的生命力非常顽强，寒冷萧索的季节里，即使不下一滴雨，它们也能从干裂的土块里探出头来，亮起星星点点的绿，伸展出细嫩的叶片儿来，迎着寒风，顶着严霜，不折不挠地生长起来。孩子们披着棉袄到村外的麦田地头上"视察"，看着那柔弱而碧绿的麦苗芽儿，心里竟生出一种心疼的感觉。当时想不起来如何形容自己的心情，那实际上是一种"怜惜"。然而，更大的寒冷袭击过来了，又有凛冽的寒风裹着洁白的雪花呼啸而来，雪花漫天旋舞，一夜之间就把整个大地覆盖了。大雪，给麦子盖上了越冬的棉被，麦苗猫在里边，舒舒服服地过冬呢。社员们一个个喜出望外，嘴里哼着我父亲编的顺口溜："瑞雪兆丰年，省力又省钱。麦盖三层被，枕着馒头睡。"如若不下雪，"一冬无雪天藏玉"，社员们就要冒着严寒，敲开村北黑泥河水面上的冰层，支起水泵，给麦田浇封冻水，把麦苗儿封冻在土层之中。父亲哼着顺口溜告诉我："要想麦子收成好，要想麦子吃不完，七分种，三分管，上足底肥是关键。还要用心浇好'四遍水'，麦子丰收在眼前。"我问是哪"四遍水"，父亲说："这'四遍水'就是冬浇封冻水，春浇返青水，夏浇灌浆水，熟浇送老水。水是麦子的命脉，麦子离了水活不成，就跟人离了水不能活是一个道理。"至此，我才知道了水对天地万物的重要性，也懂得珍惜水了。

过了年，春天就来了，麦田里的积雪也开始融化。麦田里湿漉漉的，透着惬意的滋润，土地开始变得松软而温暖。若是晴天，中午的麦田上空，会浮着一层薄薄的雾，如梦如幻。你走近去看，什么也没有；你退出麦田，远远

265

地一看，那雾宛在，只是更显空灵明净。

人们收起过年的玩心，开始给麦田浇返青水，麦苗就攒力起劲儿长起来。分蘖，拔节，很快麦苗就把裸露的土地遮盖了起来，麦苗愈发碧绿，叶片愈加肥厚，麦秆愈加粗壮挺拔。田埂上，伴随着麦苗的生长，也生出了面条棵、米米蒿儿、荠菜、蒲公英等野草野菜。有时麦苗之间夹杂生长着一两棵野燕麦，均被社员毫不留情地拔掉了。过了几天再来看，麦苗竟然隐隐地秀出穗儿了。到清明节前后，麦苗就没膝深——"埋老鸹"了。这里的"埋"字不是掩埋的意思，而是"遮盖住"，老鸹飞到麦田里就看不见了。这时节，社员们听到冬眠的青蛙开始叫了，它告诉人们，再有一个半月就能喝到新麦面做的面汤了，"蛤蟆打哇哇，四十五天喝疙瘩。"转眼工夫，就到了小满，"远看麦梢黄，近闻'捻转'香"。

麦子大片大片地黄在田野，金光灿灿的，每一颗麦粒上都挑着一根麦芒，这样一来，每一枝麦穗都光芒四射，呈现出喷涌之势。麦子长得真好，看上去一张席似的平整。这个时节的阳光都是香的，带着新麦成熟时的气味，照耀在田地上，笼罩在村庄上，空气里流动着一种新麦子成熟的醇香。

米黄色的枣花初开时，生产队便开始准备麦收的农具了，镰刀、扫帚、排杈、木锨、捆麦车的麻绳、碾麦子的捞子等，一样都不能粗心大意，该买的买，该修的修，只有碌碡是不用操心的，它就在麦场边放着，需要时就可用。生产队的仓库也大大方方地开了门，几个社员在晾晒囤麦的席、箔、芡子，仓房里突然窜出了几只老鼠，人们立时脚跺锨拍，有的侥幸逃脱，有的当场毙命。村北生产队的打麦场上，也是一派忙碌的情景。十几个社员正在清扫去年的麦场，把砖头瓦块、碎叶草屑清理到路沟里。清理完毕，就开始光场。把麦场碾实轧光，这可是个细致活儿。先用钉耙将老场细细地荡平，然后用瓢均匀地洒上水，把麦场泼洒得湿淋淋的，空气里都荡漾着水汽儿。歇了一会儿，将整个场铺上一层陈年的麦糠，然后用木框架套住碌碡两端的窝窝，扽上牲口，拉起木框，木框带动碌碡，就开始转着圈儿碾场，从里到外一圈又一圈地碾，啥时候将麦场碾得又平又光，不起浮土，整理麦场的任务就算完成。这时的南风吹得更急更暖了，太阳也越来越炙热了。"麦熟一晌，蚕老一时。"麦田的田埂上，生产队队长领着几个老农在看麦子熟的程度，他们弯腰揪下一个麦穗，用粗糙的大手揉一揉、搓一搓，用有点儿干裂的嘴唇吹掉麦壳儿，细心地数了数麦粒，然后放在口中咀嚼，眼角都浮起了笑纹儿，连眉梢上也荡起了笑意。田野里飘荡着新麦的清香，吸溜下鼻子，五脏六腑里都是麦香味儿。明亮的阳光和麦地的金黄晃得人们眯细了眼睛。"差不多了吧？"生产队队长问。"差不多了，差不多了，明天就能开镰了，不能再拖啦！"几个老农异口同声地回答。风匆匆地在田

267

间翻滚着，从这头到那头。

　　第二天早晨，全副武装的麦收队伍就冲进麦田了。一种匆忙的气息笼罩着整个村庄，转眼就变成了热火朝天的沸腾。收麦时节，"小孩三天没娘"，媳妇们、大姑娘们也都加入了收麦的队列。咸咸的汗珠子顺着脸颊往下流淌，人们弓腰割着麦子也顾不上擦。麦子纷纷倒地，刹那间麦田变得一片空旷。捆麦个子，装麦，拉车，生产队的马车上装满了麦个子，小山似的，平时舍不得用的牲口现今派上了用场，发挥了很大作用。然后选个大晴天，摊场，晒松捆的麦子，将麦子晒得焦干焦干的，就用碌碡碾场。把麦秆碾碎，开始起场，用桑木杈将长麦秸叉到一边，堆好麦稳子，该扬场了。扬场的困难之处在于：不能扬太高，扬高了麦粒麦糠一块儿跑了；也不能扬太低，扬低了麦粒麦糠分不开。掌握这个火候确实需要技巧。而搅场也得有高水平：打的劲儿大了，连麦粒也打走了；打的劲儿小了，麦糠混在麦粒中出不来。然后，装袋，归仓。一身尘土、满面疲惫的社员们，经过半个来月日夜不停地忙碌，麦收到仓里才算告一段落。而实际情况是，社员们分成两班人马，一班人马负责收割麦子，一班人马负责播种。负责播种的一班人把豆种、玉米种、芝麻种按照土地的性质和自己的意愿播种在土壤里。几天后，种子发芽了，起先是嫩嫩的，弱弱的，羞答答的，又停了几天，就变得青翠挺立了。

家家户户分到新麦子时，那高兴劲儿无法用言语形容。我们生产队与附近的其他生产队相比，算是不错的，每人能分到100斤小麦呢。

　　收完麦，打完场，老家俗称"麦罢"。人们迫不及待地把新麦磨成面，做成馍，饱饱地吃上两顿以犒劳自己，然后再换成杂面，麦面不到八月十五和春节，再也不舍得吃了。"收完麦，打完场，谁家的闺女不瞧娘？"过门不久的媳妇暗暗催丈夫，丈夫则频频催自己的母亲，母亲则赶忙催自己的老头子，老头子则急急地去请村里会炸油条的"师傅"张永法（小名娃）来帮忙。于是乎，一场接连不断的炸油条、炸菜角、炸糖糕的"群众运动"就在小村庄里展开了。菜角一般是三角形的，也有像老式梳子的，中间鼓肚，两头尖尖的。油条、糖糕炸好，到东西邻家借来十几个"元宝篮子"，装上油条、糖糕、菜角，整齐地排列在架子车盘上，篮子里盖上新采的楝树叶子，准备工作就完成了。楝树叶子碧绿碧绿的，盖在篮子上煞是好看，飘荡着一种怪怪的清香儿，但不招虫子。吃过早饭，新婚不久的丈夫换上一身干净漂亮的新衣裳，喜滋滋地拉起车子，打扮一新的新媳妇笑吟吟地追在车子后面，就出了院门——向着新媳妇娘家的方向出发了。新媳妇要让娘家人尝尝新麦面做成的食品，分享她婆家丰收的喜悦。

　　"小麦两头尖，待客最抢先。平时吃窝头，来客吃蒸馍。"重情重义好面子的乡亲们，只有来了客人才舍得吃顿蒸馍，或擀顿好面面条。有的人家图省事，不做蒸馍，做成了白面杠子馍，顾名思义，就是做的馍如杠子般粗大，这样的人家，只有村里的六大娘家。他们家的小麦，撑不到春节就吃完了。到了春节，看着别人家吃白蒸馍，他们家也只好吃窝窝头。祖母说："吃不穷，穿不穷，不会算计就是穷。"六大娘家孩子多，正长个儿，有多少麦子也不够他们一大家人吃的呀。加之六大娘又不会持家过日子，全村数她家最穷。

故里奇人

"管生产的队长"蔡孬货

蔡孬货住在南道街的东头，是一个不大的院子。他兄弟二人，他是老大。老二叫蔡运动，性木讷，一天说不上一句话。上有一老母，还有哮喘病，整天"喝喽喽"的，让人听着难受。老二当了两年兵，当时当兵的很吃香，娶了一个媳妇，是北何庄的。蔡孬货因为是臁疮腿，一年四季两条腿都溃烂得血淋淋的，腥臭难闻，没有女人肯嫁给他，也就成了老光棍。他和老娘与弟弟一家住在一起，一个锅里吃饭，也没有听说他们闹过矛盾，总之是平平安安地过着苦日子。

蔡孬货虽说是臁疮腿，但正当壮年，加之人很倔强，干活不肯省力，是正儿八经的壮劳力，一天拿10个工分。别人干不了的活，他一准能干成；别人吃不了的苦，他能吃，什么脏活、累活、危险活都是他的。"嗬，这活没人干是不？叫'二别子'来！"生产队队长张老虎发了话。蔡孬货很快就被人叫了过来。蔡孬货看了看需要干的活，估量了估量，说："俺干！"就干起来了。因他好钻牛角尖儿，好认死理，好赌气，好打别，村人就给他起了个外号"二别子"。生产队的水桶掉进深机井里了，他让人在他腰上拴条绳子，将他顺进又深又凉的井水里，他一个猛子扎下去，不久便喊了一声："拉吧！"人和水桶就被拽出了井。生产队齐腰深的大粪坑积满了，需要往外出粪，没有人愿意干，生产队队长赌气说："谁能10天之内把这坑粪出完，按10天记满工，再奖500个工分，外加5斤白面馒头！"蔡孬货当即脱了身上的衣裳，只穿个裤衩，往手心里呸呸吐了两口唾沫，就挥动铁锨干了起来。他不分白天黑夜地干，饿了，就啃几个二弟送来的窝窝头；渴了，就掇起旁边的水桶，灌一肚子凉水。一天下来，他打着圈儿出的粪在粪坑周围垒成了小山，队里的几十号壮劳力用架子车不停地往田里盘，不仅供得上，还绰绰有余。

下工后，夜已深，蔡孬货还在吭哧吭哧地干，他像一头顽强无畏的犟牛，他仿佛一台不知疲累的机器……第8天头上，能装上千车粪的大粪坑被蔡孬货清理得干干净净，打扫得一尘不染。生产队队长被感动了，社员们被感动了，包队的大队干部被感动了。生产队长没食言，让生产队会计给蔡孬货记了10天的满工，又奖了500个工分，派人去公社食堂买了5斤白面杠子馍，又额外加了2斤红薯烧酒。又黑又瘦、眼里布满红丝、腿上流着血水的蔡孬货双手接过这些东西，这位坚强的汉子眼里竟然涌上了泪水。

由于蔡孬货的突出表现，包队干部请示经大队批准，任命蔡孬货为"管生产的队长"，说白了就是专门负责干农活的队长，享受生产队副队长待遇。蔡孬货的干劲儿更足了，他带领男女社员干活时，一改过去慢悠悠的干活节奏，很少歇息。慢慢地，就有一些人受不了了，颇有微词。蔡孬货毕竟没有当过"官"，只知道一个劲儿猛干，不懂得劳逸结合。再说了，如此不分钟点地干活，他受得了，别人能受得了吗？况且都懒散惯了，一下子想改过来，有那么容易吗？社员们平时都吃糠咽菜的，吃不上好饭，哪里有那么多那么大的力气呀？这些情况他似乎都没有考虑，就是考虑了，也考虑得极少，或者说根本没有把这些问题放在心上。这年麦季，繁重的麦收开始了，他领着男女社员割麦子。眼看着都过晌了，日头偏西了，大家伙儿又热又累又饿又渴，他非让把村西南地的这一大块地的麦子割完再下工。姑娘张凤枝放下镰刀，往村子的方向走去。他厉声叫住张凤枝："喂，你干啥去？"张凤枝说："俺回家解个手，一会儿就回来啦。咋啦？俺解个手也得向你汇报呀？""再坚持一会儿，把麦子割……"张凤枝也许是内急，也许是心头有气，不待蔡队长说完，就骂了起来，直骂得一佛出世、二佛升天。张凤枝个头不超过一米五，

273

瓜子脸，黑瘦娇小，但是声音尖厉，穿透力强。她平时也不大张扬，谁也没有对她另眼相看，可今儿个撒起泼来，竟然如此气势磅礴，剑拔弩张，锐不可当。割麦的社员们收了镰刀，也不割麦子了，都聚拢过来，站在一旁看笑话，没有一个人出面劝架。张家户大，在村中是大家族，蔡姓是小户，也就两三户人家。张凤枝在那儿不停地骂，平时倔强的蔡孬货也不敢还嘴。他满面通红，立在那里像傻了一样。张凤枝的骂声惊动了生产队队长，张老虎慌慌张张地从村里抄小路跑了过来，他满嘴酒气，还趿着鞋。队长来了，简单问了下原委，张凤枝一把鼻涕一把眼泪地哭诉着，队长也拿她没办法，只好叫人散了。好事的孔德法阴阳怪气地说："麦子还没割完，蔡队长还没让咱下工呢！"招来了众人的一阵哄笑。

打那以后，蔡孬货不再当"管生产的队长"，他自动辞职了。平时，他还是跟着大家伙儿一块儿干活，腿更烂了，脸更黑了，话更少了。但他毕竟"辉煌"过，当过"管生产的队长"，有时还有人跟他开玩笑，叫他蔡队长，他也不吭声，脸更黑了，人也更瘦了。再后来实行生产责任制，"包田到户"，大家伙儿在一块干活的机会就很少了。张凤枝也出嫁了，我也考上学，到外地上学了。后来我毕业参加了工作，也不常打听老家的事。有一年我回老家办事，突然想起了蔡孬货，向一个堂弟打听他的近况。堂弟吃惊地看着我说："哥，你原来不知道啊！蔡孬货都去世好几年啦，都过罢三周年了，得肝病没的。"我听了，神情黯然，我为这位老大哥的辞世哀悼、惋惜！我打小就佩服他那股子倔强劲儿。

"抗美援朝的英雄"孔德法

孔德法，小名叫孔六。他为什么叫孔六呢？他既无哥弟，又无姐妹，单根独苗，在坝子村里也是单门独户，可他的小名就是叫孔六，而且他的小名比他的大名还响呢。外地的人进村打听他，说找孔德法，村里人都迷惑，好像俺村没有叫孔德法的人。有一个人像突然想起了什么似的说："孔德法，孔德法，是不是孔六呀？"来人一拍脑瓜，说："对的，对的，听说他小名就是叫孔六。"村人好打听闲事，接着又问："你找他有事？"来人说："他借俺的钱，说有急用，三天就还，今儿个都三十天啦还不见人影。眼看俺儿子就要结婚啦，还指望这笔钱给孩子办事呢！"村人听了，都笑了，说："那是他家，你去找他吧。"

孔德法的家在镢头爷家的西边，很好找。来人进了院子，见一胖乎乎的妇女（噢，她就是我前文提到的不会持家的六大娘）坐在院里光地上，伸展的两腿上搁个簸箕，正低着头拣豆子里的土坷垃。六大娘见有人来，抬头看了看，也不问，又低头拣她的。来人叫："哎，您是六嫂子吧？老六呢？"六大娘不冷不热地说："他在屋里！"又低下头，继续拣。来人进了屋，见他的“好朋友”孔德法正躺在零乱的床上呼呼大睡，满屋子酒气，床头地上还有一堆的秽物，呛得人直反胃。来人慌忙奔出了屋，就蹲在屋外等，一等就等到了半夜。半夜里，孔德法终于睡醒，见他的“好朋友”来了，赶忙踉跄着爬起来，叫儿子扫了地上的秽物，擦了擦脏兮兮的桌子，还颇为讲究地用手背搌了搌自己眼角的“眵目糊”，令老婆拌了半盆子白菜心儿，又命大儿子孔捣连夜到葡萄架村集上李合的代销点里赊了一瓶红薯烧酒，“俩好朋友”又喝上了。孔德法说：“弟，你先回去，俺这一段手头有些紧，等手头一宽松俺立马给你（把钱）送去！”到了这个份儿上，来人也只能苦笑了。俩人正喝着时，住在前院的贾金花夜里起来小解，看见孔六家灯火辉煌，侧耳听听，孔六正哑着嗓子跟人喝酒猜拳，吆五喝六的，她急忙翻过那道半截墙过来了。贾金花的夫家姓陈，但村里大人小孩都叫她贾金花。贾金花一进门就拽住了孔德法的衣领子，“他六叔，你把俺的半壮子猪卖到土山寨的汤锅上啦，说给俺卖个好价钱，你给俺卖的猪钱呢？”孔德法掰开她的手，打着醉腔说：“谁……谁见你的猪啦？你的猪给谁啦？你问问你的猪，说将它交给孔六啦，看它答不答应？”贾金花听到孔德法耍赖，心里一急，就尿出来了。她进屋时就带来一股尿臊味儿，此时屋里的尿臊味儿更浓了。贾金花有尿裤子的毛病，这是生孩子时喝凉水落下的，已有许多年，她平时不大好意思往人多的地方去；即使去了，也离人群远远的，听人说话。"他六叔，天地良心，你可不能骗俺这寡妇娘儿们啊……呜呜……"贾金花哭着说着，惊醒了睡梦中的几户人家。贾金花50多岁了，弓腰驼背，个头矮小，如一只蔫了的老母鸡。孔德法又瘦又高，小头小脸，皮黑，似深秋旷野里一只四处张望的野鹤，又像夏天站在浅水里伺机而动的"老等"（苍鹭）。贾金花哭，孔德法就眯细着眼睛笑；她越哭，他就越笑，这下彻底把贾金花激怒了。她扑上去撕打孔德法，孔德法用手轻轻一划拉，贾金花就扑通一声倒地了……

孔德法长着一双瘦黑的长腿，夏天里，他高卷的裤腿下面露着几块已经好了的明亮亮的大疤瘌。那时节，我们也许是看过《地雷战》《地道战》《南征北战》的缘故吧，很是羡慕英雄。一天，冬季晌午，孔德法一个人蜷缩在生产队队屋的南墙根晒暖，他拉起又薄又脏的棉布裤管揉搓那几个明亮亮的大疤瘌。我们趸到他面前，好奇地问他腿上的疤瘌咋回事，孔德法开始不吭气儿，继续揉搓他的腿，停了好一会儿，才长叹一声，说："唉，过去的事儿啦，说它干啥！"他越不说，我们越是好奇，越是追问，孔德法愈加沉默。最后，马黑脸跑回家里偷了他爹的一包佛手牌香烟，塞进孔德法黑不溜秋的手里后，孔德法才神神秘秘地告诉我们：这腿上的疤瘌是他在抗美援朝战场上落下的。他一个人用冲锋枪打死了许多美国人，正打得欢呢，炸弹掷了过来，轰的一声就把他炸晕了……等他醒来，已被战友们抬进救护所，两腿都是血，那血呀足足流有两瓦盆……最后，他郑重其事地叮嘱我们说："这是机密，村里人谁也不知道，只给你们几个说了，你们一定要为俺保守秘密。你们要是不给俺保密，让美国的特务知道了，他们乘着夜黑来刺杀俺，俺的小命可就没啦！"我们几个庄严地点了点头，又点了点头。孔德法一时成了我们心目中的"大英雄"。我回家后，心里一直想着孔德法的"英雄事迹"，越想，对孔德法越是崇拜，连祖母的问话也没有听见。祖母见我发愣，料定我必有心事，愈发追问得紧了。我开始憋着不说，最后终于憋不住了，在得到祖母、父亲为我"保守机密"的许诺后，我才向他俩吐露了"机密"，动情地讲述了孔德法的英雄故事。祖母与父亲听完，相互对视了一眼，就哈哈大笑起来，笑得前仰后合。看着他俩笑，我很是恼火，他们对大英雄六伯也太不尊敬啦！祖母笑了一阵子，收住笑，认认真真地告诉我："他小时候瘦得像只猴，从没有走出过咱这片地儿，他当的哪门子兵啊？净瞎扯！哄骗你们小孩子罢了！"我对祖母的话半信半疑，又问："那他为啥叫孔六呢？"祖母说："他的老家是咱村西南二里半地远的那个陈阜口庄，姓孔的都一家，他是按陈阜口姓孔的兄弟们排行叫的。许多年前，他家穷得过不下去，他娘领着半大小子的他来到了咱村，他跟咱村姓鲁的是老表亲，当时他的表哥鲁东法正当着生产队队长，你大一下学，鲁东法就让你大当了生产队会计，你东法伯和你大一商量，就让他娘俩迁到了咱这里。"我惊得嘴巴都合不拢了。

孔德法好吃懒做，坑东骗西，在那贫困交加的岁月里，他靠着他的"特技"，把4个儿子和1个闺女都养活大了。

改革开放后，孔德法的4个儿子都走出了小村庄，到外边工地上包揽工程，他们不怕吃苦，都成了小老板。他的闺女嫁给了南边董庄村姓翟的，也过得挺好。孔德法把以前借别人家的钱都还了，把欠别人的情，能够弥补的都弥补了。只有亏欠贾金花的猪钱，他还不了，因为贾金花很早就去世了，这让他心里很不好受。他将钱还给贾金花的儿子陈钢蛋，陈钢蛋死活不肯要。陈钢蛋说："六叔哎，陈谷子烂芝麻的事儿啦，您就不要再提啦！"有一年清明节，他挟一捆子冥币，让陈钢蛋领路，到贾金花的坟头上烧了。儿子们有了钱，孔德法的小日子过得挺滋润，也很悠闲。他本来就不好干活，儿子们又都不在家，就一股脑儿把10多亩责任田转包给了蔡孬货的二弟蔡运动，让他种，蔡运动每年给他的麦子够他一大家子吃了。他整天乐呵呵的，夸党的政策好，掂个酒瓶子到处找人喝酒，也不多喝，只喝四两，再多就晕乎了。他不打麻将，不推牌九，不赌输赢，这点儿村人都很赞许。就是爱喝个小酒，喷大空，落了个"孔大喷"的外号。村人同他说笑，都"大

279

喷""大喷"地叫他，他也不恼。村人都说老孔的岁数大了，脾气倒变好了。有一天，我回老家，刚巧碰上他，见他高高兴兴的，就故意逗他："六伯呀，您早先给俺讲的您参加抗美援朝的事儿，到底是真的假的？"孔德法见我问这事儿，先是一愣，随后就嘿嘿地笑了，说："贤侄哎，你真是哪壶不开提哪壶啊！当年俺要不那样说，马黑脸那孬孙能给俺拿烟吸？"说得我俩都笑了起来。笑了一阵儿，孔德法上前拉着我的手，真诚地说："贤侄啊，你今儿个不要急着走，俺家里还有瓶你捣哥给俺捎回来的好酒，咱爷俩得把它报销喽！"看我答应了，他孩子般地眯细眼睛笑了。

280　　　　几年前，孔德法得肺癌老啦，寿终正寝。

"闻香到"张永法

张永法是我的本家伯，小名娃，小时候得过天花，满脸麻子，有人称他张麻娃，他比我的父亲大不了几岁。因得过天花，他的眼睛也不好看，总是耷拉着。他的声音也不好听，娃里娃气的，像个孩子。他走路喜欢低着头，仿佛有许多心事。祖母曾断言："俗话说得好，最辣的是红皮萝卜紫色蒜，最难斗的是仰面老婆低头汉。你娃伯心里有把小算盘，是难吃亏、不好对付的。"事实也正如祖母说的，谁也沾不了他一丁点光儿，他也吃不得一星点儿亏。

邻里、亲戚都是有体会的。我因年龄小，对这类事没兴趣，都是听大人们议论时，漫不经心记住几句，所以很具体的事例我也说不上来。但我知道娃伯是有特殊本领的，这是我亲身经历的。

他会馇场。麦子碾下来，堆好麦穄子，需要扬场，但天空静静的，一点儿风也没有。娃伯掂起扬场锨，看了看天，他用木锨"铲"起麦穄子的一角，就开始扬场了。令人惊奇的是，在没有一丝风的情况下，他将麦粒与麦芒、土屑彻底分离开来，就可以将干净饱满的麦子装袋了。村人皆佩服。

他会泥墙。我家的3间土坯墙坑坑洼洼的，很是难看，我上小学一年级时得的奖状也没法往墙上粘。一个星期天，娃伯义务来给我家泥墙，父亲、我和妹妹给他打下手。他和好泥，那泥被他和得不软不硬、不稀不稠的，就拉开架势开始泥墙。他泥墙一遍过，不掉泥，不起棱，又光又平的。只两天工夫，他就将3间房泥完了。等墙干了之后，我将得的"三好学生"奖状贴上了墙，心里美滋滋的。后来我得的奖状越来越多，贴满了一面墙。每当看到这些奖状，我就想起了给我们泥墙的娃伯，心里是很感激他的。

他会炸油条、炸菜角、炸糖糕，炸得焦黄酥嫩，人人夸好。刚麦罢，村里好多人家都请他炸油条、菜角和糖糕，都望着他的脸说话，唯恐哪句话说不好得罪了他，那他就不给你炸油条了。他是义务帮忙的，不要报酬。这阵子他很吃香，吃香的程度都超过生产队队长了。他有时也拿拿架儿，使使小性子，但经不住村人的几句好话，他又乐颠颠地去帮忙了。忙过这阵子后，他才自己炸油条沿街卖，一天下来也能挣个一两块。

村里有人家想改善生活的，或是来了客人，炒了个油菜，特别是一过油，满村子都是香的。你不用怀疑，过不了多大会儿，娃伯是必到的，属于不请自到的那种。娃伯的家在镢头爷家的东边，当中隔着连成哥家，基本上处于村中心的位置，得"地利"优势。他也确乎是个"有心人"，晌午或傍晚时分，总爱在村里来回转悠，四处逡巡。他低着头，鼻子吸溜着，时而疾行，时而慢走，时而站立翘望，时而垂首呆立，仿佛在探测重要的军事情报。他的鼻子很尖，嗅觉很灵敏，村里谁家用油崩个葱花，他都能敏锐地捕捉到，总要进去一探究竟。他去改善生活的人家或来了客人的人家，总是有理由的，不是去借把镰，就是来借把锨。娃伯去别人家借某种东西，人家当然是有，不得不把他先让进屋里，这是起码的礼节呀。"哟，你家来客啦？""嗯，来客啦，你坐吧，坐下喝两杯吧。"娃伯忸怩了一下，最终还是坐下了，胁肩谄笑，向主人示好。坐下后，娃伯就陪客人喝酒，不说走，主家也不好意思撵，一个村的，低头不见抬头见的，又是尊辈。酒席结束，娃伯就摇摇晃晃地站起来与主家告辞。主家问："你借的筲箕拿走吧！"娃伯艮着舌根儿说："不啦，俺明天再来拿吧。"

故园梦忆

第二天，娃伯也没有去人家家拿筐箩。隔几天再见面，娃伯像没有发生过那事儿。农村人厚道，知道他就那样儿，也不点破，这事儿也就过去了。这类事做得多了，"闻香到"的雅号就赠送给了娃伯。一说"闻香到"，村里的大人小孩都笑，都知道是谁。我家不论是改善生活，还是来了客人，你不用通知，娃伯是必到的。母亲很讨厌他，有了一点儿好吃的，一家大人小孩还舍不得吃呢，他就吃上了。这叫啥人呢？妹妹烦他，我也有点儿不欢迎他。

　　我长大后，想想娃伯"闻香到"的往事，就从心里原谅他了。还不是因为穷吗？还不是因为没有好东西吃吗？后来，"分田到户"了，娃伯的日子也好了起来，"闻香到"的雅号也慢慢地被人淡忘了。

283

　　大约6年前，娃伯去世了。死于咽喉癌，农村人叫它"噎食"。他死时，因长时间咽不下饭，瘦得皮包骨头，人都走形了。有人私下议论说，他过去吃人家的吃多了，这叫报应。他死前将一生悄悄积攒下来的700元钱郑重地交给了娃大娘，就溘然长逝了。

　　对了，还有娃伯的一件逸事想提一提。有一年，娃伯的岳父病故了，其岳父是本乡后杨庄村姓武的。他在灵棚下负责接待来宾，陪同来宾磕头祭奠等。这活儿难不住他，对他而言是轻车熟路，小菜一碟，或者可以说正是他的"拿手好戏"。张氏是大家族，讲究礼仪，他从小就演习熟了的，什么懒九拜、起九拜、巧十三、二十四拜，他都会。到了晚上，一切安排就绪，已是夜深，留下他老婆守灵，他一个人要走回家去。出了岳父家的门，他心里略略发怵，后杨庄村离坝子村5里路，按说不算远，但毕竟深夜了，又是月黑头。娃伯急中生智，他折回岳父家，把发给他的那身孝衣又重新穿上，头上也箍上了孝帽子，一身雪白，匆匆上了路。正值秋天，路两旁满是秋庄稼，玉米、高粱都过人高了。走到坝子村东北地、八路军坟附近那片遍地青纱帐的蚰蜒路上时，他突然听见前头一声低沉的吼声："站住！俺是劫路的！放清亮点儿，把钱拿出来！"娃伯一惊，心里说："乖乖，人家都说这地方阴森，这回是真碰上劫路的啦！你想要钱，爷也正愁没钱给岳父大人办丧事呢！咱们想到一块儿去啦！"他就不停步，只管挺身朝前走。那劫路的一看他继续行走，就从青纱帐里跳将出来，一左一右拦住了他的去路。待俩劫路的睁大眼睛看清娃伯那身装束后，竟吓得哇哇大叫着逃窜了。

第二天，娃伯向亲戚们绘声绘色地讲述遇劫这件事，最后笑着说："他们劫路，咋着也想不到劫了一个浑身穿孝衣的！以为遇上鬼了呢！"

夏夜听大鼓书

农村人最大的乐子，莫过于看大戏、看电影了。大戏，只有过了年正月里才会有；看电影，一个村一年也轮不上一两回。剩下的，就是听大鼓书。

麦子打好入了仓，种植任务也完成了，社员们开始闲下来。在那一段时间里，生产队请来了唱大鼓书的，原本无聊而又燥热的夏日却因说书人的到来而热闹起来。说书人都是附近村庄酷爱说唱艺术的普通农民，劳碌的"三夏"大忙的季节过了，各村串串，丰富一下乡亲们的文化生活，也可借此收些许酬粮或小钱以补贴家用。说书人来了，生产队队长安排我家管饭，所以我跟每回来的说书人都渐渐熟悉了。当时我最大的愿望是：长大了也要说书，给父老乡亲们说又长又好听的书。

祖母早早给说书人做好了晚饭，说书人吃过，也就早早来到生产队队屋前的大院子里。早有热心的村民和父亲一道给说书人抬来了小方桌、搬来了凳子，自然，还用我家的那个竹壳暖瓶备了一瓶白开水，供说书人润喉和解渴之用。天刚擦黑，大多数村民还在吃晚饭，说书人的大鼓就敲响了。无疑，这是催促大家伙儿早点儿吃晚饭，快来书场呢。敲过一遍鼓后，估摸着村民们来得差不多了，说书人便开始说唱。他们往往在正式开场之前，先来一段"小书帽"。"小书帽"的内容多是一些不长的小段子，与随后正式说唱的内容无关。这"小书帽"的作用也大着呢，一是活跃一下书场的气氛，调动观众情绪；二是等一等迟来的村民。"小书帽"之后，就"书归正传"了。

便见那说书人左手拿檀木或枣木的筒板，右手举起鼓槌，鼓槌下面是三根竹竿架起的浑圆的皮鼓。而一旁的副手则拉起板胡，并脚踩脚梆作以击节。几个和弦打过，几个响鼓擂过，说书人清清嗓子，眯起眼睛，拿腔捏调，起势开腔："哎，鸡也不叫了，狗也不咬了，时候也不早了，老少爷们儿也来得差不离儿了。说书不说书，上场先背毛主席语录：'我们的文学艺术都是为人民大众的，首先是为工农兵的，为工农兵而创作，为工农兵所利用的……'"至此，说书就正式开场了。说唱的大都是一些传统节目，有《岳飞传》《三侠五义》《三国演义》《水浒传》《杨家将》《呼延庆打擂》《包公案》等，只说了两次抗日战争的题材，分别是《平原枪声》和《敌后武工队》。说书人把《敌后武工队》中的少年英雄郭小秃说得胆大心细、英勇机智，日本鬼子成群结队、荷枪实弹蜂拥着前来捉他——

说到这里时，说书人的腿都抖起来了——可郭小秃仍然不急不躁、不怯不战地啃生红薯，大家伙儿都为郭小秃捏了一把汗……我听过这部书后，经过一番鼓捣，与几个小伙伴一道，记得有张国强、马黑脸等，专门徒步走到10公里外红庙公社机关所在地的红庙集上的新华书店里，掏出积攒了好久的零钱买了本《敌后武工队》。回到家后，不分昼夜地看完该书，令我大失所望，书里的情节和说书人说的情节相距甚远，我暗暗佩服说书人的"艺术再加工"。

村人仰脸弓身倾听着，说书人吐字清晰，道白时声音有高有低，抑扬顿挫，声情并茂；唱腔清亮圆润，音色优美。天上的星星也仿佛被说书人的说唱艺术所感染，驻足聆听，连眼睛也不舍得眨。村民们有的坐在随身携带的凳子上，有的趸摸块砖头垫在屁股下，有的两腿一盘干脆就坐在了地上；孩子们有的骑在墙头上，有的骑坐在树杈上，更小的孩子听着听着就在母亲怀里睡着了。母亲们则抱着酣睡的孩子继续听，她们不舍得送孩子回家，恐怕错过了那感人肺腑的情节。说到精彩处，大人们情不自禁地鼓掌，孩子们也起哄似的乱拍。说书人手中鼓点咚咚，简板紧一阵慢一阵，老汉们张着嘴儿凝神而听，口水流下来也浑然不觉。男人们一个个听得入了迷，光想着英雄救美人和打擂；女人们一个个听得起了悲，暗自咬牙恨那莽汉负了心。鼓声阵阵似千军万马战正酣，简板声声如英雄好汉正逃奔，板胡嘶鸣犹妻离子散悲声啼，脚梆点点像好汉拳

287

脚击恶人。戏场虽简单，却能排兵布阵；皮鼓虽小，也能鸣金收兵；简板虽短，胜却长枪万杆；板胡虽声细，犹胜大河汹涌澎湃；脚梆虽简陋，恰能击溃敌兵万千。但见那说书人，平地里喊了一声，颤颤的声音被抛入高空，悲声里板胡凄凄切切地接上，又撕心裂肺地砸于鼓上，简板和脚梆又将声音拉了个来回；只见那说书人，早已悲得左摇右摆、泣不成声。听说书的男人们一个个气得攥紧了拳头，拧紧了烟袋；听说书的女人们一个个伤心得哭声四起，泪流满面。恰到动情处，却是"咚咚"两声震鼓，一切戛然而止，万籁归于岑寂。"欲知后事如何，且听下回分解！"

有的村民不愿意，还要说书人继续往下说。说书人向人群中鞠了躬，并哑着声音说上几句好话和客气话，书场就散了。结束时已是子夜，人们总是恋恋不舍地离开书场。老汉们在鞋底上磕磕熏黑了的烟袋锅子，别在腰间，双手后背，互相招呼着就回家了。女人们抱着还在酣睡的孩子，揩揩眼角，也随同男人们一起回家。四散归家的村民，还总是边走边议论，一副意犹未尽的样子。有几个村民在猜测明天晚上的情节发展，因猜想不合竟打起赌来，声音高亢，吓哑了路边正打鼓的青蛙。

翌日白天，人们在田里干着活，还不忘热议戏里的悲欢离合，品评说书人的技艺。而到了晚间，更是早早地吃过饭，不约而至，齐聚在队屋前面的说书场上，等着听那更加激烈更加扣人心弦的情节。然后，又带着未知的遗憾，快快而回，猜想明天的结局。那说书艺人也真有本事，一部书总要半个多月才能说唱完，村民悬着的那颗心也只有等书说唱完后才能放下。而那份快乐，那份精神食粮，却是久久地装在心里，难以忘怀。

　　说书人要走了，生产队队长依据他们说唱的时间长短，由队上出钱给他们一些报酬。说书人要走了，村民们恋恋不舍，把他们送出村外老远老远。有的村民试探着问："你们，什么时间再来啊？""不长不长，过了麦忙。"于是，第二年一收完麦子，村里的几个脸面人物就鼓动生产队队长请说书人。村民们怀揣着丰收的喜悦，梦想着那神奇的戏文儿，踏着那迷人的夜色，顶着那闪闪的星光，再次聚集在队屋前的书场上，聆听那激动人心的大鼓声。　　289

愿做一棵不改向阳心的葵

　　老家有这样一个让人喜欢的习惯，每家的院墙外或院子地地边上，总是种着一圈一圈的向日葵，我觉着它一门心思仰脸追随太阳转的时候最可爱，那时它浑身都是理想，有着最为纯真的信念之美。向日葵也如人一样，最美不是功成名就之时，而是在最具信念、最富理想的天天向上之时。长大后，看过世界著名的印象派画家梵高的那幅《向日葵》，那黄色火焰般向天燃烧的精神力量，让我更加坚定了这种想法。

　　父亲是"老牌"初中生，他初中毕业后考上了北京某速记学校，因小土地出租成分，大队、公社都不给盖章而未能成行。他滞留乡间，郁郁不得志，看我打小喜欢文字，就有意无意地培养我，他似乎想让他未遂的理想在我身上得以实现，以缓解他心头的"遗恨"。他从藏书的箱子里拿出了1915年油印版的《增广贤文》和《三字经》，它们都是对青少年进行启蒙教育的书籍。刮风下雨、隆冬飞雪

290

或夜晚之时，他便给我讲解。我至今还记得《增广贤文》中的句子："一年之计在于春，一日之计在于晨，一家之计在于和，一生之计在于勤。""黑发不知勤学早，转眼便是白头翁。"除此之外，我还能背诵《三字经》全文。他看我每天观察自家院子地地边上栽种的那一圈向日葵，就教我背诵宋朝诗人刘克农的《葵》："生长古墙阴，园荒草木深。可曾沾雨露，不改向阳心。"还教我背诵了汉乐府五言古诗《长歌行》："青青园中葵，朝露待日晞。阳春布德泽，万物生光辉。常恐秋节至，焜黄华叶衰。百川东到海，何时复西归？少壮不努力，老大徒伤悲。"父亲说："此诗借朝露易干、花叶秋落、流水东去不归来的自然现象，由景入情，由情入理，说明了时节变换得很快、光阴一去不返的道理，劝人要珍惜少年时光，发奋努力，使自己有所作为。"向日葵成熟花盘低垂之时，父亲告诫我要向向日葵学习，学习向日葵的低调、谦逊，为人不可骄傲。

祖母也好对我进行日常生活教育。"早起三光，晚起三慌。""早起的鸟儿有虫吃。"她教育我不要睡懒觉，早上要早起。春天风和日丽，空气清新，祖母带着我和妹妹到小河边、树林里或乡间小路上散步，村外的田间地头留下了我们祖孙三人的足迹。散步时，祖母教我认识了脚下的野花、野草，让我知道了泡桐树会得一种俗名"龙蛋"的泡桐丛枝病，让我领教了夏日午后太阳正热辣辣地晒着，却哗啦啦地下起了一场雷阵雨，这种雨叫"太阳雨"。

故园梦忆补遗

在祖母的熏陶之下，我有了一种最基本的民本意识，我愿普天下的老百姓都有房子住，有饱饭吃，能得到温暖，没有贫穷、眼泪和欺骗，都文雅有礼、公平公正、欢乐祥和地过日子。傍晚，我和祖母、大妹行走在田埂上，蝙蝠在空中飞翔，家中的小黄狗紧紧地尾随在我们身后。祖母告诉我要善待小狗，因为狗是人类最忠诚的朋友，它知恩必报，忠实诚信，从不嫌弃主人家贫，"儿不嫌母丑，狗不嫌家贫"，非常重情重义。在轻松愉悦、无拘无束的行走之中，她教我念会了古谣《不知足谣》："终日奔波只为饥，才得饱来便思衣。衣食两般俱事足，房中又少美貌妻。娶下娇妻并美妾，出入无轿少马骑。骡马成群轿已备，恨无田地少根基。买得良田千万顷，叹无官职被人欺。七品五品还嫌小，四品三品仍觉低……"祖母说："不知足的人寿命短，也体会不到活着的快乐。为人要知足，甘守清贫，过好咱小老百姓的日子。"有一次散步时，她老人家还给我说了一首《颠倒歌》："南北大街东西走，出门看见人咬狗。拿起狗来打砖头，反被砖头咬了手。有个老头才十九，喝着藕就着酒。从来没听过这桩事，三轮拉着火车走。"当时听着，只当是个笑话。痴长到现在，见识多起来，才发现原来人世间黑白颠倒的事，着实不少。

冬天，西北风吼了几天，雪就下来了。先来一阵干雪粒，噼里啪啦的，落在瓦棱上、柴垛上、树枝上、院子里的石臼上、瓦房上。屋檐下的公鸡母鸡缩着脖子，将一条腿藏在肚子底下，过会儿竖起脖毛抖抖翅膀，撒下一地青盐似的雪粒。雪越下越大，雪粒搅着雪花，筛面一样扑簌簌飞落，院子外面的大树、邻家的屋脊还影影绰绰看得见。又过了一会儿，撕棉扯絮似的鹅毛大雪就飘落下来了，连院子里的柴草垛也看不真切了。早上起来打开屋门，门槛上封了两尺深的雪，拿铁锨和扫帚，清理出一条通向厨屋的道路来，地面还是干的。雪仍在下，可明显小多了。水缸里结了一层冰。乡亲们没有风花雪月的文字来形容雪，只有几句打油诗在嬉笑之中传诵着："江山一笼统，井上黑窟窿。黄狗身上白，白狗身上肿。"这时候大人们也不用出门劳作，人们见了面都笑嘻嘻的，雪给人间带来了祥和安宁。

下雪天，是孩子们最欢乐的时候，我们在雪地里堆雪人，打雪仗，对着空旷的原野喊叫，打滚撒欢。每个孩子身后都带着自家的小狗，黑的白的花的都有，小狗跟在孩子们的身后跑，在雪地上踏出了一串串的梅花儿。调皮的孩子把狗抬起来扔在雪窝里，小狗挣扎着，身上都是白色的了，惹得孩子们哈哈大笑。有的孩子把团成的雪球悄悄塞进另一个孩子的脖子里，立即招来那孩子的骂声。有时候，孩子们仰起冻得通红的小脸，嘴里哈着一团一团的白气儿，让雪花沾在脸颊上、眉毛上、额头上；有时候，用手捧起洁白的雪，伸出鲜红的小舌头舔，或用白白的牙齿一点一点地咬；有时候，孩子们站立在雪地上，痴痴地想：这雪花，一片一片，它是从哪里来的呢？它又往何处去呢？想不出个究竟，干脆也就不想了。雪下得很厚，埋住脚脖子了，鞋子里灌进了雪，一遇热气儿，就在鞋窠里融化了，有丝丝凉意。疯跑了一天，没有哪个孩子的鞋是干净的。母亲们一边抱怨着，一边生起了火为我们烤鞋。第二天，又可以穿上暖和的鞋疯玩了。大街上，雪被大家伙儿踩出了一条灰黑的小路，脚一踏上去就发出"咯吱咯吱"的声音。

太阳出来了，照在雪地上，反射出刺眼的光芒。雪开始融化，屋檐上雪水滴落，发出清脆悦耳的声音，滴答，滴答，地面上砸出一个一个的小坑儿。屋檐上的雪水一天天地流下来，夜里一上冻，就结成了又尖又长的冰凌，有一两尺长。院门口堆的雪人，有高有低，大多只有圆圆的头和圆圆的身子，表情各异，憨态可掬，也开始融化了，雪人眼珠儿上贴的红纸片儿也被濡湿了，染成红红的一片。院子里、大街上都淌着水，湿漉漉的。"下雪不冷，化雪冷。"俗话不俗。我们蜷缩在茅草屋里，寒气顺着缝隙直往屋里钻。祖母看我们实在是冷，就去院子里柴火垛上捡了一捆被雪水浸湿的树枝，在屋里的泥地上生起了一堆火。一家人围上来，蹲成一圈，伸手来烤。我找来一根干玉米，抠几粒丢进火里，玉米粒便噼里啪啦地炸开了口儿，用木棍扒拉出来，不等晾凉就放进嘴里，烫得直吸溜。祖母坐在用香蒲叶编成的厚而圆的蒲墩上，给我们

294

讲谚语。这些谚语都是老百姓多年来在日常生活中总结出来的，应该称之为农谚。如今，我仍记得许多："热在中伏，冷在三九。""打了春，冻断筋。""长不过五月，短不过十月。"（指白天的时间）"杨叶拍巴掌，脱掉棉衣裳。""清明前后，种瓜种豆。""吃了夏至面，一天短一线；吃了冬至面，一天长一线。""立了秋，挂锄钩。""春争日，夏争时，五黄六月争头楼。"……记得那时祖母还教我和大妹唱歌谣《十二姐妹花》："正月梅花凌寒开，二月杏花满枝来，三月桃花映绿水，四月蔷薇满篱台，五月榴花红似火，六月荷花洒池塘，七月凤仙展奇葩，八月桂花遍地开，九月菊花竞怒放，十月芙蓉携春来，十一月水仙凌波开，十二月蜡梅报春来。"我被农村文化不断滋润着，逐渐成长。

那时啊，我的脑瓜里装了许多稀奇古怪的想法，在与小伙伴们疯玩之后，常常一个人待在屋角或趴在窗台上，透过窗棂痴痴地向外眺望，尤其喜欢在淅沥的雨声中趴在窗户口往外远眺，半天也不说一句话。寂寞的孩子常有美丽的想象。我曾幻想自己变成一棵葵，一棵无论何时何地、无论风风雨雨都不改向阳心的葵。

写于2018年4月30日
讫于2018年5月30日

故园梦忆补遗